LA PASTELERÍA Bliss

Bocaditos de magia

KATHRYN LITTLEWOOD

LA PASTELERÍA Bliss

Bocaditos de magia

Traducción de Marc Barrobés

blok
B DE BLOK

Barcelona • Madrid • Bogotá • Buenos Aires • Caracas • México D. F.
Miami • Montevideo • Santiago de Chile

Título original: *Bite-Sized Magic*
Traducción: Marc Barrobés
1.ª edición: febrero 2014

© del texto 2014 by The Inkhouse
© de las ilustraciones 2014 by Erin McGuire
© Ediciones B, S. A., 2014
    para el sello B de Blok
    Consell de Cent 425-427 - 08009 Barcelona (España)
    www.edicionesb.com

Printed in Spain
ISBN: 978-84-15579-84-7
Depósito legal: B. 27.482-2013

Impreso por QP PRINT

Para Katherine Tegen,
que hace magia con los libros

Agradecimientos

Gracias a mi madre por proporcionarme un refugio seguro donde escribir este libro, por las maratones de cine a última hora de la noche y por toda la col rizada que me compraste. Me has rescatado de la Corporación Lo Más muchas veces.

Gracias a Katherine Tegen, Katie Bignell, Amy Ryan y todos los cocineros de libros de Katherine Tegen Books y HarperCollins Children's Books por creer en la familia Bliss y por ponerla en manos de los lectores.

Este libro, y en realidad toda la serie, jamás se habría hecho realidad sin los pacientes consejos y la desbocada creatividad de Ted Malawer y Michael Stearns de The Inkhouse. Gracias por dejarme contar la historia de la familia Bliss. No hay suficientes pasteles en el mundo para pagároslo.

Prólogo

Lo que tenga que llegar, que llegue zumbando

Los sueños de Rosemary Bliss se habían hecho realidad.

Era la pastelera más famosa del mundo entero. Era la chef más joven que hubiera ganado jamás la famosa Gala des Gâteaux Grands de Francia. Era la niña de doce años que había ganado a la célebre chef televisiva Lily Le Fay y había frustrado los malvados planes de su tía. Era la chiquilla que había salvado a su pueblo natal y había rescatado el *Libro de Recetas* mágicas de la familia Bliss.

Y entonces, ¿por qué no se sentía feliz?

La decimotercera mañana después de haber regresado de París, se levantó y corrió las cortinas de su dormitorio.

Chas. Flash. Clic. Clic.

Era por eso.

—¡Mirad, allá arriba, es Rose!

Clic. Flash. Chas.

—Rose, ¿cómo te sientes tras tu victoria?

Clic. Flash. Flash. Chas.

—Rose, ¿cómo sienta ser la mejor pastelera del mundo?

Chas. Flash. Clic.

—¡Y con solo doce años!

Clic. Flash. Chas.

«Puaj —pensó Rose—. Todavía están ahí.» Adiós a los sonidos relajantes de la mañana, los carillones, la cuerda del neumático que servía de columpio chirriando en la rama del viejo roble junto a su ventana. En vez de eso, los nuevos sonidos llegaban por cortesía del grupo de paparazzi que habían establecido su residencia permanente frente a la Pastelería Bliss. Cada mañana esperaban a que Rose abriera las cortinas y le hacían cientos de fotos, mientras le pedían a gritos alguna declaración sobre su prodigiosa victoria.

Rose siempre había albergado una curiosidad secreta sobre cómo debían sentirse los famosos, y ahora lo sabía. Era como ser un pez de colores, con cientos de ojos saltones mirándote fijamente, sin ningún lugar adonde ir ni donde esconderse, excepto tal vez un pequeño castillo de plástico.

Rose cerró las cortinas de golpe y se preguntó si no había tenido ya suficiente de hacer pasteles. No valía la pena, si también implicaba «eso».

—Ojalá nunca jamás tuviera que volver a hacer pasteles —le dijo a nadie en concreto.

Una cabecita gris y peluda con las orejas plegadas salió de detrás de un montón de ropa sucia a los pies de la cama.

—Ten cuidado con lo que deseas —dijo *Gus*—. Los deseos antes de un cumpleaños tienen la extraña manía de hacerse realidad.

El gato fold escocés levantó una pata y empezó a lamer cuidadosamente entre sus garras.

—Qué tontería —dijo Rose—. Mi cumpleaños no es hasta finales de verano. Y de todos modos no lo decía en serio. —La niña se rascó la cabeza y el gato ronroneó—. Solo que me gustaría no tener que hacer pasteles durante un tiempo, ¿sabes?

Rose se había hecho pastelera porque adoraba a su familia y le encantaba su pueblo, y porque lo llevaba en la sangre, aunque gracias a su victoria en la Gala des Gâteaux Grands, todo se había puesto patas arriba.

Sabía que apenas habían sido dos semanas, pero aquellos últimos catorce días habían sido los más largos de su vida. Sin paz ni tranquilidad. Sin tiempo para disfrutar del verano. Hacer pasteles había dejado de ser divertido; era algo que todo el mundo esperaba que hiciera, como los deberes.

Y no tenía nada de divertido. Por lo que se refería a Rose, a menos que cambiara algo aquel verano, se había acabado el hacer pasteles.

En la planta baja, en el obrador de la pastelería de la familia Bliss, la situación no era mejor. Los flashes de las cámaras atravesaban las cortinas corridas como titubeantes parpadeos de luz, y el alboroto de los periodistas junto a la puerta hacía que sonara como si hubiera miles de personas fuera en vez de unos pocos cientos. ¿Por qué no la dejaban en paz?

El correo era aún peor.

Los hermanos de Rose, Sage y Ty, ya estaban sentados en el obrador de la pastelería, abriendo el correo del día anterior, tirando las cartas sin importancia en una gigantesca bolsa negra de basura y dejando en una pila las que necesitaban una respuesta. Rose sabía que las cartas eran para ella («Tus fans nos adoran, ay, te adoran», le gustaba decir a Ty), pero estaba cansada de tener que leerlas. No quería ver ninguna carta en ese momento... ni nunca más. Lo único que quería era volver a tener una vida normal.

—Porquería —anunció Sage mientras tiraba a la basura un montón de papeles convertidos en una pelota. El hermano pequeño de mofletes regordetes de Rose tenía diez años recién cumplidos, aunque no aparentaba más de ocho. Tenía el pelo rizado y rubio rojizo, y lo único que le había crecido durante el último año era el número de pecas en la nariz.

—¿Qué había? —preguntó Ty. El apuesto hermano mayor de Rose sí que había crecido, aunque no lo bastante. Últimamente le había confesado a Rose que temía que su sueño de ser una superestrella de la NBA fuera inalcanzable.

—El presidente de España quiere un pastel —dijo Sage, ojeando las cartas—. Y Warren Buffett quiere una tarta en forma de gráfico circular con un sabor diferente para cada sección.

—¿Qué es un gráfico circular? —preguntó Ty.

—¿Quién es Warren Buffett? —preguntó Rose.

—Algún don nadie al que le gustan las tartas, supongo —respondió Sage antes de abrir otra carta—. La Asamblea General de las Naciones Unidas quiere que preparemos para su próxima reunión una magdalena para cada embajador, glaseada con la bandera y, atención, «el sabor característico de cada país».

—Vaya —contestó Ty—. ¿Cuándo nos va a escribir alguien «importante»?

Sage abrió la carta siguiente, un pesado sobre de color rosa que desprendía un agradable aroma de perfume, y se dejó caer de rodillas al suelo llevándose la mano al pecho como un hombre que sufre mal de amores.

—¡Ahora! —gritó, entregándoles la carta a Ty y a Rose.

Rose examinó la delicada hoja de papel:

¡Apreciada y maravillosa Rose y el resto de la pastelería Bliss!
Por favor, mandadme un pastel. Me da igual de qué tipo. Tengo que probar uno de vuestros pasteles o me moriré. Os pagaré lo que haga falta. Incluso os dejo tocar en mi grupo en mi próxima gira.
Enviad el pastel cuanto antes.

KATY PERRY

—¡No! —gritó Ty con la voz entrecortada—. Seguro que estuvo viendo el concurso, me vio y se enamoró de mí. El pastel es solo una excusa para llegar a mí.

Rose suspiró. Sabía que debería sentirse emocionada, pero todas aquellas cartas de gente famosa la tenían ya harta. Hacer pasteles no tenía nada que ver con recibir notas de famosos. Tenía que ver con mezclar, amasar y plegar, con harina, mantequilla y azúcar, y con el cariño, el amor y...

—¡Somos ricos! —gritó Ty, sosteniendo en alto una carta estampada en relieve con el dibujo del logo de

Kathy Keegan, el nombre de un gran conglomerado de productos de panadería y pastelería—. Rose, nos ofrecen setecientos setenta y siete mil dólares solo por hacer un anuncio de treinta segundos de sus productos.

—¿Y por qué tantos sietes? —le preguntó Sage.

—Lo único que tienes que hacer es comerte un pastelito Keegan y decir: «Soy Rosemary Bliss, la ganadora más joven de la historia de la Gala des Gâteaux Grands» y, ñam, «¡Kathy Keegan es mi inspiración!» —Ty le entregó la carta y se quedó mirando distraídamente al techo—. Si yo me casara con Katy Perry y tú firmaras este contrato publicitario... ¡ninguno de nosotros tendría que volver a trabajar nunca más!

—Kathy Keegan ni siquiera es real —respondió Rose—. La Corporación Keegan la fundaron un grupo de empresarios. ¿Cómo puedo decir que alguien es mi inspiración cuando ni siquiera es una persona real? Además, no me comería en la vida un pastelito Keegan. Ya sabes lo que dice mamá de los pastelitos que vienen en un envoltorio de plástico.

Rose se metió la carta en el bolsillo y se volvió. Ya había tenido bastante de cartas. Fue entonces cuando advirtió que todas las superficies disponibles de la cocina estaban cubiertas por bandejas de hornear forradas con papel de pergamino.

Su madre, Purdy Bliss, irrumpió en el obrador desde la sala principal de la pastelería con los brazos cargados con bolsas de la compra. Era una mujer robusta de rostro dulce, con el pelo negro rizado y un flequillo que le caía desordenadamente sobre la frente.

—¡Niños, las grageas! —gritó—. ¡Os había dicho que hicieseis grageas con la manga y que no paraseis hasta llenar todas estas bandejas de hornear!

Los niños gruñeron mientras cogían cada uno una manga pastelera. Purdy les despeinó los cabellos pelirrojos mientras empezaban a llenar las bandejas con pequeñas gotas de masa de chocolate en hileras ordenadas.

—¿Qué pasa? —preguntó Rose.

—Los periodistas —dijo Purdy, besando a Rose en la frente—. No volveremos a vivir tranquilos hasta que se larguen.

—Os ayudaré —dijo Rose, entusiasmada por primera vez en varios días. Tal vez podría ser útil.

—Rose, cariño —dijo Purdy, mientras sacaba las provisiones de las bolsas—, tal vez deberías volver arriba. Es por ti que están aquí.

—¿Y se supone que tengo que quedarme encerrada en mi torre, como Rapunzel? —exclamó Rose, levantando los brazos—. Ni por asomo.

Y dicho esto, cogió una manga pastelera llena de masa de chocolate y exprimió con cuidado unas cuantas gotas mientras sus hermanos terminaban el resto.

—Trescientas grageas —dijo Purdy, contando—. Ya es suficiente. Chicos, venid aquí —añadió, acercando a sus hijos hacia ella y apoyando suavemente los brazos en sus hombros.

La puerta de la cámara frigorífica se abrió de par en par y salió Balthazar, el tatarabuelo de Rose, llevando un tarro de cristal azul envuelto en malla de alambre. Del interior salía un ruido como si diez mil cepillos de dientes eléctricos zumbasen al mismo tiempo.

—¿Estáis listos? —preguntó el tatarabuelo.

Purdy asintió con la cabeza y gritó:

—¡Suelta las abejas!

Balthazar dejó el tarro en el suelo en el centro de la cocina y luego entreabrió la tapa. Un enjambre de abejas salieron disparadas, llenando la cocina como una nube borrosa de humo negro y amarillo zumbante.

—¡Contemplad el Temible Enjambre del Tubertine! —gritó Balthazar, tirándose de la barba.

—Las galletas son Grageas de Cera de Abeja Métete en tus Asuntos —explicó Purdy por encima del estruendo del zumbido—. Si te comes una galleta pinchada por un aguijón del Temible Enjambre del Tubertine, te ocuparás de tus asuntos. Los primeros en utilizarlas fueron los monjes trapistas; de hecho, antes del funesto día en que los monjes de la orden se dieron un banquete de estas galletas, era imposible hacerles callar. ¡Bla, bla, bla! Tras devorar estas grageas, los monjes hicieron los primeros votos de silencio de la historia de los monasterios. —Purdy se sacó un silbato del bolsillo del delantal—. ¡Contemplad!

Purdy frunció los labios y sopló un tango rítmico. Inmediatamente, el enjambre de abejas se sostuvo perfectamente quieto en el aire y luego se repartió hasta que cada abeja se quedó flotando encima de un pequeño montículo de masa de chocolate. Las abejas miraron a Purdy, con los ojos como platos y preparadas. Rose podía notar una ligera brisa producida por su aleteo.

Con el siguiente toque del silbato, cada una de las trescientas abejas hundió su aguijón en su montón de chocolate. Pareció que suspirasen, ya que el zumbido se volvió más silencioso, y luego le dieron la espalda a Purdy y volaron en fila india de vuelta al tarro.

Balthazar cerró la tapa de golpe.

Ty y Sage salieron a gatas de debajo de la mesa del obrador, suspirando aliviados.

—¡Puaj! —dijo Sage. Rose observó que las paredes y el suelo estaban embadurnados de pringue amarillo. Sage pasó el dedo por una mancha—. Lo han dejado todo lleno de babas.

Balthazar se rascó la calva y cuando acabó tenía el dedo goteando de aquella sustancia amarilla pegajosa, que se llevó a la punta de la lengua.

—Es miel —gruñó.

Purdy y Rose fueron metiendo una bandeja tras otra con las grageas de chocolate recién aguijoneadas en el horno. Pocos minutos después, pasaron los confites calientes a una bandeja de servir, y al momento Ty y Sage estaban fuera distribuyendo las grageas entre los numerosísimos periodistas y fotógrafos.

A medida que cada periodista mordía una gragea, sus ojos centelleaban con un fulgor tan dorado como la pelusa del cuello de una abeja, y enseguida salía corriendo del césped. En diez minutos, la multitud se había esfumado del patio trasero, junto con las cámaras, micrófonos jirafa, lámparas de flash y todo lo demás.

Ty y Sage volvieron a entrar en la cocina con sus bandejas vacías. Los cabellos de Ty, que había empezado a engominarse desde la Gala en pinchos de cinco centímetros, se estaban marchitando como hierbas rotas, y Sage tenía un verdugón de color rosa brillante en medio de la frente.

—Alguien me ha golpeado con un micrófono —dijo Sage, echando chispas—. Esa gente son unos animales. ¡Unos animales, sí!

Ty sostuvo en alto un folio de color naranja y dijo:

—Cuando ya se habían largado, he encontrado esto

en la puerta principal. —En los bordes del papel se veían restos de celo—. Había más pegados por todo el edificio.

Purdy le cogió el papel y lo leyó en voz alta.

—«Por orden de la Oficina Americana de Negocios y la Ley del Congreso H213, este comercio queda CERRADO PARA LOS NEGOCIOS inmediatamente.»

—¿Pueden hacer eso? —preguntó Sage—. ¿No tienen que hablar antes con nosotros?

—¡Justo ahora que empezamos a tener éxito! —protestó Ty, exasperado—. ¡Katy Perry quiere un pastel!

Con el ceño fruncido, Purdy continuó leyendo.

—«La Ley de Discriminación de las Grandes Pastelerías Americanas declara que las pastelerías que empleen a menos de mil personas deberán suspender sus actividades. Las grandes pastelerías están sufriendo por las injustas ventajas de las pastelerías familiares en todo el territorio de Estados Unidos. Deberán dejar de elaborar inmediatamente productos alimentarios con ánimo de lucro. Cualquier violación será castigada con todo el peso de la ley.»

Rose tragó saliva y notó que algo suave chocaba contra su tobillo. Bajó la mirada y encontró al gato *Gus* que la miraba.

—Un deseo al azar te puede amargar —dijo, enroscándose en torno a sus piernas—. ¡Ya te lo había dicho!

1

Al saco con el gato

Exactamente veintisiete días más tarde, Rose se despertó y encontró su habitación calentita como un calcetín acabado de salir de la secadora.

Había sufrido veintisiete días de despertarse por la mañana con frío en toda la casa, los hornos apagados, las ventanas de delante con los postigos cerrados, la pastelería cerrada al público. Veintisiete días viviendo con la culpa de que ella, Rosemary Bliss, había traído el frío a su pueblo por el simple hecho de formular en voz alta un deseo.

Se estiró en la cama y escuchó el crujir de sus huesos y se sintió agradecida de que fuera un sábado caluroso de junio. No había necesidad de arrastrarse por los aburridos pasillos del instituto de secundaria de Fuente Calamidades. Como todo el resto de la gente del pueblo, sus compañeros de estudios habían ido a peor desde el cierre de la pastelería Bliss. Los profesores habían perdido la vitalidad, los equipos deportivos habían perdido sus partidos, e incluso las animadoras habían perdido el entusiasmo. «Ra», murmuraban en los partidos, agitando los pompones sin ninguna pasión.

Y lo peor de todo, también había afectado a Devin Stetson, cuyo flequillo rubio caía lacio y grasiento sobre su frente. Rose llegó a preguntarse qué había visto en él.

Y Rose estaba más mustia que nadie: sola entre toda la gente de Fuente Calamidades, sabía que ella era el motivo por el que había cerrado la pastelería.

—Solo una semana más —musitó para sí misma sin levantarse de la cama.

—¡Chssst! —gritó una vocecita a su lado—. ¡Estoy durmiendo!

Rose apartó las sábanas, dejando al descubierto el amasijo de pijama que era su hermana pequeña, Leigh, acurrucada como una coma en el espacio donde la cama tocaba la pared.

—¡Leigh —dijo Rose—, tienes que dejar de colarte en mi cama!

—Pero es que tengo miedo —dijo Leigh, parpadeando con sus pestañas negrísimas, y Rose volvió a sentirse culpable. Los repentinos terrores nocturnos de su hermanita de cuatro años probablemente también eran culpa suya.

—¿Otra semana de qué? —ronroneó alguien más. Acurrucado contra el pecho de su hermana estaba *Gus*, que abrió uno de sus ojos verdes para mirarla. El gato tenía el don del habla desde que Rose lo conocía, a partir del día que se había comido unas Pastas de Queso Cheddar Parlanchinas que había preparado su tatarabuelo, en realidad. Pero no dejaba de sorprenderse cada vez que abría su boquita bigotuda y hablaba—. ¿Te ha comido la lengua el gato? —preguntó *Gus*.

—Para que empiecen las vacaciones de verano del cole —dijo Rose—. Ya no lo soporto. ¡Todo es tan deprimente!

Rose aspiró profundamente y se sintió reconfortada por el suave aroma de canela y nuez moscada.

—¡Alguien está haciendo pasteles! —exclamó.

Gus estiró las patas delanteras y se inclinó hacia delante, irguiendo la cola como un signo de admiración.

—Esto es una pastelería, ¿no?

—Pero, pero, pero... ¡si nos la cerraron! ¡Por orden del gobierno!

Leigh pestañeó y rascó las orejas gachas y grises de *Gus*. Desde que se había librado del horrible hechizo de Lily que la obligaba a alabar constantemente a su tía, Leigh había adoptado una serenidad digna de Buda y raramente abría la boca si no era para decir la pura verdad.

—Que la cerraran —dijo calmosamente la pequeña, tocando la arruga de la frente de Rose— es solo una oportunidad para abrirla de otra forma.

—Bueno, abierta o cerrada, si hacemos pasteles estamos infringiendo la ley —dijo con cara de preocupación—. Será mejor que bajemos.

Vestida con una camiseta roja y un pantalón corto marrón claro, Rose llegó a la cocina con Leigh y *Gus* en el momento en que Chip entraba en la pastelería. Chip era un ex marine que solía ayudar a los clientes de la tienda. Rose no sabía qué harían sin él.

—No entiendo qué hago yo aquí —dijo—. El letrero de la entrada sigue poniendo CERRADO. Las persianas siguen bajadas. Las luces siguen apagadas.

—Bueno, Chip —dijo Purdy—. Ahora sentaos para que pueda contaros a todos lo que está pasando.

Chip se sentó en un taburete junto a la mesa de los desayunos, alrededor de la cual se apiñaban los padres, hermanos y el tatarabuelo de Rose y encima de la cual rebosaban las cartas de los fans. El padre de Rose, Albert, sostenía la carta oficial que habían recibido del gobierno de Estados Unidos, leyéndola y releyéndola, como si esperase descubrir alguna minúscula nota al pie que negase todo lo anterior.

—¡Esta ley no tiene sentido, ningún sentido en absoluto! —murmuró entre dientes.

Leigh gateó bajo la mesa de desayuno y volvió a salir en el regazo de su madre. Rose se hizo un hueco entre sus hermanos.

—Estoy de acuerdo, no tiene ningún sentido —anunció la madre de Rose—. Es por ello que, desde hoy mismo, la pastelería Bliss volverá a funcionar.

—¡Pero Purdy! —protestó Albert—. ¡Eso sería infringir la ley!

—Cielo, el gobierno dice que no podemos funcionar —añadió Balthazar, frotando la parte superior de su cabeza calva con un pañuelo—. El documento lo deja perfectamente claro: a menos que empleemos a más de mil personas, tenemos que cerrar. Nuestro estrambótico abogado, Bob Solomon, no le ha podido encontrar ningún resquicio. Y nuestra congresista, la gorda Nell Katey, no ha logrado ningún progreso con los demás políticos de Washington. Ambos tienen buen corazón, pero parece que aquí hay gato encerrado.

Gus arqueó el lomo y siseó mientras empezaba a rascar la base de madera de la mesa de desayuno como si fuera una jaula llena de ratones.

—*Gus* —dijo Purdy amablemente—. Deja de rascar, por favor.

Gus se echó en el suelo y se retorció hasta quedar tumbado boca arriba.

—Lo siento, ha sido una reacción instintiva al oír hablar de gatos encerrados.

—La ley dice que no podemos funcionar con ánimo de lucro —explicó Purdy con un extraño destello en la mirada—. No dice nada de que no podamos funcionar como una organización benéfica. Tenemos que dejar de vender productos alimentarios, ¡pero no tenemos por qué dejar de hacer pasteles!

Ty se quedó boquiabierto.

—¿No debes de estar sugiriendo que...?

—¿... regalemos los pasteles? —terminó Sage.

Ty se llevó las manos a la cabeza, procurando no despeinarse.

—No me puedo creer lo que estoy oyendo. ¡Así nunca nos haremos ricos!

—Pues sí, que regalemos los productos es exactamente lo que estoy sugiriendo —dijo Purdy—. Nuestro trabajo es mucho más que un simple beneficio económico. Fuente Calamidades nos necesita.

Sage gruñó teatralmente.

A su lado, Albert sonreía y había plegado la carta.

—No podremos regalar nuestros productos eternamente, no podemos permitírnoslo. Pero sí que podemos hacerlo al menos hasta que encontremos la manera de esquivar esta estúpida ley.

—Estoy seguro de que esto es culpa de Lily. —Balthazar se levantó de la mesa y empezó a pasear por la estancia, rascándose la barba—. No lo olvidéis: Lily no devolvió el *Apócrifo* de Albatross. Me apostaría una rebanada de Empanada de Plátano del Autoengaño a que Lily está utilizando las siniestras recetas de ese panfleto para causar estragos en el gobierno. Debería haberlo destruido cuando tuve la oportunidad, en 1972.

Al tatarabuelo de Rose le gustaba advertir a su familia de los peligros del *Apócrifo* de Albatross, un panfleto de recetas particularmente entrometidas y desagradables escrito muchos años antes por una oveja negra de la familia Bliss. Normalmente, el *Apócrifo* estaba escondido en la solapa posterior del *Libro de Recetas* de los Bliss, pero cuando Lily había devuelto el libro tras su derrota en la Gala des Gâteaux Grands en París, el *Apócrifo* no estaba.

—Eso tampoco lo sabemos, Balthazar —protestó Albert, aunque a Rose le pareció que trataba más de convencerse a sí mismo que a Balthazar. El tatarabuelo de Rose se limitó a carraspear.

—¡Nada de eso importa! —gritó Ty—. ¡La solución a nuestros problemas es muy evidente! Solo hace falta que Rose haga ese anuncio de pastelitos Kathy Keegan y podremos retirarnos todos a Tahití. Ninguno de nosotros tendrá que volver a acercarse jamás a un horno. ¡Nos harán los pasteles! —Sage y él chocaron las palmas.

—No se trata del dinero, Thyme —dijo Purdy, dándole un cachetito a su hijo mayor—. Se trata de la gente de este pueblo. Nos necesitan. Y nosotros los necesitamos. Nuestra causa más noble es hacer pasteles.

—Además —añadió su padre—, de momento podemos permitírnoslo. Siempre hemos escatimado y ahorrado por si llegaba una necesidad. ¿Y pues? Pues ahora vivimos la mayor emergencia que haya vivido jamás Fuente Calamidades.

En lo más profundo de su ser, Rose sintió que se encendía una pequeña llama de esperanza y un deseo de hacer el bien de la única manera que sabía.

—¿Qué vamos a hacer? —le preguntó a su madre.

Purdy sonrió, y Rose sintió que la tristeza de los últimos veintisiete días se extinguía como una nube al amanecer.

—Ahora seremos la pastelería Bliss clandestina —anunció Purdy—. Haremos pasteles día y noche, y desde mañana por la mañana llevaremos personalmente los pasteles, tartas y bollos a toda la gente del pueblo. La gente de Fuente Calamidades estuvo a nuestro lado en los momentos difíciles, cuando no teníamos el *Libro de Recetas*. Y ahora tenemos que estar nosotros a su lado.

Albert rasgó teatralmente la carta oficial del gobierno por el medio.

—Creo que es la mejor idea que he oído jamás.

Purdy puso a Leigh en el regazo de su padre, se levantó y empezó a dar vueltas por el abarrotado obrador de la pastelería.

—Chip hará el reparto a domicilio —dijo Purdy, mirando a su corpulento ayudante—. Albert, ¿puedes hacer inventario de nuestros ingredientes mágicos? —Y, orgullosa, añadió—: No nos rendiremos.

—Yo te ayudaré —dijo Rose, contenta por la oportunidad de invertir su descuidado deseo y, por primera vez en casi un mes, soltarse y poder hacer pasteles, sin cámaras, ni periodistas, simplemente tres generaciones de la familia Bliss haciendo lo que siempre habían hecho mejor.

Dulce magia con pasteles.

Eran las tres de la madrugada.

El calor en el obrador era espeso como gelatina de uva. Rose rompió un huevo rojo de una especie de periquito llamado agaporni enmascarado en un cuenco lleno de masa de magdalena de calabacín para hacer una hornada de Magdalenas del Amor para el señor y la señora Bastable-Thistle, que, sin la intervención mágica de la pastelería Bliss, se habían vuelto tímidos desconocidos el uno para el otro.

—Mamá, mira —dijo Rose mientras añadía el huevo, observando la masa que se espesaba y crepitaba al mismo tiempo que se elevaban minúsculos corazones de harina y estallaban como fuegos artificiales.

Pero Purdy no podía oír a Rose, no por encima del Tucán Malayo de la Fortuna, cuyo graznido confiado vertió en un bol de crema de repostería, luego rellenó con la crema una hornada de Hojaldres de Crema Coral para el coro comunitario de Fuente Calamidades, cuyas voces eran débiles y agudas sin ellos.

—¿Qué decías, cariño? —preguntó Purdy.

—No importa —dijo Rose, siguiendo con la masa de magdalena mientras su «tata» Balthazar vertía la mirada de un Tercer Ojo medieval en una hornada de Dulce de Leche Padre-Hija para el señor Borzini y su hija Lindsey. Tras comer el dulce de leche, cada uno de los dos podía ver más fácilmente por dónde iba el otro.

—No es conveniente mirar a un Tercer Ojo directamente... al ojo —le dijo Balthazar a su tataranieta—. Podría dejarte ciega.

«Nota mental —pensó Rose—. No te quedes ciega.»

La familia llevaba ya dieciséis horas metida en la faena, y seguían faltando por hacer la mitad de las cosas de la lista maestra de Purdy.

Por todo el obrador había tarros azules llenos de diversos alientos, gruñidos, hadas, gnomos, lagartos prehistóricos, setas parlantes, ojos saltones, moscas zumbantes y burbujas brillantes y movedizas de todos los colores. Toques de canela, nuez moscada y vainilla se arremolinaban en el aire, y la variedad de sonidos que salían del obrador hacía temer a Rose que los vecinos no pensaran que los Bliss habían abierto un zoo.

Albert había subido tarro tras tarro de ingredientes mágicos del sótano secreto bajo la cámara frigorífica —¡Cuidado con la cabeza, familia Bliss!— hasta que los polvorientos estantes de madera quedaron prácticamente vacíos.

Ty y Sage hacía rato que se habían acostado. En un momento dado, habían bajado a comer un tentempié, pero cuando vieron aquel caos mágico de dientes que mascaban, conejos voladores y explosiones de color procedentes de las docenas de cuencos metálicos, volvieron arriba a toda prisa.

Había Galletas de la Verdad para la señora Havegood, tristemente famosa por sus mentiras, Crepes Calmantes para la señora Carlson, la canguro escocesa siempre enfadada y alterada, y Tartas de Manzana de la Intrepidez para las reservadas componentes de la Asociación de Damas Bibliotecarias.

Había Mantecadas de Vista de Lince para Florence la florista, que era muy miope, Pastel de Frambuesa de la Mesura para el restaurador francés Pierre Guillaume, que tenía un problema de compra compulsiva, e incluso algo para Devin Stetson, el chico rubio en el que Rose había pensado al menos dos veces al día durante aproximadamente el último año, cinco meses y once días. Le había preparado unos Bollos Respira-Bien para ayudarle con sus frecuentes sinusitis, que eran, para Rose, el único defecto que tenía Devin Stetson.

A las cuatro de la madrugada, Rose sintió que el calor de los hornos le empezaba a nublar la cabeza y le dijo a Purdy que tenía que echarse un ratito. Se acurrucó en el banco de la mesa de desayunar y enseguida se quedó dormida.

Rose se despertó con un sol brillante como la mantequilla y el ronroneo insistente de *Gus*, el gato fold escocés.

—¡El reparto, Rose! —dijo, dándole golpecitos en el hombro con su gruesa pata—. ¡La lista ya está acabada!

Rose se incorporó de un brinco y descubrió a su madre, su padre y su tatarabuelo Balthazar roncando en el suelo. Todas las superficies de la cocina estaban cubiertas por cajas blancas de pastelería atadas con cordel a rayas rojas y blancas.

Ty y Sage ya habían empezado a cargar cajas en la parte trasera de la furgoneta familiar de los Bliss. Leigh ayudaba sentada junto a las cajas y dándoles una palmadita con sus manos cubiertas de glaseado.

—Palmadita al pastel —decía una y otra vez.

Sage la sujetó con el cinturón a su sillita de coche y montó junto a ella.

—Conduzco yo —dijo Ty orgulloso. Le encantaba recordarle a todo el mundo que a los dieciséis años ya era lo bastante mayor como para llevar un coche, e incluso se llevó la mano al bolsillo de atrás de los tejanos negros para sacar su carné de conducir. La foto de delante captaba en toda su longitud los pinchos de su pelo rojo, aunque quedaba cortada por debajo del labio superior.

—Uf —dijo—, quería asegurarme de que llevo el carné. Mi carné de conducir.

Rose puso los ojos en blanco.

—Vamos, *sorella* —dijo él—. Conduzco yo.

—De hecho, creo que voy a hacer un poco de reparto por mi cuenta con la bici, si no te importa —dijo Rose.

Ty la miró de soslayo y se encogió de hombros.

—Como desee mi *sorella*. —Desde que había empezado a estudiar italiano en el instituto, Ty intercalaba palabras italianas en sus frases para sonar extranjero y sofisticado.

—Ya sabes que no hay aire acondicionado en una bicicleta, ¿no? — gritó Sage por la ventanilla de la furgoneta.

—Ya lo sé —dijo Rose. Mientras sus hermanos esperaban, rebuscó en la parte trasera de la furgoneta y eligió algunas de las cajas. Las cargó en la cesta que llevaba en el manillar de la bicicleta y con mucho cuidado se puso una caja especial en la mochila. Justo cuando iba a arrancar, *Gus* también saltó dentro de la cesta.

—¡En marcha! —ordenó.

—Para en la fuente de Reginaldo Calamidades, dulce Rose, para que pueda desayunar algo.

La cabecilla gris y peluda de *Gus* asomó fuera de la cesta mientras ella pedaleaba por las calles.

—*Gus*, no hay peces en la fuente —respondió Rose—, solo monedas de cinco y diez centavos que tira la gente para tener buena suerte. Es una tradición.

—Pues eso, cogeré algunas de esas monedas para comprarme un delicioso pescado ahumado.

Sin detenerse en la fuente, Rose aparcó la bici delante del bungalow cubierto de hiedra propiedad del señor y la señora Bastable-Thistle.

—Ni una palabra, *Gus* —dijo, abriendo la mochila.

Gus saltó dentro de la mochila, se retorció hasta estar cómodo y asomó la cabeza.

—Sí, ya lo sé —suspiró—. Ojalá la visión de un gato que habla no causara el desmayo inmediato de las personas.

Rose apartó un tapiz de hiedra y apretó el timbre, que tenía forma de rana. Al cabo de un momento abrió el señor Bastable, que llevaba una camiseta con una rana dibujada y la palabra BÉSAME.

—Hola, Rose —dijo. Parecía un poco mustio, aunque sus cabellos blancos estaban tan despeinados como siempre—. ¿Qué te trae por aquí?

Rose se quedó mirando la estera de la puerta, que decía BIENVENIDAS RANAS Y CIERTAS PERSONAS.

—Como ya sabe, nos cerraron la pastelería Bliss —dijo Rose—. Pero queríamos darle las gracias por su apoyo mientras estábamos en la Gala, así que le hemos traído algunas de sus magdalenas del amor, ay, de calabacín favoritas.

—Vaya, vaya —dijo él con indolencia. Rose pudo

adivinar por el leve centelleo de sus ojos que estaba conmovido, pero el señor Bastable siempre había sido tímido, de ahí su necesidad de Magdalenas del Amor. El señor Bastable se fijó en las orejas plegadas de *Gus* que asomaban de la mochila de Rose—. Oh, ¿eso es un gato? ¿Qué le pasa en las orejas?

Rose notó cómo se tensaba el cuerpo de *Gus* dentro de la mochila.

—Ah, nada, es de una raza que se llama fold escocés, que tienen las orejas plegadas.

—Ah —musitó Bastable, mordiendo inadvertidamente una de las Magdalenas del Amor—. Se asemeja en cierto modo a las orejas de una rana, plegadas sobre su cara.

Gus clavó sus garras en la espalda de Rose.

—¡Ay! —saltó Rose.

—¿Qué? —preguntó Bastable.

—Nada —dijo Rose.

Sin hacerle caso, el señor Bastable le dio otro mordisco a la masa esponjosa de la magdalena y engulló ruidosamente. De repente hubo un resplandor verde brillante en sus ojos, su espalda se irguió y carraspeó.

—¡Felidia! —gritó—. Tengo que cortejar otra vez a mi amada Felidia, porque es una mujer sublime, y a las mujeres sublimes hay que cortejarlas a diario. ¡Ya voy, Felidia!

Entonces el señor Bastable se volvió, con la caja de magdalenas debajo del brazo, y le cerró la puerta en las narices a Rose.

—Supongo que ha funcionado —dijo Rose, aunque no quiso pensar lo que estaba a punto de suceder dentro del bungalow Bastable-Thistle.

—Orejas de rana —dijo *Gus*—. Qué estupidez más ridícula.

Florence la florista pensó que Rose era una ladrona hasta que probó un bocado de Mantecada de Vista de Lince.

—¡Ah, Rose Bliss! —exclamó, y suspiró aliviada de que los Bliss no se hubieran olvidado de ella.

Rose pilló a Pierre Guillaume en su día libre.

—*Sacré bleu!* —gritó en cuanto le dio un mordisco al Pastel de Frambuesa de la Mesura, que enseguida lo disuadió de comprarse un yate en eBay—. Suerte que Purdy, tu madre, siempre se cuida de mí.

Caja a caja, Rose fue por todo el pueblo, evitando por los pelos pequeños desastres, hasta que solo le faltaba una caja: la de la mochila, la que más le apetecía entregar, para la cual todas las demás solo habían sido una excusa.

Subió pedaleando la pendiente imposible de la Colina del Gorrión y aparcó la bici delante de Donuts y Reparación de Automóviles Stetson.

Rose no recordaba si Devin había visto su nuevo peinado. Se había hecho lo que la peluquera había llamado «flequillo ladeado», lo que significaba que ahora el flequillo bajaba desde un extremo hasta el otro de su frente, en vez de la habitual línea recta que ella misma se hacía delante del espejo del baño. Rose no le había dicho ni pío a Devin en clase, pero pensaba que tal vez habría visto su flequillo en el periódico, o en las noticias de la tele. Odiaba admitir lo mucho que aquel flequillo ladeado le hacía sentirse una mujer sofisticada, pero no podía evitarlo. Era la realidad.

Caminando con sofisticación, Rose se acercó a la tienda con su caja de Bollos Respira-Bien. Eran unos bollos empalagosos de masa dulce recubiertos por un glaseado pegajoso de canela. En el centro mismo de cada bollo había una pizca de crema impregnada con Viento Ártico, de modo que los bollos despejaban instantáneamente los pulmones y las cavidades nasales de cualquier mucosidad no deseada. Purdy solía prepararlos para Rose cuando faltaba a clase por un resfriado nasal, y eran mucho más sabrosos de comer que la sopa de pollo.

Rose vio a Devin detrás del mostrador de la caja. Él también llevaba el flequillo ladeado, solo que el suyo era de un rubio precioso como la arena. A ella le parecía hecho de hilos de oro. Devin tenía la nariz enrojecida y los ojos nublados y tristes, y se sonaba con un pañuelo.

—Parece una versión enfermiza del tal Justin Biberón o como se llame —susurró *Gus* desde su atalaya en la mochila.

—¡Chssst! —siseó ella, deslizándose hacia el mostrador de la caja. Se armó de valor y respiró hondo—. Hola, Devin.

Devin se secó rápidamente la nariz y se peinó el flequillo.

—Hola, Rose —respondió tristemente.

—¿Qué tal? —preguntó Rose—. ¿Otra vez resfriado?

—Sí, ya *be* co*d*oces —dijo, sorbiéndose los mocos. Nervioso, tamborileó con los dedos en el mostrador de cristal—. Así que te has hecho fa*b*osa, ¿eh? Es raro.

A Rose se le cayó el corazón a los pies.

—¿Raro malo, o raro bueno?

A Devin se le trabó la lengua.

—Raro bue*do*, claro. Yo... ah... —Devin se quedó sin palabras, y su mirada se desvió de la cara de Rose hacia un rincón vacío del techo.

«¿Está nervioso? —pensó Rose—. Normalmente la nerviosa soy yo.»

—He venido —dijo en voz alta— porque aunque la pastelería está cerrada, quería traerte unos cuantos de tus bollos favoritos. Para que no te sientas desdichado sin ellos.

Rose casi se abofetea a sí misma al oír las palabras que salían de su boca. ¿«Desdichado»? ¿Por qué había dicho eso? Parecía una abuela de noventa años. Seguro que Devin pensaría que era una idiota obsesionada con las palabras.

Devin abrió la caja y le hincó el diente a uno de aquellos bollos esponjosos.

—¡Mmmmmm! —exclamó—. Madre mía, este bollo está buenísimo —dijo pronunciando nítidamente las enes y las emes—. ¡Qué raro! ¡Puedo volver a respirar! —Devin sonrió y sus ojos perdieron aquel aspecto soñoliento.

—¿Raro malo, o raro bueno? —bromeó Rose.

—Raro bueno —contestó él, sonriendo.

—Tampoco es tan guapo —susurró *Gus* cuando estuvieron fuera otra vez, mientras Rose iba dando saltitos hacia su bici, con los pies tan ligeros que se sentía como si la estuvieran ayudando unas hadas invisibles.

—Eso lo dices tú —arguyó Rose, que ya estaba reproduciendo aquel momento en su cabeza como si fuera un DVD.

—La cesta de tu bicicleta es decididamente incómoda para viajar —observó *Gus*, entornando los ojos hacia la cesta de alambre vacía—. Y fría. Por el viento, ¿sabes?

—¿Quieres que te lleve en la mochila? —dijo Rose.

—Creía que no me lo preguntarías nunca.

Rose se arrodilló y abrió la solapa, y *Gus* saltó adentro. Rose oyó cómo se movía en la oscuridad de la mochila y decía:

—¡Mucho más calentito! ¡Esto está mucho mejor!

Volvió a colgarse la mochila a los hombros y ya casi había llegado a la bici cuando una voz la llamó desde la valla del mirador de la cima de la colina.

—¿Eres Rose Bliss?

Rose se volvió y vio una silueta corpulenta recortada contra el cielo de la tarde. La única persona que había visto jamás con unos hombros tan enormes era Chip, aunque sin duda aquel hombre no tenía la voz de Chip. Rose se acercó.

—Eres Rose Bliss, ¿verdad? —repitió con una voz profunda y cavernosa.

El hombre tenía una cara bonita —al menos para alguien casi tan mayor como su padre—, de rasgos marcados, con una cabeza enorme, la mandíbula cuadrada y unos ojos pequeños y brillantes. Tenía una espesa cabellera negra y llevaba un chándal hecho de velvetón marrón velloso. Sus dedos y la parte delantera del chándal parecían cubiertos por una fina capa de harina.

—Esto no me gusta —susurró *Gus*—. ¿Qué es eso que tiene en los dedos? ¿Qué tipo de hombre adulto lleva un chándal de velvetón marrón?

Los padres de Rose siempre le habían dicho que no hablara con desconocidos, pero desde que había ganado la Gala des Gâteaux Grands, todo el mundo sabía quién era. No tenía demasiado sentido negarlo.

—Sí, soy Rose Bliss.

—Eso me ha parecido. —El hombre hizo un gesto abarcando los tranquilos pastos de Fuente Calamidades—. ¿Sabes qué es una farsa? La nueva ley de pastelerías.

Rose se relajó un poco.

—Sí, no tiene ningún sentido.

—La gente de aquí —continuó el hombre, apasionadamente— necesita pasteles, tartas, galletas y bollos. Alguna cosa dulce de vez en cuando le recuerda a la gente lo dulce que es la vida.

El tipo se llevó la mano al pecho como si estuviera a punto de cantar el himno nacional. Rose asintió con la cabeza. Pensó en las vidas que había alegrado aquella mañana. La gente a la que habían ayudado ella y su familia. Pero ¿cuánto tiempo podrían continuar haciéndolo? Los Bliss habían repartido en el pueblo la magia suficiente para un par de días, pero no podrían continuar haciendo pasteles y repartiéndolos por las casas sin cobrar. No estaban arruinados, todavía no, pero no podían financiar a todo el pueblo.

—Una vida sin el ocasional trozo de pastel es... es una vida vacía —continuó el tipo, acercándose a ella lentamente—. Mira esto —dijo, volviendo a gesticular hacia Fuente Calamidades—. Vacío. En eso se van a convertir todas estas vidas.

Gus sacó una pata de la mochila y le dio un cachete en la oreja a Rose.

—¡Esto no me gusta! —susurró.

Aquel extraño gigantón se inclinó hasta que estuvieron a la misma altura.

—¿Te gustaría...? Quiero decir, ¿quieres ayudar a esta gente?

—¡Por supuesto! —dijo Rose, pensando en el deseo que había formulado. No se creía realmente lo que le había dicho el gato (¿verdad que no?). Un deseo no podía cambiar el mundo (¿o sí que podía?). Pero aun así, lo retiraría si pudiera—. Es lo que más quiero en el mundo.

—¡Qué bien! —dijo el hombre—. En este caso...

El hombre chasqueó los dedos y, antes de que Rose pudiera coger aire para gritar, la oscuridad los envolvió a *Gus* y a ella cuando se vieron metidos dentro de un saco vacío gigante de harina.

2

Lo más mejor de una mala situación

Las dos horas que pasó Rose atrapada en el saco de arpillera con *Gus* fueron con diferencia las peores de su vida.

En primer lugar, a nadie le gusta que lo secuestre un desconocido y lo meta en un saco. Surgen de modo natural preguntas como «¿Adónde me llevan?» y «¿Volveré?». En segundo lugar, estar atrapado dentro de un saco de arpillera en verano es básicamente como estar metido en un horno que pica. Un horno móvil que bota y rebota. En tercer lugar, los restos de harina que forraban las paredes del saco se mezclaban con su sudor formando una pasta asquerosa. Rose escarbó el cuello del saco con las uñas, pero seguía firmemente cerrado.

Luego estaba el asunto de *Gus*, que no dejaba de susurrarle:

—Tengo garras, no lo olvides, Rose. Son armas de destrucción masiva, estas garras.

Por suerte, el hombre que la había metido en el saco no parecía oír los susurros del gato fold escocés por encima del zumbido de la furgoneta y el jaleo del tráfico. Lo único que podía hacer Rose era permanecer alerta y, de vez en cuando, chillar:

—¿Adónde vamos? ¡Déjeme salir de aquí!

Pero nadie respondía.

Cuando por fin se detuvo la furgoneta, un par de brazos robustos levantaron el saco que contenía a Rose y a *Gus* y lo sacaron de la furgoneta. Oyó que se abrían puertas y sintió una ráfaga repentina de aire acondicionado.

Entonces los brazos la soltaron sobre una silla y le quitaron el saco de arpillera.

Rose quedó inmediatamente cegada por luces fluorescentes.

Se encontró sentada en una silla de metal oxidada en el centro de una sala de cemento gris. Entraba una luz tenue por unas ventanas diminutas cerca del techo. En una punta de la sala había un escritorio cubierto de carpetas de manila. La pared de detrás del escritorio estaba llena de archivadores de metal gris oxidado. Las hileras de luces fluorescentes rectangulares que colgaban del techo chisporroteaban y zumbaban de ese modo tan desagradable de las luces fluorescentes, como si en realidad fueran prisiones de miles de luciérnagas radioactivas.

La sala olía a metal y a desinfectante, y Rose sintió de repente una enorme añoranza de los aromas de su casa: mantequilla, chocolate y pasteles recién salidos del horno.

—No me gusta este lugar —susurró *Gus*, quitándose con las garras la harina de debajo de sus orejas caídas—. Parece una oficina de una película sobre... lo horribles que son las oficinas.

Rose le acarició la cabeza al gato.

—No pasa nada. Tienes garras, no lo olvides.

—Por supuesto —ronroneó el gato.

Rose se sacudió los cabellos, se espolvoreó la harina de la camiseta roja, de las pestañas, de detrás de las orejas e incluso se sacó un poco de debajo de las axilas.

—¿Dónde estoy? —gritó.

Como nadie respondió, Rose se dio media vuelta y vio a dos hombres de pie junto a un mugriento y vacío dispensador de agua en el rincón opuesto de la sala. Uno de ellos era el caballero corpulento y bizco del chándal marrón que la había abordado en la cima de la Colina del Gorrión, y el otro era un tipo alto con gafas, con la cara pequeña y una cabeza blanca y protuberante sin un solo pelo. Parecía una caricatura de un alienígena con traje.

—¿Hola? —volvió a gritar—. ¿Dónde estoy?

Ninguno de los dos hombres se dio por aludido, sino que siguieron charlando junto al dispensador de agua, bebiendo de unos pequeños conos de papel.

—¿Qué es esto? —dijo el hombre calvo, gesticulando hacia Rose de modo que salpicó agua de su pequeño cono de papel al suelo—. Se suponía que tenía que conseguir el LIBRO.

—El libro ha sido imposible, jefe —respondió el hombre del chándal—. La pastelería está cerrada, no he podido entrar. Así que en vez del libro me he traído a la cocinera.

Rose sofocó un grito. Aquellos dos hombres iban tras el *Libro de Recetas* de la familia Bliss. Pero ¿para qué debían quererlo? Ya fue lo bastante malo cuando tía Lily puso sus manos sobre el libro, pero cuando lo había devuelto, Rose había pensado que su familia y ella ya estaban a salvo.

El hombre calvo y enjuto volvió a llenar su cono de agua.

—No, la cocinera no, el libro. Lo que necesitamos es el libro.

El hombre corpulento soltó un largo resoplido.

—Pero, señor, la cocinera es lo mejor después del libro. Ganó ese concurso francés de pastelería. Puede hacerlo.

El calvo miró con los ojos desorbitados a Rose.

—¡Pero es tan joven! —dijo con voz aguda—. ¡Tan delgaducha! ¡Y lleva un gato en la mochila con las orejas deformes!

—Le estoy oyendo, ¿sabe? —dijo Rose enfurecida—. Estoy aquí. Y si no me dicen dónde estoy, haré que mi gato les ataque.

Gus salió de un brinco de la mochila y se sentó sobre las patas traseras, siseando y simulando puñetazos con las patas delanteras y mostrando las garras. Parecía una mantis religiosa.

—Y no tiene las orejas deformes —añadió Rose—. Son un rasgo distintivo de su raza.

—No te preocupes, jovencita —dijo el hombre delgado—. Te lo explicaremos todo, pero calma a ese gato.

Rose le lanzó a *Gus* una mirada severa. El gato se encogió de hombros y escondió las garras.

—Buen minino —dijo ella, poniéndose a *Gus* en el regazo y acariciándolo hasta que empezó a ronronear—. Ya está —dijo Rose—. Y ahora se lo repito: ¿dónde estoy?

Los dos hombres avanzaron lentamente por el perímetro de la sala hacia el escritorio, manteniéndose tan alejados de *Gus* como podían.

El hombre calvo se sentó en la silla detrás del escritorio, mientras que el hombre del chándal de velvetón se situó detrás de él, apoyado en la hilera de archivadores metálicos oxidados.

—¿Que dónde estáaaas? —dijo el hombre delgado—. Pues en la mejor pastelería del universo: la Corporación de Bollería Lo Más. —El hombre golpeteó sus dedos índices entre sí y miró a Rose a través de las gafas. No se podía decir que tuviera labios, era como si la piel de debajo de la nariz y la piel de encima de la barbilla hubieran decidido, en cierto momento, parar—. Soy el señor Butter, y mi musculoso socio, al que ya has tenido el placer de conocer, es el señor Kerr.

—Lo Más, ¿eh? —dijo Rose. Por supuesto que había oído hablar de los pastelitos Lo Más. Como todo el mundo. Eran los que llevaban una vaquita blanca en la esquina del envoltorio.

En el colegio, los amigos de Rose a veces sacaban pastelitos Lo Más para desayunar: pastelitos de chocolate rellenos con merengue, magdalenas negras recubiertas con puntitos blancos, pastelitos de vainilla rellenos con crema de chocolate... cada uno con un nombre distinto que tenía algo que ver con el pastelito en sí, como Bocarricos, Chocolunas o Tronkis. Rose nunca les había pedido a sus amigos que le dejaran probar los Bocarricos ni los Tronkis porque su madre siempre le ponía alguna delicia casera y, además, los pastelitos Lo Más desaparecían en dos bocados.

—Los señores Butter y Kerr de Pastelitos Lo Más —repitió Rose—. Muy bien. Ahora ya le podré decir a la policía quién me ha secuestrado.

El señor Butter despegó sus no-labios y soltó un escueto «ja ja».

—¡Secuestrado! ¿Ha oído eso, señor Kerr? ¡La pobrecilla cree que la hemos «secuestrado»!

—Ja —respondió el señor Kerr, mirando nerviosamente a Rose.

—Me han traído aquí dentro de un saco de harina —dijo Rose—. Contra mi voluntad.

—Oh, has malinterpretado lo que ha pasado hoy, Rosemary Bliss —siguió el señor Butter diplomáticamente—. No te hemos «secuestrado», te hemos traído aquí para ofrecerte un trabajo.

Rose arrugó el entrecejo.

—¿Un trabajo? ¿Qué clase de trabajo?

—Necesitamos ayuda con nuestras recetas —dijo el señor Kerr abruptamente, frotándose las manos en el velvetón de su chándal.

El señor Butter miró un momento al señor Kerr y a continuación se volvió de nuevo hacia Rose, todo sonrisas.

—Sí, ese es el quid de la cuestión —dijo, tamborileando con los dedos en el escritorio—. Mira, Rose, aquí en la Corporación de Bollería Lo Más también nos horrorizamos tanto como tú con la aprobación de la Ley de Discriminación de las Grandes Pastelerías. Por supuesto que la ley sí que beneficia a nuestra pastelería, ya que empleamos a muchas más de mil personas. De modo que queríamos ayudar a una pequeña pastelería de pueblo como la vuestra, que ha tenido que cerrar, poniéndoos a trabajar para nosotros.

Gus se movió nerviosamente en el regazo de Rose, que de repente cayó en la cuenta de que ninguno de los dos había ido al baño desde hacía horas.

—Considéralo como un programa de intercambio —añadió el señor Kerr impasible. Su voz era tan profunda que sonaba como si su garganta tratase de tragarse las palabras antes de que escapasen—. Como los que hacéis los niños en el colegio.

—Exactamente —dijo el señor Butter—. Mira, Rose, podemos ofrecernos algo maravilloso unos a otros.

—¿Ah, sí? —dijo Rose.

—Lo Más tiene las mejores instalaciones de pastelería del mundo, miles de metros cuadrados de superficie, la maquinaria más moderna y un personal formado por miles de profesionales cualificados de la pastelería. —El señor Butter hizo una pequeña pausa para saborear la idea—. Y eso es lo que te falta a ti. Tú, Rosemary Bliss, eres una pastelera sin pastelería.

Rose bajó la cabeza. El señor Butter estaba equivocado. La familia Bliss sí que tenía una pastelería; solo que no les dejaban que funcionara legalmente. Pensó en la noche anterior, en las estrecheces y el calor que habían pasado en el minúsculo obrador, y en las dificultades que tenían para cubrir las necesidades de productos de pastelería del pueblo. En lo agotados que habían acabado sus padres y ella. No podían continuar así.

—Y a nosotros lo que nos falta es el tipo de atención que los pasteleros de los pueblos pequeños podéis permitiros prodigarle a cada rebanada de pan, a cada bollo, a cada espiral de glaseado para las magdalenas, a cada...

—Ya lo pillo —lo interrumpió Rose.

El señor Butter se enojó.

—Sabes tan bien como yo que nada endulza tanto la vida como un postre perfecto. La gente de todos los pueblos, los alumnos de todos los colegios, de todos los estratos sociales, todos dependen del poquito de bondad que pueden encontrar dentro de, por ejemplo, una tarta Bliss. O un trozo de pastel.

—O una magdalena —continuó el señor Kerr—. O un cruasán. O un *clafoutis* de cerezas. O...

—Ya lo pillo —espetó Rose.

El señor Butter se aclaró la garganta y se pasó los dedos por los arcos vacíos donde tendrían que haber estado sus cejas.

—En la Corporación de Bollería Lo Más creemos que nuestros pastelitos son casi perfectos, aunque las ventas recientes no lo reflejan así. Nuestros pastelitos no pueden competir con el amor y la... cómo lo diría... la magia de las pastelerías pequeñas.

Rose miró con suspicacia al señor Butter y sintió algo que revoloteaba nerviosamente en su estómago. «¿Magia? —pensó—. No puede ser que sepa lo de la magia.»

—¿Y no deberían tener todos los pueblos lo que tiene Fuente Calamidades? ¿Maravillosas delicias de gourmet siempre a mano y siempre recién hechas? —continuó el señor Butter—. Antes de tu fortuita llegada, teníamos...

—Me han «secuestrado» —volvió a insistir Rose. En su regazo, *Gus* gruñó.

—... teníamos la ayuda de una maestra pastelera que casi había perfeccionado nuestras recetas. Lamentablemente, fue a competir a un concurso de pastelería en París y, después de lo sucedido allí, ya no volvió. —Rose supo inmediatamente que solo podía estar hablando de una persona, su perversa tía Lily—. Y es por eso que te necesitamos —dijo el señor Butter—. Para perfeccionar las recetas. Para convertir nuestros pastelitos en los mejores del mundo. Para terminar lo que empezó la anterior directora pero no pudo finalizar.

Rose bajó la mirada hacia *Gus*, que le devolvió la mirada con los ojos muy abiertos, como diciendo «ni se te ocurra». La punta de su rabo dio un coletazo.

—¿Por qué yo? —preguntó Rose—. ¿Por qué no cualquiera de los demás pasteleros de cualquiera de los millones de pastelerías del país que tuvieron que cerrar el negocio por culpa de esa estúpida nueva ley?

El señor Butter se dio un golpecito con el dedo en la punta de su amplia nariz.

—Vienes muy bien recomendada.

—¿Por quién?

—Pues... por Jean-Pierre Jeanpierre, de la Gala des Gâteaux Grands, por supuesto. Él te seleccionó como vencedora de la competición de pastelería más prestigiosa del mundo, ¿no? ¿No te parece lógico que busquemos tu ayuda antes que la de cualquier otro?

Rose se sonrojó. Era adulador, aunque también muy sospechoso. Aparentemente, iba a quedar marcada para siempre por aquella competición.

—Pero usted ha dicho hace un momento que quería el libro antes que a la cocinera. ¿De qué libro estaba hablando?

—Nos dijeron que en la pastelería Bliss utilizáis un... libro especial que convierte vuestras delicias en mágicamente sabrosas —dijo el señor Butter—. Que el secreto de vuestro éxito es gracias a...

—¡No! —mintió Rose. «¿Cómo pueden saber lo del *Libro de Recetas*?»—. ¡Nada de libro especial! Hacemos todos nuestros pasteles de memoria. Quien sea que le dijo que teníamos un libro especial le tomó el pelo. Le tomó por el pito del sereno. Le mintió como un bellaco...

—Y es precisamente por eso que te hemos traído

aquí —dijo el señor Butter—. Tú eres nuestra única esperanza, Rosemary Bliss. Necesitamos desesperadamente tu ayuda. No solo por nosotros, sino por el bien de toda aquella gente que ha buscado alguna vez la esperanza y la felicidad en un producto de bollería. —Butter se quitó las gafas y se frotó levemente los ojos con la punta del pañuelo—. ¿Nos ayudarás en este momento de imperiosa necesidad?

Era evidente que al señor Butter le importaba la pastelería, pensó Rose. Bien era cierto que la había secuestrado, pero su madre de todos modos jamás le habría dejado ir, o sea que en cierto modo el señor Butter no tenía otra opción si quería contar con los conocimientos de Rose.

Y su familia iba a necesitar el dinero.

Tal vez podía hacer algo positivo y ganar dinero para su familia. Es verdad que había deseado no tener que hacer pasteles nunca más, pero tal vez los pasteles sí que querían que los hiciera.

—Puedo ayudaros —dijo Rose. *Gus* le hincó las zarpas en la pierna, lo que la hizo chillar—. ¡No había acabado! —le murmuró al gato, y luego se volvió hacia el señor Butter—. Solo les ayudaré si antes me dejan llamar a mis padres y decirles dónde estoy. Probablemente deben estar locos de preocupación.

—Por supuesto que puedes llamar a tus padres —dijo el señor Butter—. En cuanto hayas hecho unos pasteles.

A Rose se le erizaron los pelos de la nuca.

—¡O sea que me retienen como rehén!

—¡Rehén! —exclamó entre risas el señor Butter—. No sé ni qué significa esa palabra. Puedes irte cuando quieras —añadió, examinándose las uñas de la mano derecha—. En cuanto hayas cumplido tus obligaciones, por supuesto.

—¡No puede retenerme aquí contra mi voluntad! —gritó Rose.

—¿Contra tu voluntad? —El señor Butter hizo ademán de desechar la idea—. No te estamos reteniendo aquí. Puedes entrar y salir cuando lo desees... en cuanto hayamos perfeccionado nuestras cinco recetas principales.

Rose no estaba llegando a ninguna parte con aquel hombre. Pensó en sus padres, en que a esas alturas Ty y Sage ya habrían vuelto de hacer su reparto. Albert y Purdy les preguntarían dónde estaba Rose y les responderían que había querido hacer una parte del reparto con su bicicleta. Sería inconcebible que Rose siguiera rondando de un lado para otro. Tal vez su familia no empezaría a preocuparse hasta el anochecer. Para entonces podría haber terminado de preparar sus pasteles allí, o al menos podría encontrar un teléfono.

—Vale —dijo finalmente, agarrando a *Gus* con fuerza para que supiera que no tenía que arañarla—. Antes prepararé unos pasteles.

—Vamos —dijo el señor Butter con una sonrisa—. Deja que te enseñe dónde trabajamos.

El señor Butter condujo a Rose por un pasillo iluminado, con el señor Kerr detrás de ellos. Desde dentro de la mochila, *Gus* se inclinó, con las patas delanteras en el hombro de Rose, confortando sus oídos con el sonido de su constante gruñido grave.

El señor Butter abrió una puerta de acero y a Rose le llegó una vaharada de olor de azúcar, chocolate y lejía, del calor de los hornos al rojo vivo, y de los siseos, zumbidos y golpes de la maquinaria industrial.

El señor Butter los condujo por una pasarela de acero, con barandas, por supuesto, que daba a una enorme fábrica de resplandeciente acero inoxidable. Unas palas gigantescas de metal removían unas cubas enormes de chocolate. Docenas de trabajadores con redecillas para el pelo adornaban con puntos blancos de nata cientos de magdalenas de chocolate que iban pasando por una cinta transportadora, como las maletas en un aeropuerto. Una monstruosa prensa mecánica envolvía pastelito tras pastelito en plástico, luego otra cinta transportadora dejaba caer los pastelitos ya envueltos en cajas de cartón.

Rose observaba la escena con cara de repugnancia. Estaba acostumbrada a envolver individualmente cada pastel en una caja blanca y a atarla con cordel de pastelería.

—Es maravilloso, ¿verdad? —preguntó el señor Butter, respirando hondo y extendiendo los brazos majestuosamente—. Producimos ocho mil pastelitos de un tipo u otro cada minuto. Nuestro complejo es mayor que el Pentágono, y tenemos más camiones de reparto trabajando para nosotros que el servicio de correo postal de Estados Unidos.

Cuando llegaron al final de la pasarela, el señor Butter llevó a Rose y a *Gus* a una sala minúscula con paredes de cristal que estaba suspendida precariamente encima del suelo de la fábrica.

Rose miró hacia abajo al amasijo de cintas transportadoras y recordó la sensación de mareo que había sentido cuando había mirado por la baranda desde lo alto de la Torre Eiffel.

La habitación suspendida estaba vacía excepto por un pedestal de cristal iluminado, encima del cual había una cúpula también de cristal. Dentro de la cúpula había una pequeña semiesfera de pastel de chocolate rellena de nata de pastelería, que reconoció inmediatamente como un Bocarrico.

—¿Por qué tiene una sala entera dedicada a un Bocarrico? —preguntó.

—No es un simple Bocarrico —dijo el señor Kerr, entornando sus ojos oscuros.

—Bajo esta cúpula consagrada —empezó el señor Butter, como si estuviera dando un sermón—, está la génesis misma de la Corporación de Bollería Lo Más. Nuestro imperio se construyó sobre un Bocarrico. Cada año, de promedio, un estadounidense devora más de tres kilos de Bocarricos.

—Uf —dijo Rose, recordando a los niños de su colegio que solían tragarse un Bocarrico en dos bocados—. Y bueno, ¿por qué está este en un tarro?

—Este —dijo el señor Butter, levantándose otra vez las gafas y secándose los ojos— es el primer Bocarrico que se haya hecho jamás. Y se conserva tan fresco como el día en que lo elaboró mi abuelo, allá por el año 1927.

Rose se quedó horrorizada. Aquel Bocarrico tenía casi cien años... tendría que estar ya podrido.

—Es repugnante.

—Es sensacional —espetó el señor Butter, apretando sus brazos larguiruchos contra sus costados—. Es el poder de los conservantes, algo que les falta a vuestras galletas caseras. Dos días después de hacer un pastel, se seca y acaba en la basura. Pero gracias a los conservantes, aseguramos que cada Bocarrico siga tan delicioso como el día que lo has comprado, sin importar cuándo te lo comas. ¡Nuestros pastelitos son, en cierto modo, inmortales!

Gus, que miraba fijamente el Bocarrico, empezó a vomitar.

—¡Ups! ¡Mi gato se ha tragado una bola de pelo! —gritó Rose mientras sacaba a *Gus* de la sala y lo dejaba suavemente en la pasarela, donde continuó vomitando pelo.

—Me gustaría marcharme —dijo *Gus* en voz baja, para que solo Rose pudiera oírlo.

—Yo también quiero irme a casa —dijo Rose, también en voz baja—. Pero tenemos que encontrar la manera de salir de aquí.

—Nosotros también queremos que te vayas a casa —dijo el señor Butter, que había salido de aquella especie de santuario de cristal justo a tiempo para oír a Rose—. Pero antes hay trabajo que hacer, así que ahora te llevaremos a nuestro principal obrador de pruebas. Es el lugar más alegre del planeta.

—Creía que era Disneyland —susurró *Gus*.

El señor Butter rodeó los hombros de Rose con su brazo delgaducho.

—Tu misión, que ya has aceptado, será perfeccionar las recetas de nuestros cinco productos principales. Una vez hecho esto, serás totalmente libre de marcharte. Con nuestro agradecimiento, por supuesto.

—Por supuesto —dijo Rose, tragando saliva—. Perfeccionar unas pocas recetas tendría que resultar fácil —dijo mirando a *Gus*.

Pero el gato se limitó a sacudir la cabeza y suspirar.

3

Los PCPC

Fuera del edificio principal de la fábrica, el señor Butter y el señor Kerr hicieron pasar a Rose y a *Gus* al asiento trasero de un carrito de golf.

—¡Vamos que nos vamos! —gritó el señor Butter—. ¡Al lugar donde se produce la magia!

—¿Magia? —repitió Rose. «¿Habría también magos pasteleros allí? No, no podía ser... ¿o sí?»

—Es un decir —dijo el señor Butter—. ¡Me refiero, por supuesto, a la magia de la industria!

—Ah —dijo Rose, con un suspiro de alivio.

—Ahórramelo, por favor —susurró el gato desde el interior de la mochila.

El señor Kerr dejó atrás con el carrito docenas de almacenes cuadrados y pintados todos de un gris anodino. Rose observó los callejones entre almacenes y lo único que se veía eran más almacenes, como si hubiera entrado en un laberinto de bloques grises del que no se pudiera escapar. Los edificios eran tan altos y estaban tan juntos entre sí que ni siquiera el sol de última hora de la tarde lograba penetrar hasta el suelo, de modo que las calles de la Corporación de Bollería Lo Más eran oscuras como la noche.

Faltaba una hora aproximadamente para que se pusiera el sol, y Rose sabía que sus padres ya habrían empezado a preocuparse oficialmente porque ella no hubiera regresado. Consideró la opción de saltar del carrito y tratar de huir corriendo, pero ¿en qué dirección? Los edificios parecían no terminar jamás.

—¿Cuántos edificios hay aquí? —preguntó Rose, tratando de aparentar normalidad.

—Más de ciento setenta y cinco unidades solo en este complejo —respondió orgulloso el señor Butter—. Luego tenemos otro complejo de producción en Canadá, pero ese solo tiene ciento veinticinco edificios.

Después de lo que pareció un largo trayecto, el señor Kerr detuvo el carrito delante de un almacén gris con un 67 gigante pintado en un lado. Se sacó un *walkie-talkie* del bolsillo del chándal y dijo en voz baja:

—Marge, ha llegado una PCPC, cambio.

De repente, una parte de la pared del almacén se elevó hacia el techo, como la puerta automática de un garaje, y el señor Kerr entró el carrito por la apertura. La puerta se cerró detrás de ellos, dejando encerrado el carrito de golf en una cabina oscura como boca de lobo y con aire acondicionado.

Cuando el suelo debajo de ellos comenzó a retumbar, Rose se dio cuenta de que estaban en un ascensor. Un minuto después, el carrito emergió en un obrador gigantesco con baldosas de linóleo de color de herrumbre, mesas de trabajo de acero inoxidable y una hilera de hornos de última generación.

El perímetro de la sala estaba repleto de todo tipo de electrodomésticos de cocina: batidoras de tamaño de restaurante, freidoras, tostadoras y licuadoras, asadores y parrillas, ollas y sartenes de acero inoxidable, y un estante que contenía veinte espátulas de diversos tamaños y colores.

Rose sofocó un grito. No le gustaba que la llevasen allí contra su propia voluntad, aunque sin duda sí que le gustaba aquel obrador. Era casi perfecto, lo único que le faltaba era una despensa secreta llena de tarros mágicos azules como los que tenían en casa.

—No está mal, ¿eh? —preguntó el señor Butter—. Este es nuestro obrador de pruebas.

Butter chasqueó los dedos y una fila de hombres y mujeres con batas, delantales y gorros de chef blancos entraron desfilando desde una pequeña puerta en el rincón opuesto de la sala con el letrero CUARTOS DE LOS PASTELEROS. Perfectamente al unísono, los seis pasteleros se situaron detrás de la hilera de mesas metálicas de trabajo y se pusieron firmes.

Los seis pasteleros tenían casi la misma altura, tirando a baja, ya que eran casi igual de altos que Rose. Y todos eran rechonchos. No era algo evidente si mirabas solo a uno de los cocineros, pero viéndolos juntos en fila resultaba obvio que todos eran iguales en un aspecto: los seis tenían sobrepeso.

Además, los seis sonreían. No como hombres y mujeres realmente felices, sino más como personas a las que les estiraran la boca hacia arriba por los lados con anzuelos invisibles.

—¿Por qué son tan rechonchos? —susurró *Gus*, al que mecía Rose en sus brazos—. Parece como si tuvieran que salir rodando si les das un empujón.

—Calla —contestó ella—. No lo sé.

El señor Butter caminó lentamente hacia las mesas de trabajo y se inclinó sobre ellas.

—Una mancha —dijo con una sonrisa, señalando la superficie perfectamente limpia de acero inoxidable—. Alguien se ha dejado una mancha.

Entonces chasqueó los dedos.

Uno de los pasteleros sofocó un grito, corrió hacia la pared de atrás y cogió un trapo limpio y un rociador. Volvió corriendo a la mesa y frotó vigorosamente la mancha.

El señor Butter se sacó una lupa del bolsillo y observó detenidamente la superficie de la mesa.

—Así está mejor —dijo. Luego volvió a enderezarse, carraspeó teatralmente y se dirigió a Rose—. Estos son nuestros mejores pasteleros, especialistas en todas las facetas de la creación de nuestra gran gama de productos. Desde ahora, responderán ante ti, Rosemary Bliss.

—Ah, vale —dijo Rose. Todos los pasteleros desviaron su mirada del señor Butter hacia ella. El del extremo más alejado de ella tragó saliva ostensiblemente.

—Y ella es nuestra pastelera jefe, Marge.

La mujer que estaba más cerca de Rose tenía las mejillas redondas y rosadas, y el pelo castaño corto que sobresalía por debajo del gorro de chef. Sus labios regordetes parecían cerezas confitadas y su nariz era tan redonda como una magdalena en miniatura. Llevaba los bolsillos del delantal repletos de papeles y tarjetas de recetas.

—Soy Marge, la encargada —dijo—. Deja que te presente a nuestros especialistas. Este es Ning, nuestro técnico en glaseados.

Ning, un hombre con el pelo rapado, las cejas puntiagudas y una verruga enorme encima del labio, saludó a Rose.

—Esta es Jasmine, nuestra MTP: Modificadora de Texturas de Pastel —dijo Marge, siguiendo la fila. Jasmine, una mujer con dos largas coletas negras, saludó con la cabeza y la amplia sonrisa que llevaba estampada en la cara se volvió aún más ancha—. La textura de un pastel, como seguro que ya sabes, es lo más importante.

»A continuación tenemos a Gene, nuestro Especialista en Rellenos, tanto de crema como de fruta. —Gene lucía un largo mostacho castaño y tenía el pelo rizado recogido hacia atrás dentro de la redecilla.

»Y aquí al final —dijo Marge— tenemos a las gemelas, Melanie y Felanie, Expertas en Frutos Secos y Espolvorear respectivamente.

Al final de la fila había dos mujeres jóvenes con melena corta rubia y pecas. Saludaron a Rose con la mano y sonrieron tan ampliamente que Rose les vio incluso las encías.

«Esta gente sonríe por miedo», pensó Rose. Todos parecían temer al señor Butter.

—Y ya está —dijo Marge—. Esta es la cuadrilla.

—Y esta —anunció el señor Butter con una floritura de su mano huesuda y blanca como un pez— es la señorita Rosemary Bliss, vuestra nueva directora de PCPC.

—Es mucho más joven que la última —dijo Marge, aunque se apresuró a añadir—: ¡pero igualmente merecedora de nuestro respeto!

Rose frunció el ceño.

—¿PCPC? ¿Qué es eso? Suena como el ruido que hace *Gus* cuando tose porque se ha atragantado con una bola de pelo.

Los pasteleros comenzaron a reír nerviosamente de modo amistoso.

—Las PCPC —dijo el señor Butter— son las cosas que elaboramos. Los productos. Bocarricos, Chocolunas y todo lo demás. Todo son distintos tipos de PCPC: Productos de Consumo Parecidos a la Comida.

—¿Parecidos a la comida? —repitió Rose.

—A causa de la combinación de conservantes y aditivos químicos que utilizamos en nuestros pastelitos, el gobierno los ha clasificado como No Comida, sino Parecidos a la Comida —le explicó a Rose el señor Butter, encogiéndose de hombros como si estuviera hablando de una molestia de poca importancia y guiñándole el ojo—. Pero tú y yo ya sabemos que el gobierno se equivoca muchas veces, ¿verdad?

Rose pensó en la desacertada ley que había obligado a cerrar la pastelería Bliss y asintió con la cabeza.

—Por supuesto que sí.

Marge pasó por detrás de ella y vio la bola de pelo gris que Rose sostenía en sus brazos.

—¡Vaya! ¡Un gato! —exclamó, cogiendo a *Gus* y meciéndolo como a un bebé—. No hay nada que me guste más en esta albóndiga que tenemos como planeta que un gato rechoncho y divertido con ojos de alienígena y las orejas arrugadas.

Gus puso cara de desdén total mientras miraba a los ojos a la pastelera de cabeza redonda.

—Nada de gatos en el obrador —dijo el señor Kerr, cogiendo a *Gus* de los brazos de Marge y volviéndolo a dejar en la mochila de Rose, que oyó un profundo suspiro del fold escocés por encima del ruido de la cremallera.

—¿Empiezo ya a hacer pasteles? —preguntó Rose, ansiosa por terminar lo antes posible con aquella farsa para poder regresar con su familia. Sabía que estarían preocupados.

—¡Así me gusta! —dijo el señor Butter—. Pero no, hoy ya es demasiado tarde. Empezarás por la mañana.

—¿Acaso espera que duerma aquí? —preguntó Rose, indignada—. Esto no formaba parte del trato.

El señor Butter apretó los dientes, pero dijo alegremente:

—Si tienes que perfeccionar las cinco recetas en los cinco días que hemos dispuesto para ti...

—¿Cinco días? —repitió Rose, asombrada. Ella esperaba pasar allí unas pocas horas a lo sumo, no varios días.

—Sé que no es tiempo suficiente para una pastelera corriente —dijo el señor Butter, acariciándose el labio—, pero ¿no eres tú la gran —Butter tosió tapándose la boca con la mano— Rosemary Bliss? ¿La pastelera más joven que haya ganado la Gala bla bla bla?

—Se llama Gala des Gâteaux Grands.

—Sí, ya sé cómo se llama. He dicho «bla bla bla» para que veas que no me impresiona. Como iba diciendo, para aprovechar al máximo los cinco días hasta que... bueno, estos cinco días que hemos dispuesto para ti, vivirás aquí. Tu dormitorio está subiendo por esas escaleras de ahí, en el despacho que domina el Obrador de Desarrollo de los PCPC. Mañana empezarás, y Marge y su equipo ejecutarán tus maravillosas ideas. El equipo está siempre aquí. Si tienes un sueño inspirador y se te ocurre algo brillante a las tres de la madrugada, basta con que despiertes a Marge y todo el equipo se reunirá contigo.

—¿Todos los pasteleros viven aquí? —preguntó Rose, mirando alrededor con inquietud.

—Por supuesto —dijo el señor Butter—. Duermen justo allí detrás, en los Cuartos de los Pasteleros. ¿Dónde iban a dormir si no?

—¿En el pueblo, tal vez? ¿Con sus familias? —propuso Rose.

—Ah —dijo el señor Butter, riéndose como si Rose hubiera contado un chiste—. Dios santo, no. Estamos en una crisis de recetas, Rose, y las crisis de recetas necesitan atención las veinticuatro horas. ¿Qué son las familias y los hogares cuando hay unos pastelitos que perfeccionar? ¡Nada! Lo único que importa, para mí, para la Corporación Lo Más y para ti, es que se perfeccionen esas recetas. —Butter apoyó una de sus manos huesudas en el hombro de Rose; era como tener una bolsa de ganchos colgada a la espalda—. Los pasteleros no irán a ninguna parte hasta que se solucione nuestro problemilla. Y, de hecho, tú tampoco. Buenas noches, Rose. Nos vemos por la mañana.

Rose subió la escalinata espiral de acero inoxidable del rincón del obrador de pruebas, que llevaba a una habitación colgada en una esquina del techo. Podía oír a *Gus* roncando dentro de su mochila, por lo que sabía que estaba bien.

La habitación tenía paredes de cristal y daba al obrador de pruebas, de modo que parecía una pecera en un estante, con Rose haciendo de pez. Marge había apagado las luces y los pasteleros se habían vuelto a sus cuartos detrás del obrador. La habitación de Rose tenía una única ventana cuadrada y diminuta que daba al mundo exterior, de solo treinta centímetros de lado, encima de la cama. Por ella se filtraba el crepúsculo de junio, que provocaba destellos en las mesas de trabajo del oscurecido obrador.

La habitación contenía una cama individual con edredón blanco, un escritorio metálico con una lámpara de escritorio y un pequeño tocador de madera. Tras una puerta en la pared del fondo había un baño de baldosas blancas, equipado con pequeñas toallas blancas que llevaban escrito LO MÁS en hilo rojo. Encima del escritorio había un vaso de leche y unas pocas galletas que parecían resecas. «¿La cena?», pensó Rose.

Rose respiró profundamente; en la habitación flotaba un olor extrañamente familiar, aunque no podía estar segura de qué era. ¿Tal vez un levísimo aroma de un perfume antiguo? Un toque ligeramente floral de... Rose no era capaz de recordar de dónde conocía ese aroma. ¿Tal vez era simplemente el reconfortante olor de toda la vida de una pastelería?

Había cortinas blancas atadas en las esquinas de la habitación; Rose las desató y cubrió las paredes de cristal para tener intimidad. Luego abrió la cremallera de la mochila y *Gus* rodó sobre la cama.

—¡Ah! —dijo, despertándose de la siesta—. ¿Ya estamos en casa? —Pero miró de un lado a otro y volvió a sentarse, enroscando la cola alrededor de sus patas—. Confiaba en que este lugar fuera solo una pesadilla.

—Pues me temo que no —dijo Rose. Cogió una galleta y la partió por la mitad, llevándose uno de los trozos a la boca y dándole el otro a *Gus*. Luego tomó un trago de leche.

—No pasa nada, Rosie —dijo el gato entre bocado y bocado—. ¡Triunfaremos! ¿Acaso no somos gatos? ¿No somos los enemigos más astutos, listos y sorprendentes de toda la creación? ¿No somos...?

—Tú eres un gato —lo interrumpió Rose con cara de pocos amigos—. Yo soy una niña.

—Un detalle técnico sin importancia —dijo *Gus*—. Pero lo que quería decir es sencillo. Saldremos de esta. Nos tenemos el uno al otro. —*Gus* bostezó.

Rose entreabrió el ventanuco de encima de la cama y asomó la cabeza fuera. La habitación estaba muy alta. Lo único que se veía era la parte de arriba de otros almacenes, que parecían no acabarse nunca. A lo lejos en el horizonte se veía una alambrada de espino. No había escapatoria por aquella ventana.

El cielo estaba de un violeta oscuro, del color de una ciruela, con estrechas cintas de color naranja brillante que serpenteaban entre las espesas nubes. Seguro que a sus padres ya les habría entrado el pánico. Notificarían su desaparición a la policía, que buscaría por toda Fuente Calamidades, encontrarían su bicicleta frente a la casa de los Stetson en la Colina del Gorrión, y Devin Stetson les diría que había entregado el último pedido sobre las tres de aquella tarde. Entonces sabrían que llevaba desaparecida desde entonces.

Rose soltó un suspiro trémulo. Lo único que quería era irse a casa. Echaba de menos a su hermana y a sus padres, a Balthazar y a Chip... ¡incluso extrañaba a sus hermanos!

—Ojalá jamás hubiera dicho aquel deseo —murmuró—. Lo de dejar de hacer pasteles. Y nada de esto hubiera ocurrido.

—Todo esto no está pasando por tu deseo —dijo el gato—, así que no te atormentes más por ello. Échate un buen sueño reparador. Esa es la solución gatuna para todo: dormir. Por la mañana siempre se ve más claro qué es lo que hay que hacer. Ah, y por cierto, ¿has pensado en compartir el vaso de leche?

Rose se quedó mirando el vaso medio vacío.

—Perdona, *Gus*, qué descortesía por mi parte —dijo inclinando el vaso sobre el suelo para que *Gus* pudiera lamer el resto de la leche con la lengua.

»Oh, no —gimió Rose, mirando su ropa—. No tengo ningún pijama.

—Ni yo tampoco —dijo Gus, mirándola—. ¡Pero no me oirás quejarme por eso!

Rose puso los ojos en blanco y se dirigió al tocador y abrió los cajones. Estaban repletos de pantalones de lino blanco de todas las tallas, gorros blancos de chef y ropa interior masculina.

—¿En serio? —dijo, sosteniendo un paquete de calzoncillos sin abrir—. ¿Tengo que ponerme esto?

Gus hizo todo lo posible por girar la cabeza para poder limpiarse la espalda.

—¡Argh! ¡Fuera, fuera, mancha! No he dejado de limpiarme desde que hemos llegado aquí y todavía tengo harina en el pelo.

Rose volvió a sentarse en la cama, justo al lado de *Gus*. Ambos se acurrucaron el uno junto al otro y Rose pensó sobre lo que estaría haciendo su familia en ese momento si ella estuviera en casa.

A Leigh le habrían quitado los pantalones y la camiseta sucios y estaría montando una rabieta hasta que le abrocharan el pijama. Sage estaría utilizando la lámpara del escritorio de Rose para crear un foco y actuar bajo su luz, contando los chistes que habría escrito y luego levantaría las manos para hacer callar a un público inexistente. Ty estaría haciendo planes para lo que llamaba «el Gran Final», las jugarretas que pensaba hacer durante la última semana de colegio. Y sus padres...

Aquello ya fue demasiado. Rose pestañeó para quitarse las lágrimas de los ojos. Sabía que su familia no estaría haciendo nada de eso. Estarían todos despiertos, tan preocupados por Rose que no podrían ni siquiera cenar, y mucho menos dormir. Tenía que encontrar el modo de ponerse en contacto con ellos.

A través de las cortinas, Rose miró abajo hacia los electrodomésticos en la penumbra del obrador de pruebas y buscó en vano algo que le pudiera servir de ayuda.

—Hay algo en este lugar que no me gusta en absoluto —dijo.

—Ni que lo digas —contestó *Gus*—. ¿Suelos de linóleo y mesas de trabajo de acero inoxidable? Es espantoso.

—Además de eso —le dijo Rose, rascando a *Gus* debajo de la barbilla hasta que ronroneó y cerró los ojos—. Los pasteleros le tienen terror al señor Butter. Y lo que hacen aquí: ¿productos de consumo «parecidos» a la comida? Los productos de pastelería son naturales, saludables. Son comida. No un producto de consumo que «parece» comida.

—Por no hablar del hecho de que nos han secuestrado —le recordó *Gus*.

—No quiero arreglar sus estúpidos PCPC —dijo Rose—. Tenemos que huir. Tal vez si encontramos el botón del ascensor, podamos bajar a la planta baja.

—¿Y luego qué? —dijo *Gus*—. ¿Supongo que no debes pensar en trepar la alambrada de espino que se veía a lo lejos? —Rose se quedó en silencio mientras el gato abría los ojos y reanudaba la limpieza de su espalda—. ¿Te importaría encender la lámpara, Rose? No puedo ver lo que estoy haciendo aquí.

—¡Creía que los gatos veíais en la oscuridad! —exclamó Rose.

—Solo es algo que decimos para impresionar a la gente. Mi visión nocturna en realidad es tan mala como la tuya —admitió *Gus*.

Rose encendió la luz y asomó la cabeza por la ventana. Fuera, la oscuridad era ya total.

—Mis padres deben de estar fuera de sus casillas —dijo Rose—. Probablemente pensarán que estoy muerta.

Rose se volvió y hundió la cabeza en la almohada. *Gus* dejó la limpieza y se sentó en su cabeza, que era su manera de decir que no sabía qué decir.

Luego, tras un momento, atravesó saltando la habitación y se posó sobre el tocador.

—¡El Maullido! —exclamó.

—¿Qué? —preguntó Rose, volviéndose en la cama.

Gus volvió a sentarse sobre las patas traseras y palmeó con las delanteras.

—¡Es increíble que me haya olvidado del Maullido! No nos sacará de aquí, pero le hará saber a tu familia que estás bien. Secuestrada pero bien. Así no se preocuparán tanto.

—¡Bien! —dijo Rose, sintiéndose un poco más aliviada—. Pero ¿qué es eso del Maullido?

—El Maullido es una red —explicó *Gus*—. En un momento de nuestra historia felina, todas las razas de gatos se reunieron y decidieron que aunque cada cual pudiera pensar en la intimidad que su raza es la mejor (lo cual es una tontería, ya que los fold escoceses somos objetivamente la raza superior) en momentos de crisis deberíamos unirnos por el bien común. Mucho antes de Facebook, nosotros ya habíamos formado la primera red social del mundo. Y la bautizamos como el Maullido.

»Si le digo un mensaje a cualquier gato —continuó *Gus*—, este se lo pasará a otro gato, y el mensaje pasará de gato en gato hasta llegar finalmente a los oídos adecuados. La información tarda un poco en llegar de un sitio a otro, pero funciona.

Rose temió que *Gus* pudiera estar inventándoselo solo para tranquilizarla, aunque sí que la tranquilizó.

—Creía que eras el único gato que sabía hablar —dijo con suspicacia.

—Tu estrechez de miras es adorable. La mayoría de los gatos no hablan inglés, como yo —dijo *Gus*—. Pero todos los gatos hablamos felinés. Aunque tú no lo entiendas, lo hablamos.

Rose estaba demasiado contenta por haber conocido la existencia del Maullido como para sentirse avergonzada. Si no podía escapar de aquella horrible cárcel disfrazada de fábrica, al menos su familia sabría que estaba bien.

—¿Y cómo vas a avisar a los demás gatos? —preguntó—. ¿Dónde encontrarás a alguno en este lugar?

—Pues tendré que irme de este lugar, evidentemente.

—Pero ¿cómo vas a salir de aquí?

Gus saltó al alféizar de la ventana y miró hacia abajo. Luego trepó a la pared de cristal que daba al obrador de pruebas.

—¡Allí abajo! —dijo—. ¿Ves esa manguera?

Rose escudriñó la penumbra del obrador de pruebas y vio que había, efectivamente, una manguera blanca de incendios enrollada a un lado de la pared.

—¿Quieres que descuelgue la manguera por la ventana para poder bajar por ella? —preguntó.

—¡No! —exclamó *Gus*—. ¡No bajaré por una manguera! Me rompería una uña. ¡Atarás la correa de tu mochila a la manguera y me bajarás lentamente al suelo dentro de la mochila!

Poco después de que *Gus* ideara el plan, Rose se encontró mirando por encima del alféizar de la minúscula ventana, observando cómo el gato saltaba de la mochila y se escabullía entre la oscuridad, con la cola bien alta.

Rose deseó que no se hubiera marchado. *Gus* solía dormir con su hermanita Leigh, pero sus ronroneos nocturnos eran tan fuertes y guturales que Rose siempre los oía desde su dormitorio como el chapaleteo tranquilo del océano por la noche. Con *Gus* en la casa no hacía falta ningún aparato de ruido blanco.

«Tal vez debería intentar también yo bajar por la manguera», pensó Rose.

Pero el edificio en el que se encontraba era terriblemente alto, y la entrada al complejo estaba lejos. ¿Hacia dónde iría en cuanto saliera, si es que salía? Ni siquiera sabía dónde se encontraba aquel complejo. ¿Su casa quedaba hacia el sur? ¿Al oeste? Lo único que tenía que hacer para obtener la libertad era perfeccionar algunas recetas. ¿Tan difícil era? Tal vez podría conseguirlo incluso en menos de cinco días.

Rose tiró de la manguera y la subió de nuevo por la ventana, la bajó al oscuro obrador y la volvió a enroscar en su gancho, rezando porque ninguno de los cocineros se despertara.

Su estómago gruñó. Estaba en un obrador, que es una cocina grande, ¿no? Tenía que haber algo con lo que se pudiera llenar la panza. Pero una búsqueda rápida solo dio como resultado ingredientes para dulces y Rose no quería cenar postres. Se sintió tentada por un instante cuando en un rincón del obrador poco iluminado vio una pirámide de Bocarricos, cada cual en su envoltorio individual. Debía de haber un centenar en la pila.

Pero cuanto más miraba lo idénticamente perfectos que eran, más cuenta se daba de que no quería comerse ninguno. Había algo enormemente espeluznante en aquella perfección artificial, algo que llevó a Rose a pensar en el señor Butter y a sentir un escalofrío de disgusto.

Volvió a subir a su habitación, se metió en la cama y se durmió con hambre.

4

La Chocoluna de insaciabilidad

Rose se despertó a la mañana siguiente por una desagradable luz amarilla verdosa que se filtraba por las paredes de cristal del dormitorio.

Le costó levantarse de la cama.

—Despierta, *Gus* —dijo automáticamente. De abajo llegaba el ruido de golpes metálicos, de los cocineros ajetreados en el obrador, limpiando frenéticamente todas las superficies metálicas, que, si no estaba equivocada, seguían limpias y relucientes de la noche anterior.

Gus no respondió. Y entonces Rose se acordó: había salido para pasar el mensaje mediante el Maullido. Miró furtivamente por la ventana, pero no había ni rastro del fold escocés gris en el asfalto. Todavía no había regresado.

De algún modo, la ausencia de *Gus* hizo que Rose se sintiera aún más triste y sola.

Rose volvió a centrar su atención en el obrador. Mirando por una de las paredes de cristal de su dormitorio, Rose vio a Melanie, Felanie y Gene frotando una freidora gigantesca, lo suficientemente grande como que para que pudieran nadar en ella tres adultos. Jasmine y Ning estaban fregando las puertas de los hornos.

—¡Silbad mientras trabajáis! —ordenó Marge con una amplia sonrisa mientras corría como un rayo de un lado a otro entre ellos.

Y, a la señal, todos los pasteleros empezaron a silbar melodías alegres. Periódicamente paraban y aplaudían al unísono, y luego volvían a retomar la canción. Rose los fue mirando a la cara, y todos lucían una amplia sonrisa idéntica: los dientes ligeramente separados y los labios estirados. ¿Por qué sonreía tanto una gente que vivía en una fábrica?

Rose eligió la bata de cocinero más pequeña y los pantalones de cocinero más pequeños. Como los pantalones eran tan grandes, se dejó su pantalón corto debajo como recordatorio secreto de su casa.

Se sentía rara, como una niña que juega a disfrazarse, más que como una Directora de Productos de Consumo Parecidos a la Comida. Aun así, nunca antes se había puesto un gorro de chef, y sintió que la prenda blanca le otorgaba cierto poder, casi como el gorro de un mago.

Rose bajó con delicadeza la escalera de caracol de acero, tratando de no tropezar con la vuelta de los pantalones, que eran demasiado largos.

—¡Aaaah! —gritó Marge—. ¡Viene la directora! ¡Todos a punto!

Melanie y Felanie corrieron a esperar a Rose a los

pies de la escalera, y con una reverencia y alargando los brazos, la condujeron a una mesa de trabajo. Era una enorme superficie vacía de acero inoxidable, grande como la puerta de una iglesia. Ning y Jasmine le llevaron una bandeja con café, un ejemplar del periódico *Wall Street Journal* y un bizcochito con mantequilla y mermelada.

Rose estaba a punto de darle un bocado cuando se dio cuenta de que los seis pasteleros la miraban fijamente, luciendo todos la misma sonrisa en la cara.

—Por mí no hace falta que sonriáis —dijo Rose.

Instantáneamente, a los pasteleros se les cayó la sonrisa convirtiéndose en una mueca de enfado.

—Tampoco tenéis que poner cara de enfadados —dijo Rose.

Algunos de los pasteleros volvieron a sonreír, otros sonrieron y luego fruncieron el ceño, pero todos parecían desconcertados.

—¡A ver, gente! —dijo Rose, exasperada—. ¡Sonreid si queréis! ¡O poned mala cara si queréis! O no tengáis ninguna expresión. A mí no me importa. De verdad.

Los pasteleros se miraron unos a otros y se relajaron. Unos pocos sonrieron naturalmente, y el tal Ning movió las cejas. Por primera vez, sus caras parecieron normales, como las caras de la gente normal.

—Eso está mejor —dijo Rose. Luego mordió el bizcocho e hizo una mueca de disgusto: estaba tan seco que absorbió toda la humedad de su boca. Cogió la taza de café, le dio un trago largo y luego se obligó a tragarlo. Hasta ahí había llegado el desayuno—. Tengo doce años. Tendríais que darme leche. O zumo. Pero no café.

—Oh —dijo el del pelo rizado que se llamaba Gene—. Es culpa mía —dijo volviendo a fruncir el ceño.

—No pasa nada —dijo Rose, apartando la bandeja—. De todos modos, deberíamos poner manos a la obra. Marge, ¿qué se supone que tenemos que hacer primero?

—Esto —dijo Marge, entregándole a Rose una caja multicolor con la etiqueta Chocolunas y la distintiva vaca de Lo Más sonriendo en una esquina—. Este es el primer PCPC de la lista: las Chocolunas. Las ventas han ido bajando año tras año, y estamos haciendo pruebas con una nueva receta, aunque no está acabada. Esto es lo que tenemos hasta ahora, lo que nos dejó la anterior directora.

La descripción del lateral de la caja decía: ¡CHOCOLUNA! ¡UN BOCADILLO DE MERENGUE Y GALLETA RECUBIERTO CON UN DELICIOSO GLASEADO DE CHOCOLATE! La parte superior de la caja tenía un recortable en forma de luna en el cartón, que estaba envuelto en celofán. Rose abrió la caja y sacó la Chocoluna. Inmediatamente se pringó los dedos con el glaseado de chocolate.

Rose sujetó la Chocoluna con ambas manos y le hincó el diente.

Sabía a... cera. Como un recordatorio ceroso de lo que se suponía que tenía que ser el sabor a chocolate. ¿Y debajo de ese sabor? Galleta correosa. Luego sus dientes y su lengua llegaron al centro de merengue, que sabía a... arcilla.

Rose escupió el bocado de Chocoluna a la basura y se frotó la lengua con la mano.

—¡Puaj! —exclamó—. Lo siento, pero es asquerosa.

Y no obstante, mientras se secaba los restos de glaseado de chocolate de los labios, notó que quería otro bocado. Había algo en la Chocoluna que hacía que Rose deseara seguir comiendo.

—Qué raro —dijo—. Es malísimo, pero sin embargo quiero más.

—A mí me encantan —dijo Marge con gravedad mientras aquella sonrisa escalofriante volvía a su cara—. Pero podrían encantarme aún más. Y ahí es donde entras tú, Rose. Eres tú quien tiene que hacerlas mejores. —Al decir la palabra «mejores», Marge juntó las manos.

—¿Mejores? —dijo Rose, estupefacta. ¿Cómo se suponía que tenía que hacerla mejor si de entrada ya no era buena?

—Nuestra anterior directora del Obrador de Desarrollo de PCPC —dijo Marge—, a la que le gustaba que la llamáramos directriz, estaba a medias de afinar la receta. ¡Pero por desgracia no pudo terminar!

Marge se sacó del bolsillo un montón de tarjetas de recetas sujetas con una goma elástica y le dio la primera a Rose.

—Esto es todo lo que pudo hacer.

En la esquina de la tarjeta había un rodillo de amasar repujado, de cuyo centro irradiaban rayos de luz. Parecía familiar, aunque Rose no supo recordar dónde había visto antes ese rodillo resplandeciente.

Pero la caligrafía sí que la reconoció al instante: Lily. Como sospechaba, la «directriz» y su malvada tía eran una misma persona.

La receta de la tarjeta estaba dividida en tres apartados.

Galletas
2 tazas de harina, 1 cucharadita de bicarbonato,
1 $\frac{1}{2}$ tazas de azúcar blanco, 2 huevos,
1 cucharadita de vainilla. Hornear a 190 grados
durante 8-10 minutos.

«Nada especial hasta aquí», pensó Rose. Ni nada inusual, tampoco. Nada que pudiera hacer que la Chocoluna supiera tan mal.

Glaseado de chocolate negro
Derretir 1 kg de chocolate semidulce con 2 tazas
de leche y 1 taza de parafina.

«¡Qué asco!», pensó Rose. Parafina en el glaseado en vez de mantequilla. No era de extrañar que fuera tan brillante. Pero aun así, eso no explicaba aquel sabor peculiar. El tercer apartado, sin embargo, dejó a Rose casi sin respiración.

CREMA DE MERENGUE: Para los vecinos de la
Plaza Delhaney, puso a hervir tres puños de agua
con tres puños de azúcar, luego dejó enfriar la
mezcla y la vertió sobre las claras batidas de doce
huevos de gallina, y siguió batiendo hasta que
salió una crema de merengue.
Luego añadió cuatro bellotas de QUESO DE LUNA.

Rose dejó la tarjeta y se quedó mirando a Marge, muda de asombro. ¡Aquella receta de crema de merengue la habían sacado del *Libro de Recetas* de los Bliss! Ella misma la había visto.

Aunque en el libro el merengue tenía el efecto mágico de hacer flotar perfectamente a una persona en el mar, y el ingrediente mágico era el aliento de una sirena, y no queso de luna, fuera eso lo que fuera. Purdy había preparado el merengue una vez que la familia había viajado a la costa para que ninguno de sus hijos corriera el riesgo de ahogarse.

No solo habían robado la receta Bliss, sino que además la habían alterado.

—¡Esto es del libro de recetas de mi familia! —exclamó Rose, asombrada.

—¡No puede ser! —se inquietó Marge, llevándose una de sus manos rechonchas al corazón.

—¿De dónde la habéis sacado? —exigió Rose. O Lily había copiado el *Libro de Recetas* y había dejado allí una copia, o...

Marge pasó las yemas de sus dedos por la superficie de la tarjeta como si fuera un objeto precioso.

—Esta receta la creó nuestra anterior directora, nuestra querida Directriz. Fue su obra, su inspiración, su genio totalmente asombroso, su...

—¡Espera! —gritó Rose. La verborrea descontrolada de Marge le resultaba familiar. Su hermana Leigh había sufrido un destino similar tras comerse uno de los preparados de Lily—. ¿La Directriz se llamaba... Lily?

Los pasteleros se miraron entre sí, perplejos.

—¡Se llamaba Directriz, claro! —respondió Marge—. Si tenía algún otro nombre, te aseguro que no lo sabemos.

—Tal vez era «Gloriosa» —sugirió Felanie con un suspiro.

—O «La Más Hermosa» —añadió Melanie en un susurro.

Rose se quedó mirando la tarjeta, aturdida. Se suponía que el *Libro de Recetas* de los Bliss era inmune a los intentos de copiarlo. Desencuadernar las páginas destruiría las recetas, y las fotocopias salían en blanco. ¿Habría copiado Lily un puñado de recetas antes de devolver el libro? En tal caso, ¿cómo era que funcionaban las recetas? Rose tamborileó con el dedo en la tarjeta. Tal vez tenía que ver con aquellos ingredientes tan raros que había utilizado Lily como sustitutos.

—¿Qué demonios es el Queso de Luna? —preguntó.

Marge chasqueó los dedos y Jasmine y Ning fueron a la nevera y trajeron un pequeño tarro de una sustancia blanca pegajosa.

En vez de un tarro azul de cristal, el Queso de Luna estaba contenido en un tarro rojo cuadrado con malla de alambre incrustada en el cristal. Rose había visto un tarro igual en alguna parte, pero no recordaba dónde.

Rose metió la mano en el tarro y mojó el dedo en el Queso de Luna. No quedaba demasiado en el tarro, solo una fina capa en el fondo. Era más denso que cualquier otro queso que hubiera visto jamás, casi como barro seco.

Volvió a mirar la tarjeta de la receta. Supo instintivamente que cuatro bellotas de aquello, fuera lo que fuera, eran demasiado para la crema de merengue. No era extraño que supiera a tiza. Sin prestar atención, cogió un bolígrafo rojo, tachó en la receta «cuatro bellotas» y garabateó «una bellota».

—No sé de qué fábrica sacáis este queso —dijo Rose, sacudiendo la cabeza—, pero solo hace falta un poquito para el merengue. Creo que sé cómo arreglarlo.

—¡Oh, glorioso día! —exclamó Marge con los ojos como platos.

Todos los pasteleros se acercaron a Rose, mirándola fijamente sin pestañear, enfocándola con sus sonrisas espectrales.

—¡Chicos! —dijo Rose—. ¡Dejad de sonreír! Me estáis dando miedo.

Más tarde, sin decir palabra, Gene dejó una bandeja con zumo de naranja y una tostada delante de Rose. Guiñó el ojo y volvió a la faena con el resto de los pasteleros.

Ning y Jasmine empezaron con las galletas, mientras Gene y las gemelas preparaban una crema de chocolate para el glaseado con mantequilla en vez de parafina. Por último, Rose y Marge trabajaron juntas en la crema de merengue.

Primero Marge batió las claras de una docena de huevos mientras Rose preparaba un jarabe sencillo. Luego Rose vertió el jarabe ya frío sobre las claras de huevo mientras Marge seguía batiendo, hasta que tuvieron una textura casi de merengue.

—Ha llegado el momento del Queso de Luna —dijo Rose.

Rose trató de extraer solo una bellota de Queso de Luna del tarro rojo con una cuchara de medir, pero la cuchara se quedó atascada dentro.

—Tengo que clarearlo —dijo Rose. Echó un poco de agua en el tarro y trató de remover, pero el Queso de Luna seguía tan denso como antes. Por mucho que apretaba la cuchara, el queso seguía igual.

—¿Qué es esto?

Justo entonces, una pila de cuencos metálicos vacíos cayó de la mesa de trabajo encima del pie de Marge. Todos los demás pasteleros se quedaron mirando horrorizados a Marge, que se agarró el pie aullando.

—¡¡¡¡Auuuuuuuuu!!!! ¡Au, au, au, auuuuuuuuuuuu!

Rose estaba a punto de correr en ayuda de Marge cuando se dio cuenta de que el Queso de Luna se había fundido de repente, como por arte de magia, adquiriendo la consistencia de una crema de queso perfecta para glasear.

—¡Ooooh! —dijo en voz baja.

—¿Qué? —preguntó Marge, con un gesto de dolor.

—Nada... no importa. —Era demasiado estúpido para decirlo en voz alta. ¿Acaso de algún modo los gemidos de Marge habían fundido el queso? Junto a la mención del Queso de Luna de la tarjeta, garabateó «¿aullar/llorar, tal vez?».

Rose removió la bellota del Queso de Luna reblandecido en la crema de merengue y luego hizo un bocadillo de la mezcla entre dos de las galletas terminadas. Para terminar, ordenó a Gene que vertiese la crema de chocolate por encima.

Una vez frío el chocolate, Rose cortó la Chocoluna en pedazos y los pasó al resto de pasteleros.

Ning cogió un bocado con el tenedor y gritó de alegría:

—¡Celestial!

Melanie y Felanie la probaron y lloraron lágrimas de alegría.

—¿Cómo lo has hecho? —le susurraron al mismo tiempo.

Marge le dio un gran mordisco y sus ojos centellearon con un extraño resplandor violáceo.

—No se parece a nada que haya comido —insistió.

Se lamió los labios, recorriéndolos con la lengua una, dos, y hasta tres veces—. Quiero más.

—¡No, YO quiero más! —gritó Gene, frotándose la verruga vigorosamente. Jasmine y él se empujaban para tratar de coger el último trozo.

Rose apartó la bandeja antes de que nadie pudiera cogerlo.

—¡Chicos! ¡Estas no son maneras de comportarse!

—¡Lo sentimos, Directriz! —gimoteó Ning.

—¡No somos dignas de tu atención! —dijeron al unísono Melanie y Felanie, inclinando la cabeza avergonzadas.

—Por supuesto, tienes razón —dijo Marge—. ¡El último bocado tiene que ser para el genio que dirige nuestra cocina, Rosemary Bliss!

«Estos seis están pirados», pensó Rose. Luego cogió el tenedor y lo clavó en el trozo restante de Chocoluna. Todo el pastelito se había transformado, y la textura de la propia crema de merengue era perfecta: suave, densa, húmeda. Dejó que se derritiera en su boca.

Y comenzó a sentir un hormigueo en los pies.

Luego el hormigueo se extendió por todo su cuerpo: sus brazos, sus manos, sus piernas, los dedos de sus pies, e incluso la punta de su lengua eran presas de una especie de sensación de efervescencia, de vida. Quería otro trozo, pero no quedaba nada en la bandeja, ni siquiera un pedacito pequeño. Los pasteleros ya habían acabado con las últimas migajas, agachándose, apretando los labios contra la cerámica y sorbiendo ruidosamente.

—¡No me puedo creer que solo hayamos hecho uno! —dijo Rose, cuya mente nadaba en visiones de la celestial crema de merengue—. ¡Podría comerme una docena!

Rose miró a los seis pasteleros, que le devolvieron la mirada. En lo único que podía pensar era en la textura concreta de aquel bocado de Chocoluna. Se sirvió un vaso de leche y se lo bebió de un trago, pero incluso ya con la boca despejada, seguía teniendo en la cabeza la Chocoluna perfecta, que parecía suspendida en el aire delante de ella mirase donde mirase, un pastelito endemoniadamente sabroso como una nueva luna mágica en el cielo.

Trató de contar hasta diez en francés, pero acabó pensando «*une* Chocoluna, *deux* Chocolunas, *trois* Chocolunas...». Trató de recordar el nombre de su primera profesora de primaria, ¿la señorita Ginger... luna? Algo estaba pasando. Solo podía pensar en Chocolunas.

—Tenemos que hacer más —anunció Rose, salivando solo de pensarlo, aunque luego se controló—. Así... el señor Butter podrá ver que hemos mejorado la receta.

Todos los pasteleros empezaron a reír sofocadamente.

—¡Ah, el señor Butter no come dulces! —dijo Marge—. Nunca los ha tocado. ¡Jamás! Subsiste a base de una dieta de patata hervida. —Marge se señaló el orondo pecho con el pulgar y proclamó—: ¡Yo soy la catadora que decide si una receta se ha perfeccionado, y puedo asegurar que esta lo ha hecho!

Marge enganchó la tarjeta de la receta corregida en la superficie de acero inoxidable de la nevera con un imán y luego se volvió para dirigir a los pasteleros.

—¡Preparad una docena de Chocolunas! ¡Enseguida!

Aquella noche, cuando los pasteleros hubieron terminado de glasear las Chocolunas y las guardaron en la nevera, y Marge hubo advertido a sus colegas pasteleros de no devorarlas blandiendo un rodillo de amasar y amenazando con hacerle daño a quien no obedeciera, Rose se retiró a su pequeño dormitorio sobre el obrador. Por encima del mar de edificios industriales había salido grande y redonda la Chocoluna —la luna, en realidad—, que proyectaba una luz brillante sobre todo, y la tenue luz de las estrellas entraba por el ventanuco cuadrado.

Rose seguía sin poder dejar de pensar en Chocolunas. «¿Y si bajo furtivamente a la cocina y me como solo una? —se preguntó—. ¿O dos? ¿O cinco?»

—¡Rose! —gimió una voz. Sonaba como si viniera de fuera.

Rose se asomó por encima del alféizar del ventanuco y vio algo pequeño y gris que caminaba de un lado a otro a los pies del edificio, con unos ojos verdes que resplandecían en la oscuridad.

—¿*Gus*?

—¿Quién si no? ¿Acaso esperas otra visita felina? ¿Te estás viendo con otros gatos a mis espaldas?

—¡*Gus*! —gritó Rose—. ¡Has vuelto!

—Sí, sí, he vuelto. ¡Rosemary Bliss, Rosemary Bliss, lanza tu manguera!

Rose fue a buscar la manguera al oscuro obrador de pruebas, le ató su mochila y la bajó hasta el asfalto.

—¡Gracias! —gritó *Gus* mientras volvía a saltar a la mochila. Rose lo subió mientras pensaba que *Gus* podría bajar furtivamente y subirle una Chocoluna.

Cuando la mochila llegó al alféizar de la ventana, *Gus* saltó y aterrizó directamente en el regazo de Rose, que lo abrazó tan fuerte que casi le deja sin respiración.

—¡Rose! —dijo atragantándose—. Sé que me has echado de menos, pero por favor, ten cuidado. Mis costillas no son de hierro.

Rose le dio un beso a *Gus* en la cabeza y aflojó su abrazo.

—Perdona. Es que estoy tan contenta de volver a tenerte conmigo. Cuando no estabas esta mañana, casi he temido que te hubieras inventado la historia del Maullido solo para tener una excusa para salir de aquí.

—¡¿Cómo puedes siquiera haber pensado algo así?! Minina tonta...

—Y entonces... —dijo Rose mirando sus ojos verdes brillantes—. ¿Has encontrado a otro gato?

—Por supuesto que sí —dijo *Gus*, lamiéndose la pata con despreocupación felina—. He viajado a través del gran mar negro de asfalto. El sol naciente no me ha detenido, ni el hambre. No, estaba resuelto en mi determinación. Pero la valla que he encontrado era demasiado alta para que la pudiera saltar incluso un gato famoso por su agilidad como yo. No tenía más opción que esperar.

—¿Y algún gato se ha acercado a la valla? —preguntó Rose.

—No me metas prisa —dijo *Gus* con una sacudida de sus bigotes—. Una buena historia siempre tiene que ser larga, intensa e interesante. A ver, ¿por dónde iba?

—Por la valla —dijo Rose—. Esperando.

—¡Ah, sí! Había pasado la noche y me he esperado allí todo el día bajo un fuerte sol. A cada hora que pasaba, mi energía disminuía. Necesitaba un buen pedazo de atún, o una lata de pollo. ¡Pero no podía abandonar mi deber! Por fin, cuando ya empezaba a quedarme dormido en la que podría haber sido mi última siesta, ha aparecido un lince en las praderas de alrededor.

—¿Praderas? —repitió Rose.

El gato se encogió levemente de hombros.

—Ha salido de entre un matorral, si quieres saberlo.

—Dime, *Gus*, ¿y ha aceptado pasar el mensaje?

—Al final sí.

—¿Y aquí se acaba tu historia? —dijo Rose.

Gus describió varios círculos en la cama antes de ponerse cómodo.

—Menos la parte en la que he vuelto. Ha sido mucho más fácil al saber ya adónde iba, claro.

—Gracias —dijo Rose—. Al menos mis padres sabrán dónde estoy.

Pero el gato ya se había dormido. Rose se metió en la cama y trató de ignorar el sonido de motor de tren de los ronroneos de *Gus*.

Trató de pensar en qué estaría haciendo su familia en ese momento —gritar en la comisaría de policía, sin duda—, pero sus pensamientos volvieron a desviarse hacia la Chocoluna. No le gustaba alardear, pero era bastante impresionante la manera como había ajustado la receta para crear una crema de merengue tan decadentemente deliciosa, tan fascinantemente exquisita que ni siquiera podía dejar de pensar en ella. Era pura brujería de cocina, de un tipo que incluso su madre hubiera admirado.

«¡Magia!» De repente, recordó cómo los aullidos de dolor de Marge habían reblandecido el Queso de Luna. Parecía haber una relación, pero por mucho que se esforzaba por encontrarle el significado, estaba fuera de su alcance.

Gus se despertó y se quejó.

—Por favor, deja de llorar. No puedo dormir.

—¡Yo no estoy llorando! —replicó Rose.

—Entonces, ¿quién llora? —preguntó Gus—. Mis orejas plegadas detectan el sonido de la aflicción.

Rose se levantó de la cama y miró hacia la penumbra iluminada por la luna del obrador de pruebas. Sentada en un taburete en una de las mesas de trabajo estaba Marge, con la cara y las manos manchadas del marrón del chocolate.

—¡No hay más! —lloriqueaba Marge—. ¿Qué haré? Me las he comido todas. ¡Ya no hay más!

5

Un toque de albaricoque

—¿Marge? —dijo Rose, bajando de puntillas las escaleras de caracol y entrando en el obrador—. ¿Estás bien?

—¡Chocolunas! —gimoteó la cocinera jefe—. ¡Quiero más Chocolunas!

—¿Por qué no enciendes una luz para que no tropiece —dijo Rose—, y luego hablamos de las Chocolunas?

Sorbiéndose los mocos, Marge se levantó penosamente del taburete y caminó arrastrando los pies hasta la pared, donde encendió una única luz de techo que dejó la mayoría del obrador a oscuras excepto el área alrededor de la mesa de trabajo. Marge llevaba los dedos untados de chocolate y migajas de galleta y embadurnaba todo lo que tocaba: el interruptor de la luz, su boca, su delantal, su pelo y debajo de sus ojos.

Rose se sentó a la mesa y le dio unas palmaditas a Marge en su hombro rechoncho.

—A ver, Marge, ¿qué ha pasado con la docena de Chocolunas que habíamos hecho antes de acostarnos?

—Han desaparecido todas —respondió Marge haciendo tronar los labios—. Ahora mismo están al cien por cien en mi estómago. Me las he comido. Las doce. He tardado unos tres minutos. —Marge tamborileó con los dedos sobre la mesa—. ¡He intentado hacer más, pero no he conseguido derretir el Queso de Luna como habías hecho tú! Eres sin duda un auténtico genio y te serviré eternamente si me preparas unas docenas más de Chocolunas.

Rose le echó un vistazo al Queso de Luna en su tarro. Lo que quedaba estaba solidificado en una densa capa pétrea. Rose no sabía si lograría volver a derretirlo.

—Me temía que pasaría esto —dijo Marge, mirando fijamente a Rose con unos ojos como enormes discos llorosos.

—¿Que temías que pasaría qué? —preguntó Rose frunciendo el ceño.

—Que el señor Butter descubriría el modo de hacer que los pastelitos Lo Más fueran tan perfectos que... ¡esclavizaran a la gente que se los comiera! Siempre han llevado un ingrediente secreto que te hacía querer comer más —dijo Marge, dándose unas palmaditas en la barriga—, pero ahora... jo. ¿Quién será capaz de comer otras cosas? Un bocadito y ya estás enganchado. Los Estados Unidos corren un grave peligro.

—Un momento —dijo Rose, poniendo una mano en la manga mojada de Marge—. ¿El señor Butter trata de crear productos de pastelería que no se puedan parar de comer?

—Lo único que puede saciar el hambre... —empezó Marge, mirando alrededor.

—Es otra Chocoluna —terminó Rose.

—¡Sí! ¡Pero ya he hablado demasiado! —Marge se inclinó hacia Rose y dijo—: No nos dejan que hablemos de esto.

—¿Y si te digo que prepararé más Chocolunas? —dijo Rose—. ¿Entonces me lo dirás?

Marge asintió con la cabeza e inmediatamente se lanzó a cuchichear chismosamente.

—Una vez perfeccionadas las recetas, las nuevas Chocolunas pasarán a la fase de producción industrial para enviarlas a todo el país. ¡Habrá muchísimas Chocolunas! ¡Imagínatelo! —Dicho lo cual se quedó con la mirada perdida en la despensa vacía.

Rose hizo chasquear los dedos.

—Vuelve aquí, Marge.

Tragando saliva, Marge continuó:

—Y la gente comerá, y comerá, y comerá, y entonces todo el país estará atrapado. ¡Tendrán que seguir comprando pastelitos Lo Más, empezando por las Chocolunas que tú has perfeccionado y convertido en la forma más divina de esclavización jamás imaginada!

—¡Espera! —dijo Rose—. ¡Yo no he hecho eso! ¡Yo simplemente he cambiado las proporciones de una crema de merengue!

—Sí —dijo Marge—. ¡Una crema de merengue de destrucción masiva! —A Marge se le escapó un pequeño eructo—. ¡Ñam! —La mirada de Marge volvió a dirigirse al tarro casi vacío de Queso de Luna—. ¿No crees que tendrías que precalentar el horno, si vas a preparar más?

—Claro —respondió Rose con un suspiro mientras se dirigía a la hilera de hornos. Tendría que hacer otra hornada para enseñársela al señor Butter, o de lo contrario jamás le dejaría salir de la fábrica—. ¿Por qué quería la Directriz ayudar a Lo Más, por cierto? ¿Qué ganaba Lily con ello?

—La Directriz, ¡que sus pasteles jamás decaigan!, ¡que sus tapas de masa sean siempre las más hojaldradas!, trabajaba para el señor Butter, y el señor Butter trabaja para... —Marge se calló—. ¡No puedo decir nada más! —gritó, metiéndose un puñado de harina en la boca. Luego se dejó caer en un taburete y se quedó sentada en silencio.

—¡Marge! —dijo Rose bruscamente—. ¡Si quieres alguna de las Chocolunas que estoy a punto de preparar, vale más que sigas hablando!

Marge escupió la harina en el fregadero. Con la cara espolvoreada de blanco, desembuchó:

—¡El señor Butter trabaja para la Sociedad Internacional del Rodillo!

Rose había oído aquel nombre antes, pero ¿dónde?

—¿La Sociedad qué?

—La Sociedad Internacional del Rodillo —explicó Marge temerosa, mirando alrededor de la cocina para asegurarse de que no había nadie escuchando—. La tenebrosa orden de pasteleros que dominan el mundo a través de lo que comemos. ¿Obesidad? Su obra diabólica. ¿Diabetes? Uno de sus planes secretos. ¿Caries? No se había conocido hasta que ellos empezaron con sus negocios. Han provocado que los niños dejen la escuela, que caigan los ingresos, que países hayan ido a la guerra. —Marge le pestañeó a Rose—. ¿No tendrías que estar preparando la crema de merengue?

—Enseguida —dijo Rose—. Pero ¿qué relación tienen estos tipos del Rodillo con Lo Más?

—El señor Butter y el señor Kerr trabajan para la Sociedad, y están utilizando Lo Más para crear un país de adictos a los Bocarricos.

Rose pensaba que no podía haber nadie peor que su intrigante e interesada tía Lily, que era la peor especie de maga de la cocina. Lily utilizaba las recetas y hechizos del *Libro de Recetas* de los Bliss para hacer que la gente la adorase y para hacerse rica y famosa. Pero lo que estaban haciendo el señor Butter y la Corporación Lo Más era mucho, muchísimo peor: estaban tratando de esclavizar a toda una nación.

Era una visión horrible: un país lleno de zombis obesos con ojos de Chocoluna que solo comieran pastelitos Lo Más. Había que detener al señor Butter y a su Sociedad, y Rose sabía que era la única persona que podía hacerlo.

—Marge —dijo Rose, apretando la mano de la mujer—. Yo soy pastelera. —Al decirlo, Rose sintió que era verdad. Era una pastelera, y una maga de la cocina, hasta la médula—. Vengo de un largo linaje de pasteleros que tratamos de mejorar la vida de la gente con nuestros... pasteles especiales. La receta de hoy de la Chocoluna me ha recordado mucho a una de las recetas del libro secreto de mi familia. Dime, ¿estás segura de que la Directriz no utilizaba un libro?

Marge volvió a poner cara de atormentada por la culpa.

—Sí que utilizaba un libro —susurró—. No un libro entero, sino más bien un folleto. Un libro delgado.

Un libro de papel antiguo y caligrafía borrosa. Una vez la entreví por las ventanas en ese dormitorio de arriba, hojeando sus delicadas páginas, leyendo las recetas en voz alta para sí misma. —Marge simuló andar de puntillas—. Intenté acercarme para ver qué era, pero andaba a oscuras y topé con un montón de cuencos de metal. ¡Menudo estrépito!

—¿Y qué hizo ella entonces?

—Empezó a hurgar en el tocador y luego bajó las escaleras y me dijo que me acostara.

A Rose le dio un vuelco el corazón.

—Vuelvo enseguida —dijo antes de subir corriendo a su habitación.

—¿Qué le pasa a esa mujer recubierta de chocolate? —preguntó *Gus*, bostezando.

—Que es adicta a las Chocolunas —murmuró Rose, distraída—. Porque yo he arreglado la receta para el señor Butter, que está tratando de esclavizar a todo el país en nombre de la Sociedad Internacional del Rodillo, que es malvada.

Mientras hablaba, Rose iba abriendo todos los cajones del tocador, mirando debajo de la ropa y palpando el fondo. Nada.

—Creo que deben de estar utilizando la magia, aunque no sé de qué tipo. Aparte de eso, Marge está bien.

—Rodillos de amasar —gruñó *Gus*, lamiéndose la pata izquierda y frotándose con ella la oreja—. Balthazar solía hablar de ellos en sueños. «¡Cuidado con el Rodillo!», gritaba. Yo siempre pensé que tenía pesadillas de tanto hacer pasteles.

—Aparentemente, no era solo eso. —Rose miró detrás del tocador, luego apoyó el hombro en un lado y lo empujó para apartarlo de la pared—. ¡Ajá! —dijo.

Metido a presión en el espacio detrás del tocador había un fajo de papeles grises atados con un cordel y cubiertos por una gruesa capa de polvo. Rose los limpió y se quedó mirándolos fijamente mientras se le revolvía el estómago. Sabía exactamente lo que eran y de dónde habían salido.

—¿Qué es? —bostezó *Gus*.

—Es el *Apócrifo* de Albatross —dijo Rose con un hilo de voz. Tal como sospechaba. Volvió las hojas y descubrió una inscripción horrible en tinta violeta en la parte posterior:

Propiedad de Lily Le Fay,
Principiante
Sociedad Internacional del Rodillo

Ahora recordaba de qué le sonaba la Sociedad Internacional del Rodillo: Lily había dejado la misma inscripción en la tapa posterior del *Libro de Recetas* de los Bliss, en la solapa donde solía guardarse el *Apócrifo*. La familia no había descubierto la nota de Lily hasta después de que ella devolviera el libro y desapareciera. Entonces Balthazar había advertido a Rose de los peligros de la Sociedad Internacional del Rodillo, aunque Rose todavía estaba demasiado pasmada para oírlo bien.

Habían creído que Lily se había llevado el *Apócrifo* aquella noche, aunque tal vez ya entonces no estaba en la solapa del *Libro de Recetas*. Tal vez Lily había escondido el *Apócrifo* allí para poder seguir teniendo algunas recetas en el improbable caso que Rose ganara la Gala.

Rose sonrió para sus adentros. Su tía Lily había temido perder ante ella incluso teniendo en su poder el *Libro de Recetas*.

Luego, después de haber perdido, Lily debió de sentirse demasiado avergonzada para volver a la Corporación Lo Más, dejando su trabajo allí sin finalizar y no molestándose siquiera en volver a por el *Apócrifo*.

—Tía Lily —musitó Rose.

Gus miró alrededor con los ojos entornados y las garras extendidas.

—¿Dónde?

—Trabajaba aquí, en Lo Más. Bastante tiempo antes de que nos secuestraran.

Apoyándose en cuclillas contra la pared junto al diminuto tocador, Rose pasó a la primera receta del *Apócrifo* de Albatross, algo llamado Magdalenas de Culo-Negro de Falta-de-Cordura. Inventadas en 1717 por Albatross Bliss para estropear la boda de su hermano en la diminuta isla escocesa de Tyree, las magdalenas eran evidentemente siniestras y requerían de gotas de Lágrimas del Ojo de un Brujo.

Rose ya había utilizado Lágrimas del Ojo de un Brujo anteriormente. Recordó la escalofriante visión de aquel globo ocular en conserva flotando dentro de un tarro reforzado con malla de alambre.

—¡Malla de alambre! —exclamó.

—¿Qué? —gruñó el gato, a medio lametón. Ya había terminado de limpiarse la oreja izquierda y había pasado a la derecha.

—¡En nuestro sótano secreto, en casa —dijo Rose—,

todos los ingredientes realmente asquerosos estaban en tarros verdes reforzados con malla de alambre!

—¿Y?

—¡Que el Queso de Luna estaba en un tarro rojo reforzado con malla de alambre!

—Verde y rojo —murmuró *Gus*—. Si los pones juntos, ya tienes la Navidad.

Rose hojeó con cuidado las páginas del *Apócrifo*, que estaban agrietadas y arrugadas por los años. En la esquina de una, algo llamó la atención de Rose: un grabado de una media luna, con un hombre pequeñito excavando la superficie con una pala. La receta decía lo siguiente:

CREMA PASTELERA DEL CLIENTE ETERNO: para asegurar mágicamente la fidelidad del cliente

Fue en 1745 en el pueblo rumano de Dragomiresti donde Bogdan Tempestu, primo lejano de Albatross Bliss, notó que su pastelería estaba perdiendo popularidad después de sustituir la harina por serrín con el objetivo de aumentar sus beneficios. Creó esta crema pastelera y la introdujo en todas sus tartas de frutas, tras lo cual sus clientes se volvieron violentamente adictos a sus pasteles.

El señor Tempestu mezcló en una sartén de cobre dos puños de la leche de vaca más fresca con un puño de azúcar blanco. Luego le añadió la yema de media docena de huevos de gallina y tres bellotas de harina blanca. Cuando se hubo

enfriado la mezcla, ordenó a su lobo enjaulado,
Dracul, que aullara a un tarro de Queso
de Luna y a continuación añadió cuatro
bellotas del Queso de Luna fundido a la crema
pastelera.

—Esta debe de ser la receta que adaptó tía Lily —dijo Rose—. En vez de utilizar el Queso de Luna en crema pastelera, lo puso en crema de merengue. Pero se equivocó totalmente con las proporciones.

De modo que el Queso de Luna no era ningún tipo de queso industrial, sino un ingrediente mágico de la familia Bliss. Aunque no era un ingrediente amable, como el Primer Viento de Otoño, que se pudiera guardar en un tarro azul normal y corriente. El Queso de Luna requería un recipiente reforzado, adecuado para un ingrediente que solo podía activarse con el aullido de un lobo.

O de una pastelera con el pie aplastado.

Al margen había una nota escrita con la inconfundible caligrafía de Lily: «Traté de añadir cuatro bellotas de Queso de Luna en la crema de merengue. La textura quedó horrible. No tenía ningún lobo que aullara y en lugar de eso lo puse en el microondas. El queso quedó grumoso y rancio. ¡Puaj!»

Rose sonrió sin querer. Había logrado lo que Lily no había podido lograr: ajustar la cantidad de Queso de Luna, dándose cuenta de que cuatro bellotas sería demasiado para la crema de merengue. Y había sido un golpe de suerte que el aullido de Marge hubiera hecho derretirse el Queso de Luna.

Rose leyó el resto de la receta:

*Los habitantes de Dragomiresti, adictos desde ese
momento a los pasteles del señor Tempestu,
exigían más y más, hasta que él ya no pudo
satisfacer la demanda y se presentaron todos en su
pastelería enfurecidos por el hambre, lo golpearon
hasta matarlo e incendiaron la pastelería. Solo
sobrevivió el lobo Dracul.*

Mientras Rose leía, la cabeza de Marge asomó por el suelo. Había subido por las escaleras privadas de Rose. Estaba sudorosa y se rascaba los brazos.

—¡Necesito Chocolunas! ¡CHOCOLUUUUNAAAS! ¡Si no me llevo un poco de merengue a la panza ENSEGUIDA, le arrancaré los ojos a alguien!

Gus se quedó paralizado de terror, simulando ser la estatua de un fold escocés.

«Gracias por la ayuda», pensó Rose del gato. Luego le sonrió a la mirada enloquecida de Marge.

—Bueno, Marge —dijo—. ¿Por qué no vas preparando dos docenas de galletas según la receta y preparas el glaseado de chocolate, y yo prepararé la crema de merengue?

Marge asintió con la cabeza y desapareció al momento dejando detrás de sí unas pisadas tan fuertes en las escaleras que parecía toda una cuadrilla de pasteleros. *Gus* se encaramó al tocador.

—¿Ya se ha ido? Santo cielo, vaya loca. Loca por una Chocoluna.

—Toda la gente de este país se comportará igual si Lo Más llega a producir esta receta —le dijo Rose—. Y eso podría ser malo. Muy malo.

—Creo que antes tendrías que ocuparte de arreglarla a ella —dijo *Gus*, señalando con una pata gris y regordeta hacia la ventana. Abajo, Marge iba de un lado a otro de la cocina, agitando ingredientes en cuencos y apresurándose a dejarlos alineados en la mesa de trabajo.

—¿Cómo?

—Si mal no recuerdo de haber oído por casualidad los murmullos de Balthazar durante la traducción —dijo *Gus*—, siempre hay algún antídoto. Basta que mires el reverso de la hoja.

Rose le dio la vuelta a la hoja y vio, escrita en una letra pequeñísima, otra receta:

MERMELADA DE ALBARICOQUE DE DRAGOMIRESTI: *para paliar los efectos de la* CREMA PASTELERA DEL CLIENTE ETERNO

El buen pastelero Nicolai Bliss preparó una mermelada de albaricoque que introdujo en las tartas de frutas de Bogdan Tempestu después de que los habitantes del pueblo hubieran asesinado a Bogdan Tempestu e incendiado su pastelería y otras partes del pueblo. La mermelada tenía el efecto milagroso de causar que los habitantes desearan albaricoques en vez de la crema pastelera de Tempestu. Tras reconstruir su amado pueblo, la gente de Dragomiresti se convirtió en la principal exportadora de albaricoques de Rumanía.

El señor Bliss mezcló en una sartén de cobre dos puños de albaricoques frescos con un puño de azúcar blanco. Luego le añadió una *historia de alguien que hubiera conocido el amor más apasionado,* CONTADA POR SU AMANTE, *lo removió y dejó enfriar la compota.*

—Esto es peor que inútil —gimió Rose—. ¿Quién ha conocido el amor más apasionado? Yo seguro que no.

El intercambio más tórrido que había tenido jamás con Devin Stetson había sido cuando él le había tocado la mano por accidente mientras le daba el cambio en Donuts y Reparación de Automóviles Stetson.

—Yo sí —dijo *Gus*, relamiéndose los labios—. Coge un tarro.

Al son de los suaves ronquidos que llegaban de los cuartos de los pasteleros, estuvieron trabajando toda la noche. En un momento dado, Rose notó que su estómago rugía y casi gritaba «¡dame de comer!», pero entonces encontró un paquete de las galletas que habían dejado para ella la primera noche. KRUJIENTES KATHY KEEGAN, ponía. Sacó una, le dio un mordisco y se sorprendió al descubrir que le gustaba el sabor. No le vendría mal un poco de leche, aunque la galletita era mejor que nada de lo que había comido producido en la fábrica de Lo Más. Devoró un par y con eso sació su hambre.

En un armario bajo la mesa de trabajo, Rose encontró un tarro rojo vacío. Lo untó por dentro con una fina capa de mantequilla de almendra y se la pasó a *Gus*, que procedió a narrar —dentro del tarro, por supuesto— la historia de su primera aventura amorosa.

—Se llamaba *Isabella* —empezó—, y era una cautivadora gata manx italiana con manchas en el pelaje. Aquella tentadora felina hacía girar la cabeza a muchos gatos, aunque solo les dejaba la marca de sus garras en el corazón. Yo la espié una tarde que estaba a horcajadas sobre los ladrillos de una iglesia romana, y me enamoré de ella de patas a cabeza. Tenía que hacer que me amara aunque eso significara mi muerte. —Tras una pausa dramática para rascarse el cuello, añadió—: Y estuvo muy a punto.

La historia de *Gus* implicaba un viaje a América, a un siamés rico pero bruto con el que *Isabella* estaba prometida, y un montón de miradas robadas en un castillo de popa iluminado por la luna. Cuando terminó la historia, Rose tenía los ojos abiertos como platos.

—Caramba, *Gus*. ¿Y qué fue de *Isabella*?

—Ah, vivimos juntos durante un tiempo. Pero lo nuestro era imposible. Una manx italiana y un fold escocés no pueden llevarse bien. Los dos éramos demasiado testarudos, demasiado orgullosos. Aunque fue bonito mientras duró. Nuestro amor era como un horno para pizzas: con mucha llama durante el día, pero frío y sin utilizar por la noche. Amar a *Isabella* me convirtió en el fold escocés con el corazón roto que tienes hoy ante ti.

Rose cerró rápidamente el tarro, se lo puso debajo del brazo y corrió hacia la encimera metálica donde estaba el cuenco con la compota de albaricoque, triste, pringosa y quieta. Rose se plantó delante, mirando aquella masa anaranjada, luego abrió con cuidado el tarro rojo y dejó que la esencia del amor apasionado de *Gus* por *Isabella* se filtrase en el plato.

Y luego esperó.

—¡Madre mía! —gritó Marge mientras se apresuraba de un lado a otro de la cocina preparando las galletas, agitando las mejillas al correr.

—¿Qué pasa? —preguntó Rose, mirando hacia Marge, que se apartaba mechones de cabellos de la frente.

—¡Nada! —gritó Marge—. ¡Es que estoy muy emocionada! ¡Cocinar siempre me da energía! Me siento como... como una niña pequeña la mañana de Navidad, a punto para abrir todos los regalos, y que lo único que deseo es una muñeca Barbie, y sé que hay una Barbie escondida en alguna de aquellas cajas, en algún lugar... —Marge se quedó inmóvil en el centro de la cocina, sosteniendo tres huevos y una taza de azúcar. Su labio inferior comenzó a temblar—. Lo único que nunca hubo ninguna Barbie. No para mí, Rose. No para mí.

—Oh, vaya, lo siento por ti, Marge —dijo Rose, volviendo a mirar hacia la compota de albaricoque.

Cuando la vio, los ojos casi le saltaron de sus órbitas.

La compota ya no estaba blanda y quieta. El amor apasionado de *Gus* la había espesado y le había dado un color rojo intenso. La mezcla hervía en el cuenco, burbujeando y siseando, con burbujas que casi sobresalían por los lados del cuenco.

¡Plop!

La compota parecía enfurecida. Empezó a girar en círculos minúsculos, cada vez más deprisa, como un tornado en miniatura. En pocos segundos, la compota tomó la forma de un gigantesco corazón rojo. Rose miró a Marge, que estaba ocupada metiendo una bandeja de galletas en el horno.

Pronto el corazón pasó del rojo al naranja y al amarillo, como una enorme llama, y luego, tan rápidamente como había entrado en erupción, la compota pareció calmarse y volver a caer en el cuenco metálico con un sonoro «plop».

—¡Hala! —susurró Rose, mirando a *Gus*, que se limitó a sonreír y emitir un ligero ronroneo.

Cuando le pareció que ya lo podía tocar sin peligro, Rose cogió el cuenco con un guante de cocina y lo puso en la nevera para que se enfriara. «La tal *Isabella* debía de ser toda una gata», pensó.

—¡Esto parece demasiado naranja para ser una crema de merengue! —observó Marge con suspicacia. Las ventanas del obrador habían pasado del negro total a un gris cálido: la larga noche casi había terminado.

—¿Quieres las Chocolunas o no? —preguntó Rose, exasperada—. Porque puedo tirar esta mezcla y...

—¡Nooooo! —gritó Marge—. ¡No pares, por favor, Maestra Directriz Rose!

Finalmente, justo en el momento en que un ligero rubor del sol del amanecer teñía de rojo los cristales del obrador, Rose emparedó la mermelada de albaricoque de Dragomiresti entre las galletas de Marge, las cubrió con chocolate y le presentó el antídoto disfrazado de Chocoluna a Marge en una bandeja blanca.

En todos los aspectos parecía igual que las Chocolunas de crema de merengue que Rose había preparado el día anterior. Aun así, Marge la olisqueó con aire escéptico, haciendo aletear las ventanas de la nariz.

—¡No huele como una Chocoluna! —dijo Marge—. ¡Quiero una Chocoluna de verdad!

—Es lo mismo, Marge. CÓMETELA.

—¡No! —protestó Marge, cruzándose de brazos.

—¡Sí! —insistió Rose.

Marge apretó los labios con fuerza y negó violentamente con la cabeza, de modo que Rose hizo lo que había que hacer: le propinó un pisotón a Marge.

—¡¡¡Auuuuuuuuu!!! ¡¡¡Au au au auuuuuuuuu!!! —aulló Marge.

Y mientras aullaba, Rose le enchufó la Chocoluna de antídoto en la boca abierta.

Superada por la necesidad de Chocoluna, Marge la masticó y se la tragó. Se limpió la boca de chocolate y entonces soltó un eructo descomunal, un eructo tan fuerte que le tiró el pelo hacia atrás a Rose como un ventilador e hizo vibrar los cristales de las ventanas.

—¡Oh, santo cielo! —exclamó Marge, cuyos ojos brillaban con un resplandor naranja de claridad mental repentina—. ¿Qué me ha pasado? ¡Era como si me hubiera vuelto mochales por las Chocolunas! ¡Y ni siquiera son buenas! —Marge se pasó la lengua por la parte interior de los labios y volvió a eructar, esta vez más como un pequeño hipo—. Aunque ahora me comería un albaricoque.

—Bienvenida de nuevo a la normalidad —dijo Rose, sonriendo. Sus esfuerzos y la memoria de *Gus* habían valido la pena—. Te he preparado un antídoto para las Chocolunas. Tal vez tendrás antojo de albaricoque durante un tiempo, pero por lo demás estarás bien.

De repente, Marge rodeó a Rose con sus brazos enharinados, y aunque a Rose le costaba respirar, aquel abrazo le gustó. En cierto modo le recordaba a su madre, cosa que hizo que Rose extrañase aún más a su familia.

—¡Me has salvado! —dijo Marge, jadeando, y al momento soltó a Rose y se alejó presa del pánico—. ¡Espera! ¡Si saben que has cambiado la receta, jamás te dejarán volver a tu casa!

«Oh, no —pensó Rose—. Eso ya no mola.»

Luego se le ocurrió una idea.

—No les contaremos lo del antídoto —le dijo a

Marge—. Basta que sepan que ya no hay ninguna Chocoluna porque tú te las has comido todas. Tú eres la prueba de que la receta funciona. El señor Butter se tendrá que dar por satisfecho con eso.

—¡Pero ahora ya no ansío las Chocolunas! —dijo Marge con una mueca—. Me he comido una docena y creo que voy a vomitar.

—No sabrán que ya estás curada —dijo Rose—. Tú hazte la chiflada.

—¿Quieres que le mienta al señor Butter? ¿Que haga ver que todavía me pirran las Chocolunas? —dijo Marge—. Pero es que yo no he mentido en toda mi vida —confesó con los brazos en jarra y apartando de un soplido un mechón suelto de cabellos de su cara.

—¿Ni una sola vez? —preguntó Rose.

Marge pensó un segundo y entonces se estremeció.

—¡Ay, cielo santo! ¡Acabo de mentir sobre lo de no haber mentido jamás! Sí que he mentido. Una vez. Cuando era pequeña, a mi madre. Me hizo trenzas antes de un baile en el colegio femenino y me preguntó si me gustaban. ¡Yo le dije que sí aunque en realidad no me gustaban! ¡Me parecían horribles! —Marge respiró hondo—. Soy muy mala persona.

—No es verdad —dijo Rose, poniéndole la mano en el hombro para consolarla—. No tiene nada de malo una pequeña mentira piadosa.

Marge pestañeó.

—¿Ah, no?

—No si es para ayudar a alguien —dijo Rose—. Y si le dices al señor Butter que estás obsesionada con las Chocolunas, creerá que he hecho lo que me pidió. Entonces ya solo faltarán cuatro recetas y podré volver a mi casa. Con mi familia.

Marge asintió sumisamente.

—Aceptaré el reto —dijo—. Será como interpretar un papel. Una interpretación como jamás se haya visto sobre un escenario. ¡La actuación de mi vida!

—Por supuesto —dijo Rose, cortándose un trozo de otra Chocoluna de antídoto y comiéndosela también. Toda precaución era poca.

Gus bajó trotando las escaleras de caracol que llevaban al dormitorio de Rose y saltó sobre la mesa.

—He pensado que querrías saberlo. Ya vienen hacia aquí, los he visto por la ventana.

Marge se quedó boquiabierta mirando fijamente a *Gus*.

—¿Es un efecto secundario de la Chocoluna de antídoto que tenga alucinaciones con gatos que hablan? Si lo es ya me está bien; siempre he querido tener un gato parlante, pero me gustaría estar preparada.

Rose le lanzó inmediatamente una mirada a *Gus* que decía: «¿Por qué has hablado delante de ella?» Bueno, en todo caso ahora tendría que contarle la verdad a Marge.

—No, en realidad este gato habla —confesó—. Pero no se lo digas a nadie, ni siquiera a los demás pasteleros.

Marge levantó alegremente a *Gus* con sus manos, sosteniéndolo en lo alto como si fuera una muñeca. Puso la cara en la barriga del gato y la frotó de un lado a otro, diciéndole «cuchi cuchi».

—¿Cómo puede ser, joven gato?

—Soy un gato muy viejo, en realidad. Un gato que se comió una galleta mágica cuando era joven —dijo *Gus*—. Bájame, por favor.

Marge lo dejó sobre la mesa y lo acarició debajo de la barbilla.

—Ay, qué minino tan travieso.

Justo entonces, se encendieron unas luces rojas en todos los rincones de la sala y empezó a sonar con insistencia una sirena, una y otra vez, como si fuera el despertador más ruidoso del mundo.

Marge tragó saliva.

—Ya están aquí.

6

Vídeos queseros

Al mismo tiempo que el carrito de golf con el señor Butter y el señor Kerr aparecía a través del suelo, los otros cinco pasteleros salieron de sus dormitorios detrás del obrador de pruebas.

Rose levantó la mirada hacia el reloj de la pared. Eran las siete de la mañana. Marge y ella habían estado cocinando toda la noche. Aquella era oficialmente la mañana de su tercer día en el complejo de Lo Más.

—Más vale que no te vean —le susurró Rose a *Gus*, que se escondió detrás de uno de los hornos.

—¡Es un nuevo día! —dijo el señor Butter, dejándose caer del asiento del pasajero del carrito de golf y acercándose sin prisa a la mesa de trabajo—. ¿Cómo tenemos la receta número uno, las Chocolunas? —En realidad dijo «Chocoluuuuuunas».

—Está... perfecta —dijo Rose, reprimiendo un bostezo—. Las he perfeccionado. ¡Las mejores Chocolunas que se hayan visto jamás en el mundo!

El señor Butter hizo un gesto hacia la mesa de trabajo vacía.

—Es curioso, señorita Bliss, pero no veo ninguna Chocoluna. ¿Dónde están?

—No nos queda ninguna —respondió Rose. Y era la verdad.

—No lo entiendo —dijo el señor Butter rascándose la bulbosa cabeza calva con un cuidado exagerado—. Creía que querías volver con tu familia en cuanto pudieran llevarte tus piececitos. Pero acordamos que no te irías hasta que hubieras perfeccionado las Chocolunas. Entonces, ¿dónde están?

Fue entonces cuando Marge salió de detrás del resto de los pasteleros con los brazos muy abiertos. Llevaba los mofletes recubiertos de chocolate, los labios pringosos de chocolate, incluso los párpados tenían manchas de chocolate. Tenía chocolate en la lengua y en los huecos entre sus dientes. Su delantal antes blanco estaba lleno de migajas de galleta, y en las puntas de todos sus dedos llevaba un dedal de crema de merengue reseca.

Aparentemente era lo que Marge consideraba «ponerse en el papel».

—¡Las Chocolunas han desaparecido! —tronó en un vibrato operístico—. ¡Ya no quedan, porque me las he comido todas! —Marge juntó las manos y se balanceó sobre sus pies como si estuviera a punto de lanzarse en un monólogo shakesperiano—. ¡Son lo más delicioso que me haya llevado nunca al gaznate! ¡No he podido parar de comérmelas! ¡Ñam ñam ñam ñam ñam ñaaaaaaam! —Ahora Marge ya estaba cantando en un falsete agudo—. ¡Me moriré si no puedo comerme otra pronto! ¡Despídame si quiere, pero no me arrepiento de nada!

Nerviosa, Rose miró de reojo al señor Butter. Su expresión era inescrutable, sobre todo porque, bueno, ponía una cara muy rara. ¿Se lo había tragado?

Después de unos segundos, el señor Butter se volvió hacia el señor Kerr con una expresión agria, que se tornó en una sonrisa extraordinariamente amplia.

—Esto es algo serio —dijo tranquilamente—. Es realmente notable. ¿No le había dicho que podría hacerlo, señor Kerr?

—De hecho —respondió el señor Kerr—, si mal no lo recuerdo, fui yo quien le dijo que podría hacerlo. La cocinera en vez del libro.

El señor Butter carraspeó y entornó los ojos, que parecían más resplandecientes detrás de las gafas.

—Señorita Bliss, puede sentirse muy orgullosa. Iniciaremos la producción de las nuevas Chocolunas inmediatamente. ¿Me entrega la nueva tarjeta con la receta?

Rose se puso tensa. La tarjeta con la receta seguía imantada a la puerta de la nevera. Si el señor Butter se hacía con ella, podría iniciar la producción de las Chocolunas peligrosas, las que dejaron asolado el pueblo de Dragomiresti.

—Ah, ahí está —dijo antes de que Rose pudiera improvisar una respuesta. El señor Butter se acercó pausadamente a la nevera y la cogió—. Muy interesante —dijo, leyendo las notas de Rose.

Rose se volvió frenéticamente hacia el tarro rojo de Queso de Luna. «¡Está casi vacío! —celebró para sus adentros—. ¡No podrán hacer más porque está casi vacío!»

—Cuánto lo siento, señor Butter —dijo Rose—, pero es que he acabado con las últimas existencias de Queso de Luna. Ya no queda. Tendrá que anular la producción.

El señor Butter soltó una risita burlona entre los diminutos espacios de su sonrisa cerrada.

—Mi querida Rose —repuso—, aquí en la Corporación Lo Más jamás nos quedamos sin ingredientes. ¿Crees que permitiría que un pequeño inconveniente como un tarro vacío de Queso de Luna impidiera que todos los americanos disfruten del sabor de tus perfectas Chocolunas? Por supuesto que no. Sígueme.

Rose no podía moverse. Tanto trabajo para crear un antídoto, y había permitido que aquella aciaga receta cayera en manos de aquel hombre funesto.

—Sube. —Butter montó en el carrito de golf y le hizo señas con su dedo puntiagudo.

Rose vio una cabeza gris que desaparecía dentro de su mochila, se colgó la mochila al hombro y subió al carrito de golf.

—Ah, ¿Marge? —le dijo el señor Butter a la exhausta y chocolateada cocinera jefe—. Marge, cielo, límpiate y limpia la cocina. Ya sabes cómo detesto la suciedad.

El señor Kerr condujo al señor Butter y a Rose entre los almacenes durante lo que parecieron kilómetros. El sol naciente le daba a todo un resplandor dorado, y Rose sintió que un rayo de esperanza se abría paso entre su desesperación. Era una mañana hermosa, y el señor Butter todavía no había puesto en producción la receta.

Al principio, fueron dejando atrás un bloque gris tras otro, bloques como el del almacén del obrador de pruebas, pero al cabo de un rato empezaron a aparecer distintos tipos de construcciones. Había un elegante edificio de oficinas en el que Rose vio a hombres en las ventanas garabateando en pizarras, y cuya entrada principal tenía la forma de una vaca gigante de Lo Más.

—Estos son nuestros artistas gráficos —le explicó el señor Butter—. Aunque no son los originales que diseñaron la vaca, por supuesto. Los hemos contratado a todos nuevos. Estamos trabajando en nuevas ideas para los envoltorios, algo... más moderno.

Pasaron junto a un bloque de oficinas forrado de carteleras con lemas publicitarios de Lo Más por todas partes. «SACA LO MÁS DE TUS DÍAS: ¡CÓMETE UN BOCARRICO!» o «¡UNA SONRISA QUE TE DURARÁ TODO EL DÍA!»

—Con el marketing adecuado —explicó el señor Butter— puedes lograr que alguien haga algo que no quería hacer, como por ejemplo comerse un Bocarrico. ¡Es como... magia! ¡Pero es magia que da dinero!

Rose apretó los dientes y permaneció en silencio. No debería haber ayudado con la receta de la Chocoluna. Aunque claro, el señor Butter tampoco le había dejado muchas opciones. Deseó por un momento que su madre estuviera allí. Purdy Bliss sabría qué había que hacer.

Aunque pensándolo mejor, Rose se alegró de que su madre no tuviera que ver lo que había hecho. Tener que aguantar una regañina suya ya habría sido demasiado.

—Ah, ya hemos llegado —dijo el señor Butter cuando el carrito de golf paró ante un edificio en forma de pastel de boda—. La despensa de Lo Más, si quieres llamarlo así.

Eran un montón de pisos redondos con los ventanales tintados, cada piso un poco más pequeño que el de debajo. Sobre el piso más alto y más pequeño había una estatua gigante de una vaca sonriente. El señor Kerr entró con el carrito de golf por una enorme puerta giratoria, que empujó hasta que el carrito de golf quedó en la parte del vestíbulo.

A Rose le pareció que había viajado al futuro, o más bien al futuro de la pesadilla de alguien. En vez de algo parecido a la despensa de la pastelería Bliss, aunque más grande, vio a hombres con batas blancas de laboratorio de pie junto a un gigantesco panel de control delante de una pared enorme llena de tarros de color rojo oscuro. La pared medía al menos cinco pisos de altura, y tenía una escalera corredera que se deslizaba por la parte superior, para acceder a los tarros más altos, imaginó Rose.

—A esto es a lo que llamamos el laboratorio —dijo el señor Butter con orgullo—. Aquí es donde guardamos todos nuestros ingredientes.

—¿No es más bien un almacén, entonces? —preguntó Rose—. En un almacén se guardan cosas. En un laboratorio se inventan cosas.

El señor Butter rechazó su comentario con un gesto de la mano.

—Llámalo como quieras. Aquí también hacemos experimentos: cómo conseguir la receta perfecta y tal y cual y más. Además, laboratorio suena mucho más sofisticado que almacén, ¿no?

En eso tenía que darle la razón. Decidió dejar de discutir con el señor Butter y centró su atención en la muralla de tarros: había tantos que no podía contarlos, pero calculó que por lo menos eran mil. Costaba ver el interior de los tarros, pero sus contenidos burbujeaban y resplandecían y gruñían y chillaban.

—Sin duda ya te habrás dado cuenta, Rose, de que la nuestra no es una fábrica común —dijo el señor Butter—. Probablemente imaginabas que el vuestro era el único obrador equipado con tarros de cristal mágicos, pero no. Nosotros, como vosotros, utilizamos ingredientes «especiales».

De modo que Lily había vendido todos los secretos de la familia. Rose ya se lo había temido, pero aun así era mortificante oírselo decir tan tranquilamente al señor Butter.

—Sí, nosotros también utilizamos la magia —dijo el señor Butter, acariciando su calva perfecta—, pero al contrario que la familia Bliss, nosotros multiplicamos los efectos de la magia gracias al poder de la tecnología.

El señor Butter se acercó al gigantesco panel de control y cogió un megáfono.

—¡Señor MacCánico! Necesitamos más Queso de Luna. ¡Lo bastante como para producir diez millones de Chocolunas!

Justo entonces, llegó volando un robot de color lavanda cuya forma solo podría describirse como «pulpesca» y se quedó flotando sobre la cabeza de Rose. Sus brazos mecánicos, que parecían hechos con latas metálicas, se retorcían y entrechocaban al moverse.

—A sus órdenessssss —siseó el trasto a través de una rejilla de malla metálica plateada.

—Aquí tienes la receta —dijo el señor Butter, ofreciéndole la tarjeta con las notas de Rose. Con un estrépito metálico, uno de los brazos segmentados del señor MacCánico se alargó hacia el señor Butter. Con un ruido como un lengüetazo, la tarjeta se quedó pegada a una de los cientos de diminutas ventosas bajo el tentáculo mecánico. El robot dobló el tentáculo hacia su barriga y pareció tragarse la tarjeta de la receta.

—Recibida —dijo el señor MacCánico. Su voz era más aguda de lo que Rose hubiera imaginado en un pulpo robótico volador. Sonaba espeluznantemente real, como una voz humana.

—¿De dónde van a sacar tanto Queso de Luna? —preguntó Rose—. ¿Y, por cierto, qué ES el Queso de Luna? Quiero decir que ya veo que es un ingrediente mágico, pero ¿qué ES?

El señor Butter le dio una palmada en el hombro al señor Kerr y se rio.

—¡Qué es el Queso de Luna, pregunta! ¡Nunca ha oído hablar del Queso de Luna! Ay, estos pobres pasteleros de pueblo. ¿Por qué no se lo explica, señor Kerr?

El señor Kerr se arrodilló junto a Rose sobre una de sus robustas rodillas. Su cabeza era tan gruesa como el cuerpo de Rose.

—La luna —dijo con su voz grave— está hecha de queso.

Rose trató de no reírse.

—Señor Kerr, con el debido respeto, creo que la luna está hecha de roca.

—¡No! Es QUESO —dijo el señor Kerr—. Un queso verde, en realidad.

Gus se dobló los bigotes con la pata. Rose estaba segura de que tampoco se lo tragaba.

—No es realmente queso —dijo el señor Butter, corrigiendo al señor Kerr—. No del que se hace con leche cuajada de vaca. Más bien es una sustancia parecida al queso con unas poderosas propiedades mágicas. Estas propiedades mágicas han sido conocidas desde hace tiempo por los descendientes de Filbert y Albatross Bliss, gracias al ocasional trozo de roca lunar que chocó contra la Tierra. Pero nadie había tenido la tecnología para multiplicar las propiedades mágicas del Queso de Luna a gran escala. Hasta hoy, claro.

»Señor MacCánico —continuó el señor Butter—. ¿Por qué no le muestra a la señorita Bliss el vídeo del queso?

El señor MacCánico voló hasta el panel de control y con uno de sus tentáculos tiró de una palanca roja. El armario gigante de tarros rojos se abrió por la mitad, dejando al descubierto una pantalla de cine tan alta como el edificio mismo. El robot pulsó una serie de botones y empezó un vídeo en el que se veía a un trío de pulpos robot haciendo bocadillos de queso a la parrilla en una fogata al aire libre. De fondo se oía una banda sonora de música clásica.

—No —dijo el señor Butter, exasperado—. El otro.

Otra serie de botones pulsados y apareció un nuevo vídeo en pantalla; esta vez era otro pulpo robótico mojando un picatoste en un cuenco de fondue.

—¡El otro, MacCánico!

Un tercer vídeo apareció en pantalla, una vista de la luna desde la sala de mandos de una nave espacial que se acercaba. La luna iba creciendo en pantalla a medida que la nave se aproximaba a la superficie, y Rose se dio cuenta de que no era la roca gris y aburrida que esperaba, sino que parecía agitarse como un inmenso mar blanco grisáceo de gelatina.

Luego la vista pasó a una cámara montada bajo la

nave. A medida que la nave se acercaba a la superficie, algo se extendía desde su barriga, un enorme brazo robótico con una pala en el extremo tan grande como un autobús. Luego hundió la pala en la superficie y extrajo una palada de un queso blanco espeso.

—Ya lo ves, Rosemary Bliss —dijo el señor Butter—, tengo toneladas de Queso de Luna a mi disposición, más que suficiente para darle de comer a toda la gente del país una de tus deliciosas Chocolunas.

—Genial —dijo Rose, sintiendo que se le revolvían las tripas—. Eso sí que es genial.

—Maravilloso —murmuró *Gus* entre dientes, rezumando sarcasmo.

—Sí —dijo el señor Kerr, sin saber que había sido el gato, y no Rose, el que había hablado—. Es maravilloso.

—Aunque esto eran imágenes antiguas de nuestra última expedición quesera. ¿Cómo tenemos el lanzamiento actual, MacCánico? —preguntó el señor Butter.

—Todo a punto —respondió el señor MacCánico, alargando un tentáculo hacia el panel de control y tirando de una palanca verde.

De entrada pareció que no pasaba nada.

Luego, en la enorme pantalla de vídeo, Rose vio el edificio en forma de pastel de boda desde fuera. Desde la azotea subían hacia el cielo espirales de humo blanco.

—¿Qué es eso? —preguntó Rose.

—Una plataforma de lanzamiento —respondió el señor Butter.

—¿Para qué? —preguntó Rose.

El señor Butter miró con cierto desdén a Rose.

—Para el cohete. Que lanzaremos inmediatamente.

Que irá a la luna. Y nos traerá más Queso de Luna.
—Su amplia y fina sonrisa volvió a aparecer en su rostro—. Pan comido.

Rose abrazó con fuerza a *Gus*. Los tarros de cristal empezaron a repiquetear en los estantes y se oyó el sonido de un torbellino. El humo de la pantalla se tornó más espeso, y el repiqueteo se fue haciendo más y más intenso hasta que...

De repente, se paró.

Por un instante, a Rose le pareció distinguir un diminuto cohete flotando en la oscuridad del cielo de la pantalla de vídeo, aunque no podía estar totalmente segura.

—Allá va —dijo el señor Butter con un suspiro de satisfacción. Se pellizcó las mejillas y lanzó un beso con sus labios inexistentes—. En unas dos semanas estaremos nadando en queso.

A Rose le dio un vuelco el corazón. Con su ayuda, nada podría parar a la malvada alianza de la Corporación de Bollería Lo Más y la Sociedad Internacional del Rodillo.

—Ven, Rose —dijo el señor Butter—. Esto no era ni siquiera la atracción principal. ¡Aún hay más!

—¿Más? —repitió Rose en voz baja—. ¿No es suficiente?

El señor Butter hizo que no con su dedo delgado como un palo.

—Hay algo más que tengo que enseñarte. Algo muy importante. —Butter volvió a ponerse cómodo en el asiento de delante del carrito de golf y dijo frunciendo el ceño—: ¡No estés tan deprimida! ¡Haremos llegar tus Chocolunas a todo el mundo en un santiamén!

«Eso es lo que temo», pensó Rose. Pero volvió a subir al asiento trasero del carrito sin decir media palabra más.

Ni siquiera era mediodía, pero ya se veían ondas de calor que deformaban la carretera cuando el señor Kerr volvió a detenerse delante de otro edificio. Este tenía la forma de una enorme manga pastelera, más ancha en la base y estrechándose hasta llegar a una punta de cristal en forma de flauta.

—Esto te va a gustar, Rose —dijo el señor Butter mientras el señor Kerr aparcaba delante de las altísimas puertas de cristal.

—Si usted lo dice —murmuró Rose, siguiendo a Butter y Kerr a través del grandioso vestíbulo del edificio. En lugar de arreglos de flores, había ramos de caramelos y galletas—. Esto casi parece un hotel —dijo.

—Es porque ES un hotel —dijo el señor Kerr.

—¡Y la gente dice que los niños no son observadores! —dijo el señor Butter.

—¿Un hotel para quién? —preguntó Rose—. ¿Las familias de los pasteleros?

—Por supuesto que no —dijo el señor Butter—. Es un hotel para los invitados al complejo industrial.

Subieron a bordo de un ascensor de cristal en la pared opuesta del vestíbulo.

—¡Arriba de todo! —anunció el señor Butter, pescando una llave en su bolsillo. Era un rodillo de amasar plateado en miniatura con dientes y muescas grabados en él. Lo deslizó en la correspondiente cerradura, lo hizo girar y pulsó el botón superior.

La caja de cristal comenzó a elevarse de inmediato,

lentamente al principio, pero cada vez más rápido. Una de las paredes daba al vestíbulo del hotel, pero la otra daba al mundo exterior. Rose podía ver en toda su extensión el complejo industrial Lo Más, la plataforma de lanzamiento de cohetes sobre el edificio de almacén al que el señor Butter llamaba laboratorio, el desierto de almacenes grises, la jungla de edificios de marketing y laboratorios de ingredientes y hectáreas de camiones de reparto aparcados en hileras.

En la esquina más alejada del complejo, divisó algo muy curioso, algo totalmente fuera de lugar en todo aquel embrollo industrial: un pequeño chalé rojo, con la chimenea de ladrillo y un porche desvencijado, situado sobre una extensión de hierba del tamaño de su patio trasero en Fuente Calamidades. Era como si el señor Butter hubiera recortado un dibujo de las páginas de un cuento de hadas y lo hubiera plantado en un rincón de su imperio de la era espacial.

—¿Qué es eso? —preguntó Rose, señalando hacia el chalé—. ¿Esa chabola de ahí al fondo?

El señor Kerr miró nervioso al señor Butter.

—¿Qué? Yo no veo nada.

—No es nada —dijo el señor Butter fríamente, ajustándose las gafas—. Hace tanto tiempo que no me paso por esa parte del complejo que he olvidado qué hay allí.

—Pero ¿vive alguien, ahí? —preguntó Rose.

—¡He dicho que no es nada! —siseó el señor Butter, con los ojos saltones y mirada de loco. Apretó fuerte los puños, como si estuviera enfadado, y Rose no le hizo más preguntas.

El ascensor hizo ping en la planta 34.

—Ya hemos llegado. —El señor Butter sonrió y se alisó las arrugas de los pantalones—. ¿No son emocionantes las sorpresas? —Parecía rebosar de júbilo, totalmente recuperado de su ira repentina por lo de aquel chaletito extraño.

Las puertas se abrieron a un pasillo enmoquetado con una alfombra con dibujos dorados y rojos e iluminado por candelabros de pared dorados. Se oía una música suave de fondo que los acompañó hasta que llamaron a la puerta de la habitación 3405.

Rose bostezó. Pasarse la noche cocinando la había dejado demasiado agotada para preocuparse por lo que tenía el señor Butter tras aquella puerta. Llegados a ese punto, ¿qué podía importar ya una sorpresa más por su parte? No podía ser más malvado de lo que ya era.

Y entonces la puerta se abrió de par en par, dejando a la vista a Purdy, Albert y Balthazar, que parecían tan sorprendidos como la propia Rose.

—Mamá. Papá. Tatarabuelo. —Rose se quedó plantada en el umbral, sin saber qué hacer.

—Adelante —dijo el señor Butter—. Habla con tu familia. Os dejaremos un momento a solas. —De un empujón seco, la hizo entrar y cerró la puerta de golpe.

El asombro de Rose dejó paso a un dulce alivio cuando sus familiares corrieron hacia ella y la rodearon, abrazándola por turnos y a la vez de modo que le costaba recuperar el aliento.

—¡No me puedo creer que estéis aquí! —gritó Rose, dejando caer la mochila en el suelo y devolviéndoles el abrazo—. ¡Pensaba que nunca volvería a veros!

—Me has tirado al suelo —gruñó *Gus* mientras salía de la mochila.

—¡Estábamos tan preocupados! —dijo Purdy, abrazando a su hija con tanta fuerza que apenas podía respirar—. Teníamos a la policía buscándote. Todo el mundo estaba hecho un lío. Entonces entró *Jacques* corriendo desde el patio y dijo que había conversado con el gato persa del vecino, y el gato había oído la historia de la niña Bliss de Fuente Calamidades que estaba cautiva en la Corporación de Bollería Lo Más.

—¡El Maullido! —proclamó *Gus*—. Te lo había dicho, querida Rose. Nunca dudes de la capacidad organizativa de una manada de gatos.

—Al principio creímos que a *Jacques* se la habían dado con queso —dijo Balthazar.

De su bolsillo salió una vocecilla.

—¡Eh, es de mala educación desconfiar de alguien que os ha servido tan lealmente!

—Perdona, *Jacques* —murmuró Balthazar—. Pero incluso tú tienes que admitir que eres un ratón bastante ingenuo.

Del bolsillo salió un «*Oui*» flojito.

—Decidimos que era nuestra pista —continuó Albert—. La policía no estaba teniendo suerte con su búsqueda, así que subimos todos a la furgoneta y condujimos durante dos horas, y aquí estamos. Hemos dejado a tus hermanos a salvo en casa con la señora Carlson.

—El señor Butter ha sido muy amable con nosotros —dijo Purdy, que llevaba los cabellos tan despeinados por el calor y la angustia que parecía un conejo de angora—. Pero no nos ha explicado demasiado por qué estás aquí.

—Rose ha estado maravillosa —dijo el señor Butter desde detrás de ellos, al tiempo que volvía a abrir la puerta de par en par y entraba en la sala—. Dándonos lo mejor de sí misma y de su talento. Ayudándonos en un momento de necesidad. Haciendo el trabajo que solo ella puede hacer. —Butter carraspeó—. Y ya que hablamos de eso, ya es hora de que vuelva al obrador de pruebas. ¡Estamos desperdiciando el día!

—¡No! —espetó Rose—. Ahora me iré a casa con mis padres, muchas gracias.

—Oh, en realidad nadie se va a ir a casa —dijo el señor Butter—. Todos recibirán un lujoso alojamiento gratuito hasta que Rose termine de formular sus recetas.

—¿Y qué recetas son esas? —preguntó Purdy.

Rose miró por encima de los hombros de sus padres al señor Kerr, que le sonrió y cruzó un dedo por delante de su garganta.

—Pues... —dijo Rose— unas recetas. Para los pastelitos Lo Más.

—¿Puedo intercambiar unas palabras contigo ahí fuera, Rosemary Bliss? —dijo el señor Butter, señalándole que saliera de nuevo al vestíbulo con una ligera reverencia y un latigazo del brazo.

El señor Kerr contuvo a los padres de Rose mientras ella y el señor Butter volvían a salir al vestíbulo enmoquetado. Sobre la suavísima moqueta, el señor Butter dijo:

—Es curioso, Rose. Cuando esta buena gente se ha presentado en nuestra puerta, primero pensé en decirles que no tenía ni idea de quién eras tú y en mandarlos de vuelta a casa. Pero entonces me he dado cuenta de que su presencia me daba una ventaja táctica única.

—¿Ventaja táctica? —repitió Rose tragando saliva.

—Tengo en cautividad —dijo el señor Butter— la cosa que más le importa en el mundo a Rosemary Bliss: su familia. Ahora, si no me perfeccionas las recetas restantes, tengo el poder de quitarte a esta familia.

—¡Pero ellos pueden ayudarme! —dijo Rose—. ¡Todos somos pasteleros mágicos!

—Va a ser que no —dijo el señor Butter agriamente—. Quiero el cerebro suficiente en ese obrador para arreglar las recetas, pero no tanto para que sea más listo que yo y me sabotee la empresa.

—Lo sabía —dijo Rose—. ¿Qué ha pasado con todo el rollo que me soltó sobre tratar de alegrar las vidas de la gente con pastelitos? Yo le creí. ¡Le habría ayudado! ¡Le habría ayudado a hacer mejores pastelitos!

—Quiero algo más que mejores pastelitos —dijo el señor Butter con un gruñido. Las arrugas de su cara parecieron volverse más profundas, y las comisuras de sus labios apenas visibles se doblaron hacia abajo—. No me basta con tener mejores pastelitos. Yo tengo planes más importantes, una visión más ambiciosa. —El señor Butter abrió los brazos—. Los pastelitos de Lo Más tienen que ser tan buenos que la gente esté dispuesta a MATAR por ellos.

Un resplandor oscuro cruzó sus ojos, y el señor Butter señaló con un dedo doblado a Rose.

—Y tú los harás así; de lo contrario...

7

El conejo y la bruja

Cuando el señor Kerr y el señor Butter llevaron a Rose de vuelta al Obrador de Desarrollo, ella subió silenciosamente las escaleras a su habitación, ignorando las preguntas de Marge y los demás pasteleros, ignorando incluso a *Gus*, y durmió hasta las tres de la tarde. Por norma general, desaprobaba a la gente que dormía durante el día (y cuando decía «gente» se refería en realidad a «Sage y Ty los fines de semana»), pero con lo de preparar el antídoto para las Chocolunas y lo de salvar a Marge de arrancarse los cabellos, no había dormido en toda la noche.

Y estaba triste al saber que sus padres estaban cautivos.

Por si no era suficiente que la obligaran a ayudar a la pérfida Corporación Lo Más a dominar el país, que su familia estuviera ahora en peligro por su culpa ya era demasiado. Si Rose no hacía exactamente lo que quería el señor Butter, precisamente como él quería que lo hiciera, ¿quién sabía qué les podía hacer a sus padres y a Balthazar?

Cuando por fin despertó, se sentía grogui y confusa, y la almohada estaba mojada de babas. Mientras se frotaba la cara y se incorporaba, lo recordó todo. Tenía que rescatar a sus padres Y detener a la Corporación Lo Más Y, de algún modo, arreglar Fuente Calamidades.

Rose sacudió la cabeza. Demasiadas cosas en las que pensar.

Justo entonces, el sonido de la voz de Marge desde la cocina de pruebas llegó a sus oídos.

—¡Rose! —gritaba Marge con su voz clara y fuerte—. ¡Por favor baja y empezamos! ¡Los Bomboneones no se arreglarán solos!

A través de la ventana de cristal de su dormitorio, Rose vio que Marge sostenía una bandeja de Bomboneones, que eran diminutas bolas de pastel de chocolate recubiertas de coco que brillaban con distintos colores: azul neón, verde neón, naranja neón y rosa neón. Rose pensó que parecían más los colores de los letreros de las ventanas de una cafetería hortera que no algo que se pudiera comer.

—No quiero —dijo Rose, mirando las paredes de cristal de la habitación, que con cada segundo que pasaba parecían más una prisión.

Justo entonces, *Gus* bajó de un salto del alféizar.

—Vaya, vaya, vaya —dijo el gato, moviendo la cola con elegancia—. Mira quién se ha despertado.

Rose cruzó un brazo delante de sus ojos para tapar el mundo.

—No quiero arreglar las recetas, *Gus*. No quiero ayudar al señor Butter y a la gente del Rodillo. Quiero que dejen marcharse a mamá, a papá y al tata Balthazar, y quiero irme a casa.

—Ay —suspiró *Gus*—. Eres igualita que Moisés.

—¿Moisés? —preguntó Rose—. ¿El Moisés de la Biblia? ¿El del Antiguo Testamento? ¿En qué?

Gus se sentó en el pecho de Rose y la calidez de su pelaje fue como un bálsamo para el atribulado corazón de esta.

—Moisés era un esclavo hebreo nacido en Egipto —explicó el gato—. Pero su madre lo mandó río abajo en un cesto, y lo encontró la esposa del faraón y lo criaron como a un hijo del faraón.

—¿Y eso en qué se parece a mí? —preguntó Rose. Adoraba a aquel gato, en serio que sí, pero a veces le cansaba lo mucho que tardaba en decir las cosas.

—Espera, Rose —dijo el gato, poniéndole una pata sobre los labios—. Moisés era el heredero del trono del faraón y estaba encantado, te lo aseguro, encantado, hasta que supo que en realidad era hijo de una esclava hebrea.

—Insisto —dijo Rose—, cuando te apetezca podrías volver al tema de qué relación tiene conmigo.

—¡Paciencia! —protestó *Gus*, levantando una de sus patas delanteras—. Entonces, por supuesto, al saber que él mismo debería ser un esclavo hebreo, Moisés quiso liberar al resto de los esclavos. Y se fue a meditar al desierto. Y volvió a la corte del faraón un tiempo después, suplicando al faraón que liberara a los esclavos, y tuvo que pasar problemas de todo tipo para hacerlo. Hubo ranas y langostas y sarpullidos y el mar Rojo se partió en dos y un viaje de cuarenta años, y francamente todo el asunto fue un gran lío. —*Gus* torció la nariz y se rascó detrás de la oreja—. ¿Entiendes a dónde quiero llegar?

Rose frunció el ceño.

—¿A que la esclavitud es el mayor mal de la civilización, que cuesta obtener justicia y que los gatos se enrollan como una persiana?

—Sí —dijo *Gus*, mostrando sus dientes afilados—. Todo eso es verdad. Pero adonde quiero llegar es: ¿no crees que hubiera sido más fácil si por el contrario Moisés hubiera trabajado desde dentro del sistema? ¿No es más fácil liberar a los esclavos si llegas tú mismo a ser faraón?

Rose suspiró y se hizo un ovillo, desplazando al gato, que se escabulló a su cadera.

—Yo no soy un faraón, ni esto es Egipto, y sigo sin ver qué tiene que ver todo esto conmigo.

Gus avanzó sigilosamente y se sentó sobre la cabeza de Rose, que era lo que hacía cuando quería dejar clara una cosa.

—Si quieres cargarte a la Corporación Lo Más, tienes dos opciones. Puedes intentar rescatar a tu familia y marcharte, como Moisés, poniendo en peligro tu propia vida y la de toda tu familia. O puedes fingir que colaboras mientras planeas tu ataque, haciendo las recetas que quiere el señor Butter pero también sus antídotos, y luego vas por detrás y le estropeas los planes. —*Gus* hizo una pausa—. ¿Qué plan te parece mejor?

—El segundo —dijo Rose, quitándose al gato de la cabeza y dejándolo a su lado para incorporarse—. Tengo que hacerlo.

Gus le puso una pata en la frente a Rose.

—Debes hacerlo, ciertamente. No tienes opción. No si quieres que tu familia esté a salvo.

—¡Rose, por favor! —gritó Marge. Su voz sonaba preocupada y aguda—. ¡Los Bomboneones!

—Vamos a preparar unos maléficos Bomboneones... —gruñó Rose mirando a *Gus*.

—¿Y?

Rose esbozó una media sonrisa.

—Y el antídoto.

Rose y los pasteleros supervisaron la mesa de trabajo y se quedaron mirando la bandeja de Bomboneones de chocolate, que eran exactamente de los mismos colores que los marcadores que utilizaba ella en el colegio.

—Vaya, cómo me gustaría comerme uno de estos —dijo Gene, salivando—. Parecen aún mejores que las Chocolunas.

—Las Chocolunas son asquerosas —dijo Felanie con un escalofrío.

—Más que asquerosas, son ajquerosas.

Rose miró a Marge, perpleja, y arremangó las mangas blancas del uniforme de la pastelera.

—¿Ya no están bajo el hechizo de las Chocolunas?

Marge señaló orgullosa hacia el horno.

—¡Les he preparado Mermelada de Albaricoque de Dragomiresti! Todos hemos desayunado bollitos con mermelada de albaricoque, y ahora nos sentimos un poco menos lunáticos, no sé si me explico.

—Aunque yo tengo antojo de albaricoques —dijo Ning, dándose una palmadita en el estómago redondo—. ¡Dulces y deliciosos albaricoques!

—Es un efecto secundario, Ning —dijo Marge—. Asúmelo.

—Pero aún más que eso, estoy deseando uno de estos Bomboneones de aquí —dijo Ning.

—Yo también —dijo Jasmine. Pestañeó y sus ojos parecieron volverse más grandes—. Tiene algo que ver con cómo brillan... no puedo resistirlo.

Rose notó que también ella sentía el fuerte impulso de comerse un Bomboneón, aunque sabía que solo eran trozos disfrazados de porquería marrón. Aun así, vistas así de cerca, aquellas bolas recubiertas de coco parecían irresistibles. Los colores eran tan brillantes —los azules tan azules, los verdes tan verdes— que cada Bomboneón parecía una enorme joya brillante.

—Son preciosos —dijo Felanie para sí misma.

—Como, ejem, Directriz —dijo Rose—, cataré un Bomboneón.

—Qué suerte —susurró Melanie.

Rose alargó la mano hacia las bolas de color neón y se llevó uno naranja a la boca. El glaseado sabía a papel de seda rasgado, el pastel de chocolate sabía a ceniza pegajosa, y el relleno de crema sabía a baba espumosa y tibia. Y era todo nauseabundamente dulce.

—¡Puaj! —dijo Rose, escupiendo en el fregadero—. Es horrible —dijo, perpleja—. En serio que es horrible. —Rose se enjuagó la boca y se la volvió a enjuagar—. Pero quiero comerme otro enseguida. Creo.

—Es por eso que tenemos que trabajar en la receta —dijo Marge—. No es perfectamente adictiva.

Rose se encogió de hombros al pensar en lo que podría ocurrir si lo llegaba a ser.

—Bueno —dijo—. Contadme cómo los hacéis.

Gus se sentó sobre el hombro de Rose, que observaba a los pasteleros recreando la receta del Bomboneón de Lily.

Marge sostenía en lo alto otra de las tarjetas de receta de color crema con la hermosa caligrafía de Lily y daba instrucciones a gritos. Jasmine hacía las bolas esponjosas de pastel de chocolate, mientras que Gene, Vicepresidente de Rellenos, tiró de una manguera de incendios de la pared y le colocó una larga vara de metal en la punta. Parecía una gigantesca aguja hipodérmica.

—¿Qué haces con esa manguera de incendios, Gene? —preguntó Rose.

—¿Manguera? —Boquiabierto, Gene miró el objeto que tenía en su mano—. Ah, vaya —dijo—. ¿Pensabas que esto era una manguera de incendios? No, esto es una Boquilla de Conservante.

Rose vio que la manguera estaba conectada a una cisterna que no había visto antes donde se removía una sustancia espesa y clara que se parecía mucho a los mocos. ¡Puaj!

Como si lo hubiera hecho miles de veces —cosa muy probable, pensó Rose— Gene acercó la manguera a la bandeja de bolas calientes de pastel de chocolate y le inyectó a cada una de ellas una pequeña dosis de esa cosa blancuzca y pringosa.

—¿Eso es el relleno de los Bomboneones? —A Rose se le revolvió un poco el estómago—. ¿Esta especie de moco raro?

—No, no, esto es el conservante —le explicó Gene—. Es indispensable en todo PCPC. Una gota de esto asegura que los Bomboneones no se vuelvan rancios hasta que la Tierra esté habitada por zombis y cucarachas. Hace que sigan teniendo tan buen sabor como el día que los hicieron incluso de aquí a mil años. —Sonrió con orgullo.

Rose pensó en el Bocarrico de casi un siglo de antigüedad que había visto en aquella especie de santuario de la fábrica principal.

—Hay cosas que no deberían ser posibles —le dijo a *Gus*, que estaba sentado junto a ella en la impecable mesa de trabajo de acero inoxidable. El gato hizo que sí con la cabeza.

Una vez que Gene hubo rellenado todos los Bomboneones con su moco conservante, Ning y Felanie prepararon cuatro cuencos separados de un sencillo glaseado blanco de vainilla. Luego sacaron un tarro de cristal rojo que contenía un enorme escarabajo negro. El escarabajo giraba en círculos dentro del tarro, como si buscara la salida. Parecía más asqueroso que mágico; aunque claro, lo mismo pasaba con el Queso de Luna.

—¿Qué es eso? —preguntó Rose.

—El Escarabajo Cegador —dijo Marge, repartiendo máscaras negras de soldador entre Rose y los demás pasteleros—. Será mejor que te la pongas.

Rose ya había visto máscaras como aquellas en la cara de los trabajadores de la construcción que soldaban vigas de acero, echando chispas de un blanco intenso, ante la biblioteca de Fuente Calamidades. Parecían destinados a tareas pesadas y se veían totalmente fuera de lugar en una pastelería.

Se colocó la suya en la cabeza. Era como si se hubieran apagado las luces.

—No veo nada —dijo Rose—, y apenas puedo respirar. ¿Es realmente necesario que la lleve puesta?

—Sí —dijo Ning, abriendo el tarro y dejando caer el Escarabajo Cegador en el cuenco.

Rose seguía en la más absoluta oscuridad, escuchando su propia respiración, hasta que de repente el escarabajo empezó a brillar como una bengala, corriendo alrededor de las paredes del cuenco y esparciendo con las alas un rastro de chisporroteantes chispas naranjas. Parecían los cohetes que Sage, Ty y ella encendían en el patio de su casa el día 4 de julio, montones de silbidos, chispazos y explosiones.

Ning lo pasó con una cuchara al cuenco de al lado, donde empezó a brillar de verde neón, soltando chorros de chispas verdes. Y luego a otro cuenco donde pasó a ser un borrón de color rosa eléctrico en medio de la oscuridad. Y luego al último cuenco, donde ardió en órbitas de azul metálico. Incluso con la máscara de soldador, el brillo era casi insoportable de mirar. Rastros de luz serpenteaban en la visión de Rose, que tuvo que pestañear y apartar la mirada.

Cuando el escarabajo se volvió por fin oscuro otra vez, Ning lo atrapó, lo volvió a meter en el tarro rojo y lo cerró rápidamente con la tapadera.

Rose se quitó la máscara, se secó las gotas de sudor de la frente y vio que ahora los cuatro cuencos de glaseado eran naranja, verde, rosa y azul. Dentro del frasco, el modesto escarabajo negro se arrastraba por el tarro con pinta de cansado.

—Madre mía —dijo Marge, que pestañeaba rápidamente—. Madre mía.

—Interesante —dijo Rose, hojeando el *Apócrifo*. Buscó alguna mención del Escarabajo Cegador y por fin encontró la página:

Fue en 1832, en el pueblo tailandés de Songkram, donde el mercader británico Deveril Shank, un descendiente de Albatross Bliss, descubrió el Escarabajo Cegador en las junglas salvajes del sudeste asiático. Utilizó las chispas mágicas producidas por el Escarabajo Cegador para darle color al glaseado de un pastel envenenado que dio de comer a la familia real de Songkram, que había amenazado con expulsarlo. Los miembros de la familia real se comieron el pastel, aunque estaba envenenado, porque quedaron hipnotizados por el glaseado.

—¡Es espantoso! —dijo Marge, que se había inclinado sobre el hombro de Rose para leer también el *Apócrifo*.

—Ya lo sé —dijo Rose.

Marge volvió a bajar la mirada hacia la tarjeta con la receta que le había dejado Lily.

—Jamás vi la receta original, solo la versión que nos dio nuestra anterior Directriz. —Marge tomó teatralmente una larga bocanada de aire y negó con la cabeza—: ¡Albatros Bliss ENVENENABA a gente! ¿Qué le pasa a tu familia?

—No son mi familia —replicó Rose, un poco a la defensiva, pero no había tiempo para explicar todo el árbol genealógico de los Bliss ni cómo una disputa nunca resuelta entre dos hermanos, el bondadoso Filbert y el maléfico Albatross, había llevado a dos tipos de magia de cocina. Estaba la magia útil que practicaba su madre (y también ella misma, se recordó). Y estaba la magia siniestra que realizaban Albatross y sus descendientes.

—Pero eso ahora no importa. Aunque todo esto sea asqueroso —dijo señalando los diversos cuencos que tenía ante sí—, todavía no es ni de lejos lo bastante asqueroso.

—¿Qué quieres decir? —dijo *Gus*, que se había subido de un salto a la mesa. Se estremeció y se le erizó todo el pelo—. Detesto los gusanos.

—Esta receta solo hace que los Bomboneones sean irresistibles por fuera —explicó Rose—. Tienen que ser irresistibles por dentro.

Justo entonces, Gene se acercó al grupo caminando como un pato. Rose se pasó el dedo por delante de la boca, como si abrochara una cremallera, para indicarle a *Gus* que se estuviera calladito.

—¡Esta chica conoce realmente el oficio! —dijo Gene, dándole una palmadita en la espalda.

—¡Ciertamente! —dijeron simultáneamente Melanie y Felanie, con la mirada fija en uno de los cuencos de glaseado.

Rose resplandeció cuando buscando entre las páginas del *Apócrifo* encontró esta receta:

PASTEL DEL HAMBRE:
Para el terror de los pueblos

En el año 1742, en el pueblo irlandés de Ballybay, Callum O'Frame, un malvado descendiente de Albatross Bliss, preparó unos pasteles minúsculos que, al comérselos, hacían que la gente de Ballybay sintiera un gran vacío en la barriga. Comieron tanta comida como pudieron, pero nada calmaba su hambre. Agotaron toda su comida y vagaron por el país buscando comida, asesinando a sus

vecinos por patatas hervidas y pastel de carne.
Los ballybayanos se transformaron en bestias
famélicas.

El señor Callum O'Frame mezcló dos puños de
harina con un puño de chocolate en polvo y un
puño de azúcar blanco. Le añadió una nuez de
mantequilla de vaca, dos huevos de gallina y un
puño de leche, una bellota de vainilla
y el aullido de una Bruja de Niebla, que superaba
incluso el aullido de los estómagos de los
ballybayanos.

—Entonces, si hacemos esta receta, ¿nos converti-
remos en bestias? —preguntó Marge. Se quitó el gorro
de chef, que ya no era blanco, exactamente, sino que
estaba manchado con trozos de colorante alimentario
y azúcar moreno—. No quiero convertirme en una
bruja aulladora.

—Esto te curará —dijo Rose, señalando la letra pequeña del reverso de la página.

BOLLITOS DEL CONEJITO:
Para cesar los efectos del
PASTEL DEL HAMBRE

El pastelero ambulante Seamus Bliss fue testigo de
la hambruna asesina de los perfectamente bien
alimentados habitantes de Ballybay y les preparó
unos bollitos dulces que hacían que se sintieran
perfectamente hartos de comida cuando tocaban
el suave pelaje de un conejito.

El señor Bliss mezcló tres puños de harina con una bellota de levadura, un puño de leche de vaca, un huevo de gallina y un puño de azúcar. Le añadió la bendición del Conejito Benedictino.

A partir de ese momento, los ballybayanos llevaron colgadas al cuello patas de conejo disecadas —obtenidas de conejos muertos por causas naturales, por supuesto— para poder estar siempre tocando el suave pelaje de un conejito.

—¡Caramba! —exclamó Gene, cuyas cejas puntiagudas llegaban casi arriba de su cabeza—. ¡Tal vez sea este el origen de los llaveros con patas de conejo! ¡Me encantan! ¡Tengo toda una caja debajo de la cama!

—Pero ¿de dónde vamos a sacar al Conejito Benedictino? —se preguntó Rose en voz alta—. Por no hablar de la Bruja de Niebla.

Mientras los pasteleros haraganeaban y pensaban, *Gus* saltó a los brazos de Rose y le susurró al oído:

—Me ha parecido que tienen todos los ingredientes posibles en el almacén en forma de pastel de boda —dijo en voz baja—. El de los robots. Seguro que te darán Bruja de Niebla. El Conejito Benedictino, por otra parte, podría despertar más suspicacias. Supongo que tendrás que robarlo.

—Buena idea —susurró Rose al oído de *Gus*. Luego dejó que el gato saltara al suelo y repitió su idea palabra por palabra.

—Iré yo —dijo Gene cuando Rose hubo terminado de hablar, sacando pecho—. De adolescente había sido un genio del hurto, antes de reformarme y descubrir la pastelería. Seguro que puedo hacer desaparecer a ese Conejito Benedictino como si fuera un conejo en una chistera.

—Gene, amigo mío, todos hemos hecho cosas de las que no nos sentimos orgullosos —dijo Marge, dándole unas palmaditas en la espalda—. Yo una vez robé un caballo de un hipódromo. Es una historia muy larga —dijo con una amplia sonrisa—. La cuestión es que seré tu escolta.

—¡No! —gritó Felanie—. ¡Es demasiado peligroso!

—¿Robar un conejito? —dijo Melanie—. ¡Es lo más fácil de robar del mundo! —Luego se volvió hacia Jasmine, que estaba desmenuzando una tableta de chocolate y dándole de comer los pedacitos a Ning—. ¿Has oído eso, Jasmine? ¡Marge y Gene van a robar un conejito!

—¿Mmm? —dijo Jasmine, levantando la vista.

—No les hagas ni caso —dijo Marge, que caminó directamente hacia Jasmine y le cogió dos trozos de chocolate de la mano. Con uno de ellos se pintó unas rayas oscuras debajo de los ojos, como lo haría un jugador de fútbol americano. Con el otro trozo, le hizo lo mismo a Gene.

—Ya está —dijo Marge—. Ahora ya estamos irreconocibles. Vamos, Gene. —Se llevó los restos de chocolate a la boca y le guiñó un ojo a Rose—. El deber nos llama.

Rose, *Gus* y el resto de los pasteleros se quedaron esperando en el obrador de pruebas preparando dos versiones de la receta revisada de los Bomboneones:

una para el aullido de la Bruja de Niebla, y otra para la bendición del Conejito Benedictino. Hicieron porciones gigantes de la masa en dos cubas de mezclas del tamaño de timbales que Jasmine había traído rodando desde un armario.

—Pobre conejito —iba murmurando Melanie—. Pobre, pobre conejito.

«Pobre, pobre de mí», pensó Rose. Si no hubiera sido porque Felanie, Ning y Jasmine le habían echado una mano, habría echado a perder las dos tandas de mezcla. Por mucho que intentara concentrarse en la receta, no dejaba de equivocarse. No paraba de ver a sus padres y a Balthazar en aquella habitación de hotel, rodeados de pastelitos Lo Más. Ni dejaba de oír al señor Butter diciendo «¡o si no...!». ¿Qué les haría si ella fracasaba?

—¿Tal vez deberías reformar esta receta? —le sugirió amablemente Jasmine, entregándole un cuenco lleno a rebosar de utensilios pringosos.

—Buena idea —dijo Rose.

Justo mientras quitaba la fina masa de pastel de chocolate de un cucharón gigantesco, volvieron Marge y Gene. Parecían un poco cansados, pero lucían una sonrisa alegre en el rostro. Las rayas de chocolate debajo de los ojos se habían corrido con el sudor, de modo que sus mejillas parecían un poco embarradas. Pero una cosa estaba clara: estaban emocionados.

—¿Cómo ha ido? —preguntó Rose.

Marge empujaba un carrito que contenía dos tarros rojos. Uno medía metro veinte de alto por sesenta centímetros de ancho. A través del cristal rojo translúcido, Rose pudo ver a una anciana fantasmagórica que merodeaba por el interior. El otro tarro era del tamaño habitual y contenía un adorable conejito de color crema con un collar negro y blanco.

—¡Lo hemos conseguido! —gritó Marge con el puño alzado.

Los demás pasteleros se congregaron alrededor del carrito, admirándose con ¡ohs! y ¡ahs! al ver los tarros. Mientras estaban distraídos, Rose se agachó y tuvo una breve conversación con *Gus*, que tiraba de su delantal alargando una pata.

—Yo iría con cuidado con esa Bruja de Niebla —susurró *Gus* mientras Gene se esforzaba por acercar el tarro a la mesa de trabajo—. He oído que son muy... revoltosas.

—¿Qué es? —preguntó Rose, mirando con los ojos entornados a la mujer fantasmal del tarro. Tenía el pelo gris y fibroso, la piel blanca y arrugada, y una nariz larga y puntiaguda. Rose no estaba segura de si la bruja estaba mirando detrás de ella o la miraba directamente a ella. Era inquietante, cuando menos.

—La Bruja de Niebla —empezó *Gus*, aclarándose la garganta— es básicamente un fenómeno del País de Gales. Son criaturas sin cuerpo, hechas de niebla. Dicen que se alimentan de los corazones de los inocentes. Aúllan por el terrible vacío de sus estómagos y la terrible voracidad de sus corazones, una voracidad que nunca se calma, por muchas almas que devoren.

—No suena demasiado bien —dijo Rose, levantándose para repetir esta nueva información al grupo.

—Me recuerda a mi ex marido —dijo Marge con un gemido grave.

Rose cubrió una cuba de masa de chocolate y empujó la otra hacia delante.

Abriendo el tarro grande que contenía a la bruja, Marge dijo:

—¡Todo tuyo, Brujita!

La bruja salió del tarro y en pocos segundos creció hasta su tamaño normal. Era tan alta como los pasteleros, aunque ni mucho menos tan gorda. Sus ojos negros examinaron rápidamente el obrador. Levantó sus manos como garras hacia el techo y soltó un aullido ensordecedor.

Las batidoras del estante tintinearon y las baldosas de linóleo del suelo se doblaron por las puntas. Del techo cayeron pedazos de yeso. Rose se tapó los oídos con los pulgares, pero el tremendo chillido de la bruja perforaba sus tímpanos como un taladro.

Espoleada por el chillido, la masa de chocolate ascendió ondeando por el aire, fuera del cuenco, y empezó a girar a toda velocidad sobre su propio eje hasta convertirse en una esfera giratoria que fue haciéndose cada vez más ancha, creando una cáscara hueca, con el chocolate girando a tantísima velocidad que casi parecía que no se moviera en absoluto.

Poco después, la bruja cogió hipo y dejó de aullar.

«Jolines —pensó Rose—. Eso era diez millones de veces peor que los chillidos de Marge. Y yo que pensaba que eran insuperables...»

En el mismo momento, la masa dejó de girar y, en un abrir y cerrar de ojos, volvió a depositarse en el cuenco con un fuerte «chof». Del cuenco salía un pestazo a podrido y al ambiente particularmente desagradable de una cafetería llena de gente hambrienta.

—¡Ecs! —dijo Ning, moviendo la mano como un abanico para alejar el pestazo de su cara.

La Bruja de Niebla olisqueó el obrador como si

buscara algo con el olfato, y sus ojos negros y vacíos se clavaron en Rose.

«Un corazón inocente —cayó en la cuenta Rose—. Quiere devorar mi corazón.»

—¡Coged el tarro! —gritó—. ¡Ayudadme!

8

Atracón de Bomboneones

Rose se escondió detrás de los seis pasteleros mientras Marge dirigía el cuello del tarro hacia la Bruja de Niebla.

—¡Que no se acerque a mí! —gritó Rose. La niña cerró los ojos, pero lo único que veía eran las pupilas como cuentas negras de la bruja. Fijas en ella. Con deseo de devorarla.

—No tengas miedo, Rose —dijo Marge—. ¡Te protegeremos!

—Ven si te atreves, brujita —gritó Felanie, doblando el dedo índice—. Ven si te atreves.

—Sí, ven y verás —ronroneó Melanie—. Verás.

La Bruja de Niebla gruñó tan larga y profundamente que el suelo retumbó. A Rose se le pusieron todos los pelos tiesos cuando la bruja se lanzó hacia ella.

Pero los pasteleros se mantuvieron en su lugar y sacaron el tarro de cristal, que absorbió a la bruja justo delante de Rose en el último segundo. Felanie cerró rápidamente la tapa y Melanie puso el cierre, atrapando a la bruja, que se dio de cara con el fondo del tarro con tanta fuerza que se disipó en forma de niebla.

—Uf —dijo Rose con un escalofrío—. Ha ido de un pelo.

Gus asomó la cabeza por detrás del cuenco de una de las grandes batidoras del estante. Tenía todo el pelo erizado, como si se hubiera cargado de electricidad estática.

—¿Ya vuelve a estar encerrada? —preguntó tímidamente.

—A cal y canto —dijo Rose, aliviada.

Los pasteleros llevaron el tarro a una esquina del obrador. Mientras todos lo miraban, el tarro tintineó unos pocos segundos y luego se quedó quieto.

—Uf —dijo Ning—. Esa cosa daba más miedo que mi abuela.

En cuanto estuvieron todos en sus puestos, Melanie y Felanie empezaron a pasar con cucharones la masa de chocolate alterada a los pequeños moldes de pastel con forma de Bomboneón. Mientras, Marge destapó la otra remesa de chocolate.

—Ahora, a por el antídoto —dijo.

Rose cogió el otro tarro.

—¿Tengo que temer algo con este tarro? —le preguntó a su gato.

Gus se encogió de hombros.

—¿Que es demasiado tonto para ayudar, tal vez? A fin de cuentas solo es un conejo.

Rose desenroscó la tapa del segundo frasco e hizo

salir al Conejito Benedictino. Lo cogió en sus manos y acarició su pelo sedoso.

Sus ojos, como los de la Bruja de Niebla, eran negros como el carbón, pero en vez de una frialdad incorpórea, irradiaban calidez, inocencia y luz. Era la cosa más mona que jamás había visto, y Rose sintió el deseo irrefrenable de mecer al Conejito en sus brazos eternamente. Todos los pasteleros dejaron la faena para mirarlo, hechizados por una sensación de paz y de calma absolutas.

—Caramba carambola —dijo Jasmine—. Es el conejito más bonito que haya visto jamás.

—Tiene... —Ning se esforzó por acabar la frase—. ¡Una ternura ultraterrenal!

—¡Qué esponjoso! —susurró Melanie.

Todo el mundo estaba tan ocupado observando al Conejito Benedictino que nadie vio que la Bruja de Niebla olisqueaba frenéticamente dentro de su tarro, perforando con su mirada sin ojos el cristal carmesí y mirando fijamente al inocente conejito.

Rose mecía en sus rodillas al conejito junto a la masa de chocolate.

—¿Y ahora qué? —susurró para no molestar a aquella criatura tan perfecta.

—Tienes suerte —dijo *Gus*—. Me defiendo con el conejés a nivel de conversación. Le pediré que bendiga la masa.

Gus emitió una serie de ronroneos largos y cortos, algo como un código Morse. El conejito pareció sonreír y asentir con la cabeza, luego saltó por encima del borde de la mesa de trabajo y se sentó sobre las patas traseras, levantando sus suaves patas delanteras. Cerró los ojos y emitió una serie de chirridos, que a Rose le sonaron como la mejor música que hubiera oído jamás.

Detrás de ella, el tarro que contenía a la Bruja de Niebla comenzó a tintinear. Se agitó y se agitó hasta que cayó al suelo con estrépito. El cristal se agrietó y se desprendió una diminuta astilla. La Bruja de Niebla salió triunfalmente a presión por el agujerito en el cristal y, con un aullido, se lanzó a por el Conejito Benedictino.

El conejito seguía con su hechizo, distraído.

Rose se tapó los oídos y se interpuso en el camino de la bruja, pero la silueta blanca de niebla la traspasó. Jasmine saltó delante del conejito, pero la bruja también la atravesó, casi como una flecha invisible.

—¡El Conejito! —gritó Melanie.

—¿Qué? —gritó Felanie por encima del aullido de la bruja.

—¡EL CONEJITO!

La bruja se detuvo justo delante del Conejito Benedictino y abrió la boca, cada vez más abierta, hasta que fue un pozo negro redondo tan grande como el resto de su cuerpo. Entonces comenzó a inhalar con un ruido que parecía el de una aspiradora.

El conejito se deslizaba lentamente por encima del frío acero de la mesa de trabajo hacia la boca de la Bruja de Niebla.

—¡No! —gritó Rose—. ¡Para!

Gus saltó a la mesa y agarró la colita de algodón del conejito, mientras se sujetaba en el borde de la mesa con las patas de atrás, pero la bruja era demasiado fuerte. También *Gus* comenzó a deslizarse hacia delante.

Rose miró frenéticamente por toda la sala y su mirada se detuvo en la cisterna de conservantes.

—¡Gene! —gritó—. ¡La manguera!

Gene abrió los ojos como platos al comprender la idea. Rápidamente, cogió la larga boquilla en forma de aguja de la manguera y se la tiró a Rose, que la cogió al vuelo, se la metió a la bruja en la boca abierta y apretó el gatillo.

A medida que el conservante mocoso entraba a presión en la boca de la bruja, sus negros ojos huecos se ampliaban...

«De miedo», advirtió Rose. La bruja estaba asustada.

El conservante viscoso parecía congelarse dentro de la niebla, creando una figura sólida de terror gris. La bruja fue solidificándose cada vez más hasta que finalmente se hundió por su propio peso y estalló en una explosión de mucosidad gris que cubrió las paredes, el techo y todos los utensilios de acero inoxidable. Marge tapó la segunda remesa de masa de chocolate justo a tiempo para protegerla.

—¡Ecs! —gritó Felanie—. ¡Qué asco!

El Conejito terminó su bendición y abrió los ojos, con una sonrisa de desconcierto en el rostro. Luego volvió a sentarse sobre las patas traseras y sacudió la nariz.

—Gracias a Dios —dijo Melanie—. Gracias a Dios que el conejito se ha salvado.

Gus suspiró y miró a Rose.

—Parece que van a necesitar una Bruja de Niebla nueva.

A las cinco y media de aquella tarde, el Conejito Benedictino volvía a estar a salvo en su tarro y las dos versiones diferentes de Bomboneones estaban puestas en bandejas sobre la mesa de trabajo, glaseadas con cuatro tipos de glaseado de neón.

Rose levantó la bandeja de los Bomboneones antídoto.

—Los esconderé en algún lugar del obrador —le dijo al equipo de pasteleros—. Si los Bomboneones siniestros funcionan como es debido, estaréis tan desesperados buscando más que registraréis todo el obrador hasta que los encontréis. Eso será la prueba. ¡Ahora no miréis!

Los pasteleros cerraron los ojos obedientemente y Rose escondió los Bomboneones antídoto debajo de un cuenco de metal bocaabajo en la mesa de trabajo más alejada. Cuando hubo terminado, subió la escalinata espiral hacia su habitación y dejó a los pasteleros atacando la bandeja de Bomboneones peligrosos.

—¡No os cortéis! —gritó Rose.

Aquello fue una masacre de Bomboneones.

Los pasteleros se lanzaron sobre la bandeja de bombones de neón, empujándose unos a otros y metiéndose en la boca un Bomboneón tras otro hasta que tuvieron los mofletes tan hinchados que parecían ardillas. Sus caras estaban decoradas con manchurrones de relleno y restos de glaseado neón y de coco que parecían confeti.

—Se me revuelven las tripas solo de mirarlos —dijo *Gus*.

—Mira quién fue a hablar —dijo Rose—. He visto lo que haces con las latas de atún.

—Eso, querida amiga, es un experto saboreando una buena comida. Esto... esto es frenesí.

Por su propia cordura, Rose se alegró de no tener a mano los Bomboneones. Si eran algo tan adictivo como las Chocolunas, tendría problemas con solo un mordisco.

Cuando terminaron de masticar, Marge y el resto de los pasteleros se echaron en el suelo a digerir, relamiéndose los labios.

Entonces empezó el espectáculo.

—¡Qué hambre tengo! —gimió Marge con las manos en la barriga—. ¡Quiero más Bomboneones! ¡Mi estómago es un agujero negro que nada puede llenar!

Ning se incorporó jadeando y empezó a vagar por el obrador, lloriqueando:

—¡Me pido el primero! Cuando ya haya llenado el vacío de mi estómago, hablaremos del tuyo. —Ning iba mirando dentro y debajo de todo lo que encontraba: cajones, cuencos, servilletas de papel—. Sé que la Directriz ha preparado más de estos maravillosos y dulces Bomboneones. ¿Dónde están?

Jasmine y Gene estaban demasiado llenos para levantarse, así que reptaban por el suelo, olisqueando las baldosas y debajo de los electrodomésticos de acero inoxidable como sabuesos.

Melanie y Felanie se contentaban simplemente con lamer las migajas que quedaban en los moldes, sin dejar de gimotear:

—¡No hay más! ¡No hay más! ¿Por qué no quedan más?

Rose observaba horrorizada a los pasteleros. Si aquellos Bomboneones salían al mercado, no habría modo de parar a la Corporación Lo Más. La falsa sensación de hambre que creaban los Bomboneones llevaría a la gente a saquear las tiendas, dispuesta a lo que fuera por obtener más productos Lo Más. Cualquier cosa que el señor Butter, o la Sociedad Internacional del Rodillo, quisieran que hicieran.

—Es terrible —dijo Rose.

—Parece que la Bruja de Niebla ha hecho bien su trabajo —susurró *Gus*.

—Espero que los Bomboneones de antídoto funcionen —dijo Rose—. Vamos, Conejito Benedictino, no nos defraudes.

Jasmine empezó a golpear fuerte con la cabeza la mesa de trabajo en la que Rose había escondido los Bomboneones antídoto, hasta que la inclinó y la hizo caer al suelo, desparramando los Bomboneones escondidos. Una docena de bolas de colores brillantes rodaron por las baldosas y los seis pasteleros sofocaron un grito y se quedaron petrificados.

—¡Son míos! —gritó Marge, saltando sobre otra mesa de trabajo y deslizándose por su superficie.

—¡Por encima de mi gordo cadáver! —gritó Gene, rodando hacia delante.

Melanie y Felanie se pusieron a rugir incomprensiblemente y a pelearse en el suelo, llorando y riéndose al mismo tiempo.

Todos se encontraron en un choque de cabezas junto a los Bomboneones antídoto, y el griterío fue tal que Rose tuvo que taparse los oídos y girarse. Miró para asegurarse de que cada pastelero se comiera al menos un Bomboneón y esperó a que el antídoto hiciera efecto y que su afable equipo volviera del lugar diabólico adonde lo habían llevado los siniestros Bomboneones.

¿Y luego? La pelea se detuvo.

Los pasteleros se miraron unos a otros mientras se limpiaban la cara de migajas y lamían los últimos restos de glaseado de sus dedos.

Marge fue la primera en hablar.

—Quiero más —susurró—. ¡Si no os los hubierais comido todos, buitres, quedarían más para mí! —Y dicho esto embistió.

—¡Tú sí que eres buitre! —gritó Ning, lanzándose contra Marge. Al instante, Jasmine estaba aporreando a Ning con un par de batidores de huevos, Gene le pegaba a Felanie con una bandeja de hornear, y Melanie les ponía a los demás el delantal en la cabeza y los golpeaba con una cuchara de madera.

Rose se volvió hacia *Gus* aterrorizada.

—¿Qué ha pasado? —gritó—. ¡He seguido la receta tal como estaba escrita! ¿Por qué siguen comportándose como chiflados?

Sacó la tarjeta.

—¡Oh, no! —dijo, y procedió a leer la receta en voz alta—: «A partir de ese momento, los ballybayanos llevaron colgadas al cuello patas de conejo disecadas... para poder estar siempre tocando el suave pelaje de un conejito.»

—Si tienen que estar todos pegados a ese conejo bobalicón, jamás funcionará —señaló *Gus*—. No hay suficiente conejo para todos.

Rose negó con la cabeza.

—Gene ha dicho que tenía una caja de llaveros de patas de conejo, ¿te acuerdas? Tendrían que funcionar. ¡Tengo que ir a por ellos!

Rose empezó a bajar las escaleras, pero *Gus* la adelantó al galope y se interpuso en su camino.

—No —dijo—. Es demasiado peligroso. Te harán pedazos. —*Gus* se agazapó y añadió—: Este es un trabajo que solo puede hacer un gato. Permíteme.

Gus se volvió y bajó los escalones como una mancha peluda y gris, corrió a toda velocidad pegado a las paredes del obrador y desapareció hacia los cuartos de los cocineros.

Cinco minutos más tarde, cuando Rose ya empezaba a temer que los pasteleros pudieran hacerse daño unos a otros, *Gus* salió zumbando de los dormitorios del personal llevando seis llaveros con patas de conejo en la boca y corrió directamente hacia el revoltillo de pasteleros que se peleaban.

—¡El gato tiene más Bomboneones! —gritó Rose—. ¡El gato tiene Bomboneones!

Por un instante no pasó nada, los pasteleros continuaron con su riña a cámara lenta en el suelo. Pero luego, lentamente, los golpes y empujones se fueron calmando hasta que los seis pasteleros se desenredaron y se quedaron tumbados sobre las baldosas, jadeando intensamente, cada uno de ellos agarrando una pata de conejo con sus dedos cubiertos de glaseado. Gene eructó lo bastante fuerte como para hacer vibrar las sartenes de casi todas las mesas de trabajo, y de repente todos los pasteleros se estaban quejando en voz alta.

El gato se sentó en el centro vacío del suelo, examinando las manchas de glaseado de su pelaje.

—Rose, vas a tener que limpiarme esta sustancia venenosa. No me gustaría perder el control de mis garras. Nunca se sabe quién podría resultar herido.

—Jamás volveré a comer —dijo Marge—. Ya está. Esta es la última vez.

De repente, las luces rojas de los rincones de la habitación resplandecieron y sonó la sirena.

—¡Viene el señor Butter! —gritó Rose, bajando a toda prisa los escalones hasta el suelo del obrador—.

¡Recordad todos: todavía sois adictos a los Bombo-neones! ¡Tenéis que fingir!

—¡Yo no puedo! —gruñó Jasmine—. ¡Ni siquiera puedo fingir que quiero comer!

Los pasteleros rodaron por el suelo como focas to-mando el sol en las rocas.

—¡Chicos, por favor! —gritó Rose—. ¡Si el señor Butter os oye quejaros de que jamás volveréis a probar un Bomboneón, podría hacerles daño a mis padres! ¡Y a mi tatarabuelo! ¡Levantaos, por favor!

Justo en ese momento, se abrió la trampilla y el as-censor llegó a la planta. Había dos personas, pero no estaban sentadas en el carrito de golf.

—¿Qué tal, *sorella*?

Los hermanos de Rose, Ty y Sage, estaban en pie en la plataforma del ascensor.

9

Dos hermanos y un roedor

Rose se acercó saltando hasta Ty y Sage y se abrazó a ellos, que le dieron unas palmaditas en la cabeza nerviosamente. Hacía tiempo que los tres no compartían un abrazo de grupo... de hecho, tal vez nunca se lo habían dado. Fue tan raro como maravilloso, y Rose pestañeó para disimular las lágrimas.

—¿Qué hacéis vosotros aquí? —les preguntó—. ¿Habéis logrado sacar a mamá y papá? ¿Dónde está Leigh?

Los pinchos pelirrojos de Ty se alzaban orgullosos como la cresta de un gallo. Los mofletes pecosos y regordetes de Sage parecían al rojo vivo. Los dos estaban en pie con los brazos cruzados orgullosamente sobre sus camisetas blancas a juego. Rose pensó que parecían ángeles. Nunca se había alegrado tanto de ver a dos personas en su vida.

—¿Quiénes son estos jovencitos tan apuestos?

—preguntó Marge. Eructó y se tapó la boca con una mano—. Perdonad —dijo—, he comido demasiados Bomboneones.

Sage asintió con la cabeza hacia la inflada pastelera jefe.

—Pasa en las mejores familias —dijo Sage.

—Marge, te presento a mis hermanos —dijo Rose—. Thyme y Sage. Y ellos —continuó Rose, señalando a los pasteleros esparcidos por el suelo— son los pasteleros de la Corporación Lo Más. Y bueno, ¿cómo habéis llegado aquí? —les preguntó a sus hermanos.

—¡Conduciendo yo! —dijo Ty orgullosamente, levantando una mano como si quisiera reprimir los aplausos—. En el coche de la señora Carlson. Con mi carné de conducir.

—Ella no quería que viniéramos —dijo Sage—, así que hemos tenido que esperar a que se pusiera a ver sus telenovelas.

—Le gusta una sobre un médico del ejército que manda mucho —dijo Ty—. *Hospital General.*

—El caso es que mamá y papá salieron a buscaros después de que *Jacques* nos avisara que estabas aquí —dijo Sage—. No quisieron que viniéramos, pero cuando no llamaron para decir que habían vuelto, ya imaginamos que algo iba mal.

—El carro de la señora Carlson es una carraca de treinta años —dijo Ty—. Ha sido todo un desafío conducirlo, la verdad. Pero he podido dominar los controles con solo unos pequeños percances.

—Hemos chocado en marcha atrás con un camión de reparto en una gasolinera —susurró Sage.

—Eso ha sido estratégico —insistió Ty—. ¡Formaba parte de mi plan! Era un camión de reparto de Lo Más.

—El camionero era superamable. —Sage sonrió—. Me ha dejado subir a la cabina de su camión mientras rellenaba el parte con Ty. Y luego lo hemos seguido hasta aquí.

—Hemos llegado por la mañana y hemos esperado frente a las puertas hasta que otro camión ha parado delante de la garita de los guardias —dijo Ty—, y entonces hemos entrado por el otro lado.

—Ha sido fácil —dijo Sage—. Los guardias se estaban atiborrando con un montón de esas galletas de merengue recubiertas de chocolate y ni siquiera nos han visto.

—Oh, vaya —dijo Marge—. Suena como que les están dando tus nuevas Chocolunas a los guardias, Rose.

—Pero ¿cómo habéis sabido que estaba en este edificio? —preguntó Rose.

—He encontrado un mapa —dijo Sage. Se llevó la mano atrás y sacó algo del bolsillo de sus tejanos: un cuadrado de papel raído—. Estaba en la guantera del camionero.

Una vez desplegado, Rose vio un mapa de todo el complejo Lo Más. Cada uno de los edificios llevaba un nombre: FÁBRICA DE CHOCOLUNAS N.º 3, LABORATORIO LO MÁS, HOTEL LA MANGA PASTELERA y más. Hacia el centro, marcado con un círculo, estaba el OBRADOR DE DESARROLLO.

—*Jacques* dijo que el gato que le había pasado el mensaje de *Gus* había dicho algo de unos obradores de desarrollo, así que hemos venido aquí directamente —dijo Sage, plegando el mapa con un gesto ostentoso y devolviéndolo al bolsillo.

Rose volvió a abrazar a sus dos hermanos.

—¡Bueno, vale ya! —dijo Ty, levantando los brazos—. ¡Cuidado, no me despeines!

—Pero ¿qué haces aquí? —preguntó Sage—. ¿Y dónde están mamá y papá?

Rose se lo contó todo a sus hermanos: su secuestro, cómo habían hecho rehenes a sus padres y a su tatarabuelo, y los planes del señor Butter y la Sociedad Internacional del Rodillo para esclavizar al mundo a través del poder de los pastelitos.

—Todo es por culpa de Lily —dijo Rose al final, sacándose el folleto gris de la bata—. Utilizó el *Apócrifo* para perfeccionar las recetas.

—¿O sea que vino aquí después de París? —preguntó Sage—. ¿Ahora está aquí?

—No, había estado aquí antes de París. Escondió el *Apócrifo* aquí, pero no volvió a buscarlo tras haber perdido el *Libro de Recetas* en la Gala des Gâteaux Grands. Demasiada vergüenza, supongo.

—Estoy muy disgustado con tía Lily —dijo Ty, cloqueando con la lengua—. Solo que hubiera terminado su trabajo aquí, ahora no te tendrían prisionera.

—¡Ty, no se trata de eso! —exclamó Rose, exasperada—. Toda la gente de Estados Unidos corre el grave peligro de convertirse en zombis devoradores de pastelitos Lo Más a menos que encontremos la manera de parar a esta gente.

—Tal vez deberíamos ir a liberar a papá y a mamá —dijo Sage—. Ellos sabrán qué hacer.

—Esperemos a la policía —dijo Rose, aliviada de tener a sus hermanos allí. Ellos le ayudarían a rescatar a sus padres... de algún modo u otro. Habían sido dos días de locura, pero ahora ya habían terminado.

—¿La policía? —preguntó Ty—. ¿También está aquí?

Rose le propinó un golpe en el brazo.

—¿No habéis llamado a la policía?

—¿Para decirles qué? —dijo Ty—. ¿Que un ratón con acento francés nos ha dicho dónde estabas?

—¿Y eso que tiene de malo, *s'il vous plaît*? —dijo una voz francesa chillona.

Jacques salió a toda prisa de un bolsillo de los bermudas caquis de Sage y tomó asiento entre el enredo de rizos rojos de su cabeza. *Gus* lo saludó con un gesto majestuoso de la cabeza.

Al ver al roedor, todos los pasteleros chillaron.

—¡Un ratón! —gritó Marge.

—¡Mátalo! —vociferó Jasmine.

—¡Dale a ese chico en la cabeza con una sartén, Gene! —dijo Ning.

Gene se levantó de un brinco y caminó como un pato hacia una sartén de hierro colado que había en un estante metálico.

—¡No! —gritó Rose—. ¡Detente! ¡No es un ratón! ¡Es *Jacques*!

Jacques asomó la cabecita entre el matorral de rizos de Sage.

—¡No me des en la cabeza con una sartén! —gritó Sage.

—Nadie le dará a nadie con nada —dijo Rose, corriendo hacia Gene para calmarlo—. Gene, este es nuestro amigo *Jacques*. Es un ratón, pero es... un ratón bueno.

Justo en ese momento, las luces rojas de los rincones se encendieron y sonó la sirena. Por el altavoz llegó el acento sureño del señor Butter.

—¡Buenos días, pasteleros! ¡Vamos a subir y esperamos ver un poco de acción bomboneónica!

La trampilla se abrió y la parte superior del carrito de golf emergió a través del suelo.

Rose empujó a sus hermanos hacia los cuartos de los pasteleros, ahuyentándolos hacia las escaleras como si fueran moscas.

—¡Ya vienen! ¡Escondeos! —les dijo a sus hermanos. Y luego dijo en voz baja a los pasteleros—: ¡Fingid que seguís locos por los Bomboneones! ¡Y esconded las patas de conejo en los bolsillos de vuestros delantales!

Rose ayudó a todos sus pasteleros y pasteleras a levantarse.

—¡Aseaos! —les ordenó, y Melanie, Felanie, Jasmine, Gene y Ning se sacudieron los delantales, se pusieron bien los gorros de cocineros e hicieron todo lo posible por alisarse los pantalones. Pero no sirvió de nada: seguían hechos un auténtico desastre, cubiertos de harina, glaseado y manchurrones de chocolate.

Gene pestañeó.

Un desastre, tal vez sí, pero un desastre feliz. Rose le sonrió y ocupó su lugar al principio de la fila. Confiaba en que Ty y Sage fueran lo bastante listos como para cerrar la puerta que llevaba a los dormitorios de los pasteleros al salir.

La trampilla del suelo terminó de abrirse y el carrito de golf subió hasta el nivel del obrador. El señor Butter iba en el asiento de copiloto y el señor Kerr conducía, como siempre.

—¿Cómo van saliendo mis Bomboneoncitos? —le preguntó el señor Butter—. ¿Mmm?

—Le diría que lo vea por usted mismo —dijo Rose, señalando con el pulgar hacia los pasteleros—, pero estos aficionados que me ha puesto de ayudantes se los han comido todos, sin dejar ni uno solo. —Detrás de ella, los pasteleros se estaban abofeteando.

—¡Quiero más! —gritó Marge—. ¡Mi estómago es como un pozo sin fondo!

—¡Mi estómago aún está más sin fondo! —gruñó Ning.

—¡El mío está sinfondísimo! —gritó Melanie.

—Esa palabra no existe —le dijo Felanie.

—Exista o no, ya me has entendido —gritó Melanie—. ¡Y pienso comerme TODOS los Bomboneones!

—Ya se han comido una docena cada uno —le susurró Rose al señor Butter, sonriendo como si fuera su mano derecha—. Pensaba que ya sería suficiente, pero subestimé la cantidad que podían comerse.

—¡Yo diría que la receta funciona! —murmuró con admiración el señor Butter, dando palmas. Rose se puso tensa cuando Butter se acercó a las dos cubas gigantes con el resto de la masa de chocolate—. Aunque sin duda podéis hacer más —añadió—, porque ya veo que aquí tenéis dos de estas.

—¡Una ha sido un error! —explicó Rose—. Hemos tenido que hacer diversas pruebas para lograr el equilibrio adecuado entre los ingredientes. Es la cuba de la izquierda la que contiene la mezcla buena.

El señor Butter mojó el dedo en la cuba que había envenenado la Bruja de Niebla y luego lamió la masa de chocolate.

—¡Dios mío! —exclamó—. ¡Madre mía! Mmmmm, es tan... Creo que necesito un poco más para probarlo. —Alargó otro dedo y luego, en el último momento, hundió ambas manos hasta las muñecas en la masa—. ¡Y eso que no me gusta el dulce! ¡De hecho, no lo soporto!

Cuando Butter ya se llevaba las manos cubiertas de aquel pringue a la boca para volver a lamerlas, el señor Kerr gritó:

—¡Quieto!

Asombrado, el señor Butter se quedó inmóvil, pestañeando.

—¿Quién se atreve a decirme qué debo hacer?

El señor Kerr corrió hacia el fregadero y cogió un cubo con agua jabonosa, se lo llevó al señor Butter y le dijo:

—Señor, le recomiendo que se lave las manos.

—¡Pero quiero probar más de esta exquisita creación!

—Señor Butter —dijo el señor Kerr con un carraspeo—. Esto no es para usted. ¿Recuerda?

El señor Butter abrió unos ojos como platos y sumergió inmediatamente las manos en el cubo de agua jabonosa. Se las frotó a fondo hasta que no quedó ni rastro de la masa y luego, por si acaso, hundió la cara en el agua y se frotó la boca y los labios. Cuando volvió a levantarse, le caían chorros de espuma de la cabezota calva.

—¡Ha ido de un pelo! —dijo, escupiendo un chorro de agua espumosa—. ¡Esta pequeña degustación me basta para declarar que esta masa es divina! Buen trabajo, señorita Rosemary Bliss.

El señor Butter empezó a dar vueltas por el obrador y, detrás de las gafas, sus ojos como cuentas volvieron a ensancharse.

—Tu talento es extraordinario, señorita Bliss. Casi estoy tentado de decir que has vuelto las recetas demasiado buenas, aunque por supuesto recuerdo por qué estamos aquí. Vaya, las cosas que podré hacer con estos Bomboneones son... —Butter calló, levantó un dedo y chilló—: ¡Un ratón!

10

La casita sobre el asfalto

Rose sofocó un grito cuando vio a *Jacques* encogido de miedo en un rincón.

El señor Butter cogió una sartén y corría para aplastar con ella a *Jacques* cuando Gene señaló al hombre alto y gritó:

—¡Tiene Bomboneones!

Inmediatamente, todos los pasteleros placaron al señor Butter y *Jacques* pudo perderse de vista.

—¡Salid de encima de mí, idiotas! —gritó el señor Butter—. ¡No tengo ningún Bomboneón!

El señor Kerr se apresuró a ayudarlo, lanzando a los pasteleros a un lado como si no fueran más que delantales vacíos. Ayudó al señor Butter a levantarse y el hombre calvo se alisó el traje con una irritación en cada gesto.

—Estaba hablando de Bomboneones, no he dicho que yo tuviera alguno.

—Oh, lo siento —se disculpó Gene, bajando el mentón, avergonzado. Luego se volvió hacia Rose y se encogió de hombros.

—Será mejor que no vea de nuevo un ratón en la cocina —dijo el señor Butter, limpiando los cristales de sus gafas—. Sé que no podéis evitar todo este desorden con tanta pelea por los deliciosos pastelitos Lo Más, y eso es terrible. Pero también sabéis cuánto valoro la limpieza y el orden. Así que aseguraos de barrer todas esas migajas.

—Sin duda —dijo Rose—. Lo siento muchísimo, señor Butter. ¡No volverá a ocurrir!

El señor Butter miró alrededor y vio el tarro rojo agrietado que contenía a la Bruja de Niebla.

—¿Tengo que suponer que vais a necesitar otra Bruja de Niebla, pues?

—Lo siento, señor Butter —contestó Rose encogiéndose de hombros—. Se ha desmandado.

—¡Siempre lo hacen! —El señor Butter rio—. Enviaremos a un equipo a Gales y atraparemos algunas más. Ningún problema.

—Señor Butter —dijo el señor Kerr, dando golpecitos con un dedo en su reloj de pulsera—. Tenemos la agenda apretada. Pronto estarán aquí.

El señor Butter hizo pucheros.

—Ah, bueno. Me encantaría quedarme aquí a charlar, pero tenemos que irnos —dijo, siguiendo al señor Kerr hacia el carrito de golf y acoplando su espalda delgaducha en el asiento del copiloto—. ¡Ah, Rose!

—¿Sí? —dijo ella vacilante.

—Estás haciendo un trabajo maravilloso, pero ¿y si tratamos de acelerar el ritmo de perfección de las recetas? ¡Estoy seguro de que podrás buscarle la vuelta a la receta número tres, las Chikirroskis, para última hora de la tarde! —El señor Butter volvió a mirar su reloj—. ¡Pero si todavía no son ni las siete! ¡La noche es joven!

—No sé si... —comenzó Rose.

—Estoy seguro de que tus padres te lo agradecerán —añadió Butter con una sonrisa maléfica mientras el carrito de golf se perdía de vista—. Volveré a ver cómo va antes de la hora de acostarse. *Ciao ciao!*

Las puertas de la trampilla se cerraron con un susurro y todo el mundo en el obrador se dejó caer al suelo.

—Buen trabajo, chicos —dijo Rose a los pasteleros, que soltaron un gruñido colectivo de indigestión.

De repente, emergieron dos siluetas de la enorme tina de fideos de chocolate que había junto a la pared. La cabeza de una de las siluetas estaba coronada por pinchos cubiertos de fideos de chocolate: Ty. La otra era Sage. Ambos estaban forrados de pies a cabeza con fideos de chocolate de colores festivos. Se quitaron los fideos de chocolate del espacio donde deberían estar los ojos y luego pestañearon a toda la gente del obrador.

—¿Por qué no os habéis escondido en los dormitorios de los pasteleros como os he dicho? —preguntó Rose mientras Ty y Sage se esforzaban por salir de la cuba, goteando como la bestia del pantano.

—No había tiempo —dijo Ty.

—Tampoco está tan mal esconderse en fideos de chocolate —dijo Sage—. Puedes respirar entre ellos siempre que no abras demasiado la boca. Aunque lo que no se puede es respirar por la nariz. —Dicho esto se apretó una ventana de la nariz y sopló para expulsar un puñado de fideos de chocolate de la otra ventana.

—¡Qué asco, Sage! —dijo Rose—. Vamos. Tenemos que ir a buscar a mamá, a papá y a Balthazar y largarnos de este lugar.

Rose cogió con un cucharón un poco de la pasta de Bomboneón llena de bruja en un molde de bollo y la puso en el horno caliente.

—¿Para qué es eso? —dijo Ty, lamiéndose los fideos de chocolate de los dedos.

—Eso —dijo Rose— nos servirá para conseguir un coche.

Rose y sus hermanos bajaron con el ascensor hasta la planta baja. Durante el lento descenso, Sage y Ty habían advertido a Rose sobre los dos guardias de la entrada.

—Antes no estaban —dijo Rose. No debería sorprenderle que el señor Butter hubiera puesto guardia en el obrador de pruebas, pero en cierto modo todavía le sorprendía. ¿Cómo podía confiar en que les dejaría marcharse a ella y a sus padres en cuanto estuvieran hechas las cinco recetas?

—Los guardias no son muy listos —dijo Ty.

—¿Cómo habéis pasado sin que os vieran? —preguntó Rose.

—Utilizando a *Jacques* —dijo él, abriendo el bolsillo de sus bermudas caquis.

El ratoncillo asomó la cabeza y dijo:

—*Oui*, es verdad que he arriesgado la vida para crear una distracción. Me he quedado en una esquina dándoles una serenata con mi flauta...

Rose podía imaginárselo: la música aguda y fantasmal flotando sobre las callejuelas de asfalto entre los almacenes y los guardias alejándose hacia la música como las ratas detrás del Flautista de Hamelín.

—Pero ellos no vieron a *Jacques* —continuó el ratón—. ¡Una música tan grande, debían de pensar, tiene que venir de una persona grande! *C'est un truc!* ¡Es un truco! A nadie se le ocurrirá buscar a un ratón. ¡Pero incluso las criaturas más pequeñas pueden tener un talento enorme!

—Es verdad, *Jacques* —dijo Rose con una sonrisa.

—Es lo mínimo que podía hacer —dijo el ratón con una reverencia. Había acompañado a los chicos por si tenían que enviarle un mensaje a *Gus*, que se había quedado atrás con los pasteleros.

—Tengo que reservar energías —había explicado el gato.

—Seguro que quieres echarte una siesta —había replicado Sage.

—Aquí cada uno reserva energías como quiere —había ronroneado el gato, desperezándose.

Cuando llegaron a la planta baja, el ratón escondió la cabeza en el bolsillo. La gran puerta hacia el exterior se alzaba ante ellos. Dos personas con uniformes oscuros estaban en pie una a cada lado de la entrada, un hombre y una mujer. Tras la puerta abierta había un carrito de golf vacío.

—¡Eh, vosotros dos! —gritó Rose, haciéndoles señas con una mano. En la otra llevaba un bol lleno de Bomboneones—. ¡Venid aquí!

El hombre, que era alto y rubio y se parecía a un hombre del tiempo que había visto Rose en la tele, se acercó luciendo una sonrisa de lo más falsa.

—¡Jovencita, no deberías abandonar el edificio! ¡Salir es peligroso!

El guardia se acercó lentamente a Rose, Ty y Sage, con la mirada fija en el bol de bolitas de chocolate que llevaba Rose en el brazo.

Rose le dio un Bomboneón, todavía caliente del horno.

—Nos han sobrado algunos y hemos pensado que era una pena dejar que se estropearan.

—¡Esto no es un Bomboneón como Dios manda! —dijo, examinando la creación—. ¿Dónde está el glaseado de neón?

—Estábamos experimentando con la parte de pastel de la receta. Pruébala —dijo Rose. El hombre se puso el pastelito caliente en la boca y masticó.

—¡Hala! —dijo—. ¡Es increíble! —El guardia masticó un poco más. Con cada movimiento de su mandíbula, sus ojos se iban volviendo vidriosos hasta que pareció que tuviera una fina capa de leche encima de las pupilas.

—¿Quieres tú también? —dijo Rose, alargando el cuenco hacia la mujer guardia.

—¡Si se me permite! —dijo ella extendiendo el brazo para coger un Bomboneón y darle un bocadito—. ¡In-cre-í-ble! —declaró, dejando colgar su lengua fuera de la boca—. ¿Cuántos llevas ahí?

—Sí —dijo el hombre, dando un paso adelante—. Veo que tienes más en ese bol.

Rose levantó los brazos, ofreciéndoles el bol, pero tropezó y se le escapó en el último momento. Los perfectamente redondos Bomboneones volaron por los aires, cayeron al asfalto y empezaron a rodar.

—¡Oh, no! ¡Los Bomboneones! —gritó el hombre, corriendo frenéticamente tras ellos.

—¡Ni se te ocurra! —dijo la mujer, interponiéndose de un salto en su camino y derribándolo de un empujón—. ¡Son míos!

La mujer pasó por encima del hombre tratando de alcanzar las bolas, pero él se aferró a su pierna lloriqueando histérico:

—¡Míos, míos, míos!

Rose y sus hermanos caminaron de puntillas hacia el carrito de golf y se dejaron caer en los asientos.

—Pan comido —dijo Sage con una sonrisa.

Rose puso los ojos en blanco y consultó el mapa.

—Tenemos que ir aquí —dijo, señalando el hotel en forma de manga pastelera.

—Conduciré yo —dijo Ty, dándose una palmadita en el bolsillo donde llevaba el carné de conducir.

Rose llevó a Ty y Sage al vestíbulo del gran hotel, con sus ramos de caramelos y galletas.

—¿Puedo ayudarlos? —dijo el conserje, un adolescente delgaducho que no parecía demasiado mayor que Ty.

—No, gracias —dijo Rose.

—¿Son sus invitados, señorita Bliss? —dijo el conserje.

—¿Estos dos? —dijo Rose, señalando a Ty y a Sage—. Ah. Son unos fans. Son de una organización que ayuda a los niños que tienen... la voz rara. Los niños pueden pasar todo un día con su famosa favorita. ¿No te lo ha contado el señor Butter? Pasaremos el día visitando el complejo.

—Ya veo —dijo el conserje—. Por supuesto, puede enseñarles todo lo que quiera.

—¿Qué se dice, chicos? —dijo Rose.

—Gjasias —gruñeron Ty y Sage con voz gutural echando perdigones.

—Muy bonito, Rose —murmuró Sage mientras se alejaban hacia los ascensores—. Muy bonito.

—Perdona. Es lo único que se me ha ocurrido —dijo Rose entrando en el ascensor y pulsando el 34.

—Se necesita llave —dijo una voz robótica—. Inserte la llave, por favor.

Rose se quedó mirando el panel de control del ascensor y vio, junto al botón que ponía 34, una pequeña hendidura en forma de rodillo de amasar.

«Era de esperar», pensó.

—Vaya —dijo Ty, frunciendo el ceño—. ¿Y de dónde sacaremos la llave, *sorella*?

Rose no recordaba que el señor Butter hubiera utilizado ninguna llave en el ascensor. Pero sí que recordaba cómo se había enfurecido cuando ella le había señalado la casita roja de un extremo del complejo.

—No estoy segura de dónde podemos encontrar la llave —dijo—, pero tengo una idea.

Tras media hora de trayecto, el carrito de golf con los tres hermanos se detuvo finalmente delante de la casita roja de la esquina del complejo.

La casa parecía arrancada de otra época: una cerca blanca de madera rodeaba un patio de césped, y una bandera se mecía con el viento al ritmo del suave tintineo de un carillón. En el amplio porche había dos balancines, esperando un nuevo día de ocio.

—¿Qué es este lugar? —preguntó Sage.

Rose señaló la etiqueta del anticuado buzón: FAMILIA BUTTER.

—Creo que aquí fue donde se crio el señor Butter —dijo Rose.

Con Rose al frente, los tres hermanos cruzaron la puerta blanca de la cerca, una pasarela de ladrillo bordeada de flores, el porche y la puerta principal. Los postigos verdes de las ventanas de la oscura sala de estar estaban cerrados, pero la alfombra estaba pintada con lazos de luz de última hora de la tarde. Junto a una pianola polvorienta había un sillón de pana raída, con un cesto con labores de punto a medio hacer a los pies.

—Es como un museo —susurró Sage.

—El museo más aburrido del mundo —dijo Ty.

Sobre la repisa de la chimenea había una foto descolorida dentro de un marco. Un padre y una madre con gorros de cocinero flanqueaban a un niño pequeño rollizo y regordete pelado al rape.

—¿Quién es? —preguntó Ty.

—Debe de ser el señor Butter —dijo Rose.

—¿El tipo delgaducho y calvo que parece un marciano? —preguntó Sage—. Seguro que se compró una cinta para correr.

—¿Crees de verdad que la llave está aquí, *sorella*? —preguntó Ty.

—No lo sé —dijo Rose—. Pero seguro que debe de haber algo aquí que valga la pena encontrar. El señor Butter se puso como una moto cuando le pregunté por esta casa.

—Me pregunto cómo es que sigue aquí —dijo Ty—. Si yo tuviera el dinero que debe de tener él, me compraría una casa enorme. Una casa lo bastante grande para mí, Katy Perry y todos los miembros de su banda.

Rose guio a sus hermanos subiendo por una escalera estrecha de madera que chirriaba. Junto a un baño con papel pintado de flores y candelabros agrietados había un dormitorio pintado de azul celeste. Sobre una cama de matrimonio había un edredón náutico, y del techo colgaban aviones en miniatura.

Sobre un escritorio de madera había unos cuantos frascos de pintura seca, algunas maquetas de la Segunda Guerra Mundial a medio pintar y un libro encuadernado en cuero marrón. En la cubierta ponía DIARIO.

—¡Bingo! —gritó Sage, cogiendo el libro.

—¡No puedes leer eso! —dijo Rose—. ¡Eso es espiar!

—Rose —dijo Ty, poniéndole una mano en el hombro a su hermana—. Este tipo te ha SECUESTRADO, por no hablar de nuestros padres. Creo que tenemos todo el derecho de leer su diario.

«Me parece justo», pensó Rose, abriendo el diario por la primera página. Las letras eran grandes e irregulares.

Diario de Jameson Butter III, de diez años.

Día 1
Hoy he encontrado este viejo diario en el cubo de la basura del señor Sansibel. No soy mucho de escribir, pero mamá dice que es una lástima dejar perder las cosas, así que escribiré lo que me pase cada día. Hoy, el abuelo ha preparado unos Bocarricos y mamá y papá atendían a los clientes en la pastelería. Toda la gente del pueblo ha venido a comerse uno. ¡Otro gran éxito para la pastelería Lo Más!

*En el colegio, Raymond Kerr ha vuelto a
retorcerme la nariz, y cuando he llegado a casa y
se lo he contado a mamá, me ha dado un
Bocarrico.*

—Interesantísimo —le dijo Ty sarcásticamente—.
¿Dónde está la parte sobre las chicas?
Rose saltó unas cuantas páginas.

*Día 45
Raymond Kerr y el resto de la pandilla de Pine
Ridge Crew me han robado el pantalón mientras
estaba en la piscina y se lo han dado a Polly
Rainer, que ha gritado y lo ha tirado al suelo y ha
dicho qué asco. Cuando he salido, estaba lleno de
barro y de hojas y he tenido que volver a casa
andando con barro en el pantalón. Cuando he
llegado a casa, mamá me ha reñido por entrar
sucio en la pastelería. Cuando le he contado lo que
me había pasado, me ha dado tres Bocarricos y me
ha dicho que me calmara.*

—Parece que comía muchos Bocarricos —le dijo
Rose.
—¿Sabes a quién diría que le gustan los Bocarricos?
—dijo Ty.
Sage se encogió de hombros.
—¿A quién?
—A Katy Perry —respondió Ty parpadeando.

*Día 162
El pantalón ya no me entra. Mamá me ha llevado
a la tienda a comprar uno más grande, ¿y a quién*

nos hemos encontrado? Pues a Raymond Kerr,
a quién si no. Me ha llamado Bola de Sebo y me
ha retorcido la nariz. Yo he ido a mi madre
llorando, pero en vez de acariciarme la cabeza o
darme un abrazo, me ha metido un Bocarrico en
la boca.

—Bueno —dijo Ty—. Parece que tanto Bocarrico acabó pasando factura.

—Pasa adelante —suspiró Sage—. Raymond Kerr es un imbécil, esto queda claro.

—Vaya, no se puede decir que dedicara mucho tiempo a escribir su diario —dijo Rose, leyendo las fechas—. Resume años enteros en un par de líneas —dijo señalando una serie de entradas en las que ponía sencillamente: «13 años: HORRIBLE. 14 años: ¡Da igual! 15 años: He crecido, que ya es algo, supongo. Pero ¿básicamente?, HORRIBLE.»

Rose pasó unas cuantas páginas más.

Día 2.920
Hoy cumplo 18 años. Papá me ha preguntado qué
me gustaría de regalo y yo le he dicho que me
gustaría que el abuelo y él se jubilasen para poder
tomar el mando de la cadena de pastelerías que
el abuelo ha levantado a lo largo de los años. Papá
y el abuelo ya están contentos con 16 pastelerías,
pero no tienen ninguna visión. Tal vez porque
siguen comiéndose sus propios productos y están
gordos y rechonchos como lo estaba yo. La semana
pasada recibí una carta por correo de algo
llamado la Sociedad Internacional del Rodillo. Por
lo que parece, soy descendiente de un famoso

pastelero llamado Albatross Bliss. Me apuntaré a esta Sociedad y utilizaré los conocimientos que me den para construir una gran corporación.

Contrataré a gente que sea tan bajita y rechoncha como lo era yo de pequeño, y me volveré tan importante y ganaré tanto dinero que podré hacer que Raymond Kerr trabaje para mí y obedezca mis órdenes. ¡Ja, ja, ja! Algún día, el mundo estará a merced de la pastelería Lo Más.

Este es mi sueño.

—Ya está —dijo Rose, cerrando el diario—. Esto es el final. Jolines.

—Vaya —dijo Ty—. No me puedo creer que el señor Butter sea descendiente de Albatross Bliss. Eso lo convierte en algo así como...

—No lo digas, Ty —interrumpió Rose a su hermano mayor.

—Un pariente —dijo Sage en voz baja.

—Un momento. ¿Eso significa que ha utilizado la magia todo este tiempo? —preguntó Ty.

—No lo creo —dijo Rose—. Probablemente le hubiera gustado, pero no tenía los conocimientos. Lo único que tenía eran estos conservantes industriales —añadió, pensando en el Bocarrico histórico—. Luego se le unió tía Lily, que utilizó el *Apócrifo* para convertir las recetas de Lo Más en peligrosas.

La triste realidad flotó sobre la habitación. Rose miró a la pared opuesta, donde un diminuto reloj de cuco había empezado a dar la hora. ¡Eran las nueve! El señor Butter había dicho que volvería más tarde, y más tarde era... ¡ya!

—¡Chicos! —gritó Rose, mirando por una de las ventanas, y sintió un extraño gruñido en la boca del estómago—. ¡No hemos encontrado la llave del hotel, así que tenemos que perfeccionar las Chikirroskis esta noche o nuestros padres serán historia!

11

Chikirroskis de zombificación

Rose, Ty y Sage regresaron al obrador de pruebas para descubrir que los pasteleros lo habían limpiado todo gentilmente y el obrador volvía a estar impecable.

Las cubas gigantes de masa estaban tapadas y apartadas a un lado, y los pasteleros charlaban entre ellos reunidos alrededor de una de las mesas de trabajo. Ning y Jasmine bebían café expreso, mientras Melanie y Felanie se peinaban la una a la otra. En un rincón, *Gus* dormía la siesta, hecho un ovillo gris sobre un montón de sacos de harina.

Marge fue la primera en verlos.

—¡Ya estáis aquí! ¿Habéis encontrado a vuestros padres?

Ty y Sage hicieron que no con la cabeza.

—Se necesita una llave para el ascensor y no la hemos podido encontrar —dijo Rose—. Pero el señor

Butter ha dicho que teníamos que perfeccionar las Chikirroskis antes de acostarnos. Por eso hemos vuelto.

Algo suave rozó su espinilla y Rose bajó la mirada y vio las orejas plegadas y la cabeza gris y peluda del gato. Rose se arrodilló y lo acarició suavemente detrás de las orejas.

—¿Estás bien? —susurró.

—Por supuesto —respondió el gato—. Aburrido de estos bobos, pero bien. —*Gus* se levantó y se desperezó—. Dada la urgencia de nuestra situación aquí, he abandonado la idea de la siesta y me he dedicado en cuerpo y alma a nuestro esfuerzo común.

—¿Qué? —preguntó Rose.

—He estado revisando el *Apócrifo*. Y creo que ya he localizado la receta que necesitamos, Rose.

—¡Qué bien! —Rose le dio a *Gus* un besazo entre sus orejas arrugadas. Luego se levantó, se frotó las rodillas y arremangó los puños blancos de su uniforme de pastelera, que se habían desenrollado y le caían por debajo de las muñecas.

—Aquí tienes las Chikirroskis de la Directriz —dijo Marge, entregándole a Rose dos paquetes de seis mini rosquillas. Algunas estaban cubiertas con azúcar glas que a Rose le pareció polvo de tiza de pizarra, y otras estaban cubiertas con una capa de chocolate brillante como la cera. Todas estaban duras como piedras—. Y aquí tienes la receta —añadió Marge alargándole una tarjeta de color crema con la familiar caligrafía de Lily en tinta morada. La única instrucción mágica indicada en la receta era «añadir la voz de Drimini».

Antes de que nadie pudiera pararlo, Sage cogió una rosquilla y le dio un mordisco, que escupió inmediatamente.

—Es como morder una piedra —se quejó—. Y hasta diría que una piedra es más sabrosa.

Rose le dio una palmadita en el hombro a su hermano pequeño y se volvió hacia Marge.

—A ver, ¿qué tienen de raro, además de la textura de cemento?

—Nada —dijo Marge, pasándose la palma sudorosa de la mano por la frente—. Las he probado. ¡He comido un montón! Y no experimento ningún tipo de sensación mágica.

Rose le dio unos golpecitos con el dedo a la tarjeta de la receta.

—¿Dónde está este ingrediente, el no-sé-qué de Drimini?

—La Directriz utilizaba esto. —Marge le mostró a Rose un tarro rojo que parecía vacío—. Tal vez por eso las rosquillas no hacen nada. El tarro está vacío.

—Se está haciendo tarde —dijo Sage—. Estoy cansado.

—Pues no puedes estar cansado —le dijo Rose a su hermano menor—. Todavía tenemos muchas cosas que hacer.

Mientras, *Gus* saltó a una de las mesas de trabajo, se sentó sobre el *Apócrifo* y lo hojeó hasta encontrar una receta.

—Esto fue inspiración de Lily —dijo.

MAGDALENAS DEL TITIRITERO
Para manejar los hilos

En 1932, en el pueblo italiano de Montecastello, el malvado Vesuvio D'Astuto, descendiente de Albatross Bliss, preparó un cesto de magdalenas que sirvió en la fiesta del cuarto cumpleaños del hijo de los vecinos, Arlecchio. El niño y todos sus amigos se comieron las magdalenas, y desde ese momento se convirtieron en marionetas controladas por la persona que les ordenaba: «Acudid a mi voz», el nefasto Vesuvio D'Astuto, que ordenaba a los niños que vaciaran los bolsillos de los ricos y le llevaran a él el botín.

Rose buscó más abajo el ingrediente mágico:

El señor D'Astuto impregnó la masa con la relajante voz de Grigory Drimini, el famoso hipnotizador.

Rose comparó la receta con la de la tarjeta de Lily.
—¿Por qué no funciona? —preguntó.
—¿Tal vez se equivocó de Grigory Drimini? —dijo Sage.
Rose abrió el tarro y se lo acercó a la oreja. Oyó a un tenor de ópera que entonaba un aria. Luego miró la etiqueta entornando los ojos. Era casi imposible de distinguir, pero estaba segura de que en letra medio borrada ponía: GRIGORY DRIMINI, MÚSICO.
—Bien pensado, Sage —dijo Rose—. Marge, ¿tienes algún otro tarro vacío?

Veinte minutos más tarde, una vez localizado el tarro rojo correcto y añadida la voz del gran hipnotizador Grigory Drimini a la masa de las Chikirroskis, Rose sacó una bandeja del horno y dio media docena de rosquillas a los pasteleros.

Inmediatamente, a los pasteleros se les pusieron los ojos vidriosos y se quedaron totalmente inmóviles, esperando.

—Diles que hagan algo —dijo Sage. Luego abrió muchos los ojos, entusiasmado—. Hazles bailar. ¡Haz que bailen el *gangnam style*!

Rose no quería aprovecharse de los pasteleros, pero había sido un día muy largo, y bueno... bailar un poco no le puede hacer daño a nadie, ¿verdad?

—¡Acudid a mi voz! —ordenó Rose a los pasteleros, y los seis se pusieron firmes y la miraron con la mirada perdida—. Hum, estirad los brazos hacia delante.

Inmediatamente, los pasteleros levantaron los brazos, como si la voz de Rose hubiera tirado de una serie de hilos invisibles de marioneta.

—Genial, *sorella* —dijo Ty, claramente impresionado.

Rose tuvo que pensar durante un segundo para recordar el siguiente movimiento.

—Cruzad las manos por las muñecas —dijo, y los pasteleros hicieron tal como les había dicho—. Ahora fingid que montáis un caballo invisible, tirando de las riendas.

Los pasteleros movieron las manos arriba y abajo. Algunos movían los brazos enteros, otros solo las manos.

—¡Te has olvidado de los movimientos de las piernas! —protestó Sage, saltando en cuclillas.

—Es terrible —dijo Rose.

—Ya —dijo Ty, frunciendo el ceño—. Son los peores bailarines de la historia. No tienen ritmo. Son peores que papá.

—¡Vamos! —dijo Sage—. ¡Este baile tiene más cosas! —añadió, levantando la mano derecha y girando el puño como si hiciera girar un lazo invisible.

—No —dijo Rose—, no me refiero a eso. ¡Lo que es terrible es que el señor Butter esté intentando convertir a todo el mundo de este país en un ejército de zombis que lo único que quieren es comer pastelitos Lo Más!

Ty se rascó la cabeza.

—Sí —dijo tras algunos segundos—. Eso tampoco mola.

Los pasteleros siguieron balanceando tranquilamente las manos adelante y atrás.

—Ya basta —dijo Rose—. ¡Quietos todos!

Los pasteleros se quedaron petrificados con los brazos extendidos.

Rose se agachó hacia *Gus* y susurró a su oído:

—*Gus*, ¿cuál es el ingrediente antídoto?

Gus volvió la página y apoyó la pata sobre la parte inferior.

—¡Oh! —dijo Rose, girándose hacia Sage y Ty—. Necesitamos algo que se llama Cápsulas de Tiempo.

Rose miró a la Marge zombi, que seguía atenta con los brazos extendidos.

—Marge, ¿tienes algún tarro con Cápsulas de Tiempo aquí en el obrador?

—No, no tengo ninguno —respondió Marge, con la voz plana y los ojos turbios como canicas.

—Bueno, ya sé de dónde sacar esas cápsulas —dijo Rose—. Tal vez también tengan allí una llave del hotel. Ty, Sage y yo vamos a salir. Vosotros quedaos aquí. —Rose miró a los pasteleros inmóviles—. Dejad caer los brazos y relajaos.

Los pasteleros hicieron lo que les decían, aunque seguían sin parecer demasiado normales.

—Vosotros os quedáis al cargo —les dijo Rose a *Gus* y a *Jacques*.

Gus y *Jacques* se miraron maliciosamente. Vaya, tan maliciosamente como puedan mirarse un gato fold escocés y un ratón pardo francés.

—No les hagáis hacer ninguna tontería —dijo Rose—. Están totalmente en vuestro poder.

Mientras Ty llevaba a Sage y a Rose hacia el laboratorio en forma de pastel de muchos pisos y el almacén que albergaba todos los tarros rojos, cayó una tormenta.

Ty se echó la camisa encima de la cabeza para proteger su maravilloso pelo de pincho de la lluvia. Sage y Rose se acurrucaron bajo el techo del carrito de golf mientras el cielo crepuscular daba paso a nubes de tormenta de color violeta oscuro, con el ocasional destello blanco de un relámpago y una cortina de gotas gordas y frías.

Dejaron atrás a toda prisa las oscuras oficinas de marketing y el edificio vacío de diseño gráfico y redujeron la velocidad al acercarse al laboratorio/almacén. Los callejones estaban llenos de coches aparcados, largas hileras de resplandecientes limusinas negras y elegantes coches deportivos rojos.

—¿Qué pasa? —preguntó Sage.

—Se supone que esto es un almacén de ingredientes mágicos —dijo Rose al ver que el exterior del laboratorio estaba totalmente iluminado, como el exterior de un cine una noche de estreno—. No tengo ni idea de por qué hay tanta gente aquí.

Una alfombra roja conducía ahora desde la calle hasta la entrada principal, donde cientos de hombres y mujeres con gorros, delantales y uniformes impecablemente blancos desfilaban por la puerta de entrada.

Encima de ellos, dos pancartas gigantes lucían el logo del rodillo de amasar que Rose reconoció de las tarjetas de receta de Lily. Otra pancarta de color crema ocupaba toda la anchura del segundo piso del edificio y ponía: CONFERENCIA ANUAL.

—¡Jo! —susurró Rose—. ¡Debe de ser una reunión de la Sociedad Internacional del Rodillo!

—¿La tía Lily no era uno de ellos? —dijo Ty—. ¿Crees que estará aquí? Brrr, tiemblo solo de pensar en ella, a pesar de lo increíblemente guapa que es.

—No creo que vuelva por aquí —dijo Rose—. Después de perder la Gala ya no volvió, y por eso me secuestraron a mí. Y aunque aparezca, no tenemos otra opción. Necesitamos las Cápsulas de Tiempo para conseguir que los pasteleros dejen de comportarse como zombis, y necesitamos la llave de la planta 34 del hotel. Y creo que ambas cosas están aquí.

—Eh, tío —dijo Sage—. ¿No quieres oír sus planes diabólicos?

—No sé si quiero —dijo Ty, cruzándose de brazos y levantando la mirada hacia el cielo oscuro y nublado—. Pero lo que es seguro que no quiero es quedarme aquí aguantando el chaparrón, así que supongo que no tenemos otra opción. La lluvia me está estropeando el peinado.

Rose y sus hermanos se pusieron unos gorros de cocinero e intentaron mezclarse entre los cientos de personas que se habían colado por la puerta y ocupaban el vestíbulo.

El laboratorio estaba decorado con espléndidos arreglos de caramelos y magdalenas y un aparato gigante que hacía rosquillas. Ante la mirada del público, las anillas de masa se freían en aceite abundante, luego unas manos robóticas las retiraban del aceite, las hacían rodar por una rampa y las espolvoreaban con fideos de chocolate o azúcar glas, antes de dejarlas finalmente en un tobogán por el que bajaban hasta una bandeja.

Delante del panel de control habían preparado una tarima y un podio. No se veía por ninguna parte al señor MacCánico ni a los hombres de los sombreros duros, pero la estantería de cinco pisos de altura de tarros rojos resplandecía bajo las luces brillantes.

Rose empujó a Ty y a Sage entre la multitud hacia la rampa circular que ascendía en espiral alrededor del patio central. La rampa estaba a oscuras, de modo que los tres pudieron subir furtivamente hasta el segundo piso sin ser vistos. Subieron de puntillas hasta que estuvieron cerca de la parte superior del edificio, desde donde veían a la multitud en el vestíbulo.

Debajo, una mujer alta con un vestido lila con lentejuelas y guantes blancos de raso subió a la tarima. Sus cabellos largos y ondulados eran perfectamente negros, excepto por dos mechas de blanco a ambos lados de la cara. Se situó detrás del podio y sacó un rodillo de amasar hecho de oro resplandeciente. Inmediatamente se hizo el silencio entre la multitud.

Del techo bajó una pantalla negra y gigante de vídeo en la que destacaban las palabras SOCIEDAD INTERNACIONAL DEL RODILLO.

—Buenas noches —dijo la mujer. Tenía una voz profunda y un acento marcado que hacía que estirase las vocales como si fueran chicles—. Soy Eva Sarkissian, vuestra presidenta.

Todo el mundo prorrumpió en aplausos.

—Gracias —continuó Eva Sarkissian—. Hemos decidido celebrar nuestro encuentro anual aquí en el cuartel general de Lo Más porque la Corporación de Bollería Lo Más ha hecho todo lo posible este último año para favorecer los intereses de nuestra organización.

La multitud aplaudió y vitoreó.

—La Corporación Lo Más, bajo el liderazgo del distinguido miembro de nuestra Sociedad Jameson Butter, ha dado grandes pasos en el campo de lograr dulces irresistibles para adultos, niños, gente mayor... ¡e incluso recién nacidos! ¿Quién es el responsable de las caries?

—¡Nosotros! —aclamó la multitud.

—¿De la obesidad?

—¡Nosotros!

—¿De la diabetes? —preguntó Eva.

—¡Nosotros! ¡Nosotros! ¡Nosotros!

Entre el público se produjo una mezcla de aplausos y lágrimas de emoción. Algunos de los hombres bajaron la cabeza, las mujeres hacían reverencias.

—En la historia de Estados Unidos, nadie ha hecho más por favorecer nuestra causa que el señor Jameson Butter —continuó Eva Sarkissian—. ¡Gracias al apoyo secreto de la Corporación Lo Más, por fin hemos logrado que el Congreso aprobase la Ley de Discriminación de las Grandes Pastelerías!

A Rose se le escapó un grito de horror.

—¡Por supuesto, la Sociedad del Rodillo está detrás de esa ley estúpida!

—¡Chssst! —siseó Ty.

—Gracias a esta ley —prosiguió Eva—, la competencia se ha quedado sin negocio. Nuestros agentes, como la Corporación Lo Más, ya no tienen que competir con las pequeñas pastelerías por las papilas gustativas del pueblo norteamericano.

La multitud rugió su aprobación.

—Me corrijo —dijo tiernamente Eva, haciéndolos callar—. CASI toda la competencia se ha quedado sin negocio. Todavía queda otra pastelería con más de mil empleados, y es lo único que se interpone en el camino de Lo Más, y en el nuestro, para tener la soberanía mágica total sobre este país. Estoy hablando, por supuesto, de la insidiosa Corporación Kathy Keegan.

Un ruidoso coro de abucheos ascendió desde el público cuando apareció el dibujo de Kathy Keegan en pantalla. Aparecía como una mujer traviesa con los mofletes rojos y el pelo corto y rubio. Sostenía una tarta recién salida del horno y llevaba un delantal azul.

—Nadie conoce el aspecto real de la señora Keegan —dijo Eva—, aunque conocemos sus productos, ¿no? Presumen de que los pastelitos Keegan solo utilizan ingredientes naturales y que los hace una red de pastelerías más pequeñas. Sus clientes son fieles y sus pasteles saludables. —Los abucheos casi impedían oír a Eva, que hizo callar a la audiencia con un movimiento brusco del rodillo de amasar—. En otras palabras, tenemos que eliminar a Kathy Keegan.

—Yo pensaba que Kathy Keegan no era más que otra gran fábrica industrial —les susurró Rose a sus hermanos—. No sabía que empleara a pastelerías pequeñas para elaborar sus productos.

Eva alzó el Rodillo de Oro.

—Para hablar del problema de Kathy Keegan y su maldita saludabilidad tenemos aquí a nuestro orgulloso anfitrión, el señor Jameson Butter.

El señor Butter subió al podio y Eva le entregó el Rodillo de Oro. El público aplaudió.

—Como ya sabéis, hemos pasado los últimos seis meses perfeccionando nuestras cinco recetas —dijo el señor Butter, ajustando su pañuelo de seda blanco en el bolsillo de su esmoquin impecablemente almidonado—. Durante una temporada demasiado breve, Lo Más empleó a la talentosa y hermosa Lily Le Fay, una de las únicas maestras de las recetas oscuras contenidas en el legendario *Libro de Recetas* de los Bliss. Por desgracia, tras su sorprendente derrota en la Gala des Gâteaux Grands de este año, Lily decidió no volver a trabajar aquí. —El señor Butter carraspeó—. Desapareció llevándose consigo los conocimientos de magia que tan desesperadamente necesitábamos.

»Pero había otra pastelera en la Gala que nos llamó la atención, una pastelera que parecía entender realmente los principios de la magia culinaria. Y ha tenido la amabilidad de unirse a nuestra empresa. ¡Gracias a sus esfuerzos, en tres días, habremos logrado lo imposible! ¡Cinco recetas perfectamente adictivas! ¡Y gracias a la Ley de Discriminación de las Grandes Pastelerías, no habrá más productos de pastelería en el mercado que los nuestros! ¡Nada ni nadie podrá detenernos!

—¡Bravo! —gritó un hombre que se parecía sospechosamente a un famoso cantante de ópera.

—Nadie, claro, excepto Kathy Keegan. —El señor Butter tosió y se subió las gafas más arriba del puente de su delgaducha nariz—. Pero tenemos un plan para encargarnos de ella, también. Kathy Keegan ya ha aceptado una invitación para visitar nuestra fábrica dentro de tres días para una rueda de prensa conjunta. En ella probaremos cada uno los pastelitos del otro como acto de amistad... ¡y la primera clienta de nuestras recetas perfeccionadas no será otra que la propia Kathy Keegan!

La sala se agitó con murmullos de asombro.

—En cuanto se haya comido nuestras delicias —explicó el señor Butter—, ¡se convertirá en una zombi obsesionada por Lo Más! ¡Y entonces nos haremos con su empresa y nos la cargaremos!

El público prorrumpió en aplausos entusiastas.

—¡Oh, no! —les dijo Rose a sus hermanos en un susurro áspero—. ¡Tenemos que advertir a Kathy Keegan!

—¡Creía que habías dicho que no era de verdad! —dijo Ty, susurrando igual de ásperamente—. ¡Y nos dijiste que no harías su anuncio porque la Corporación Kathy Keegan estaba dirigida por un grupo de empresarios!

—Supongo que estaba equivocada —se excusó Rose—. Si existe de verdad, tenemos que salvarla, o de lo contrario no quedará nadie para combatir a Lo Más.

El señor Butter le devolvió el Rodillo de Oro a Eva Sarkissian, que alisó los pliegues de su vestido de lentejuelas.

—Ahora, Jameson nos invita generosamente a todos esta noche a una visita guiada a su laboratorio, donde ha adquirido recientemente todos los ingredientes mágicos utilizados en el *Apócrifo* de Albatross. Si queréis subir por la rampa hacia la parte superior del edificio, empezaremos la visita.

La sala se llenó de conversaciones alegres mientras la multitud empezaba a subir la rampa curva hacia donde estaban Rose, Ty y Sage escondidos en el segundo piso. El señor Butter y Eva Sarkissian conducían al rebaño.

—¡Tenemos que irnos de aquí! —dijo Sage.

—¿Adónde? —dijo Ty casi sin voz.

—Solo podemos ir hacia arriba —dijo Rose, instando a sus hermanos a subir por la rampa espiral.

Corrieron tan deprisa como pudieron, hasta que finalmente llegaron al último piso, donde la rampa se abría a un pasillo corto con tres puertas. Una era un baño, otra tenía un letrero de LABORATORIO: SOLO EMPLEADOS, y la tercera tenía otro letrero que ponía AGUJEROS DE DONUT.

—¿Qué crees que es? —dijo Ty.

—No puede ser lo que pone que es —dijo Rose, con la mano en el pomo—. ¿Quién guardaría los agujeros de los donuts?

Rose forzó la puerta y un torrente de bolas de masa frita y dulce la empujó contra la pared. Si no se hubiera cogido fuerte al pomo, y Ty le hubiera aferrado la otra mano y Sage se hubiera agarrado a la pierna de Ty, la avalancha de agujeros de donut los hubiera arrastrado a los tres.

Miles y miles de bolitas de masa de vainilla, chocolate y aromas de frutas salieron rodando de detrás de la puerta, un torrente interminable tan alto y tan ancho como la puerta. Había agujeros de donuts normales y agujeros de donuts glaseados y agujeros que brillaban por el azúcar glas. Salían en masa por la puerta abierta y bajaban la rampa con un ruido sordo y largo, como el rugido de los rápidos de aguas bravas.

—¡Aguanta! —gritó Rose al notar que Ty empezaba a soltarse. La mano de Ty resbaló y se agarró a los cordeles del delantal de Rose.

Después de cinco largos minutos, la avalancha de agujeros de donut había decaído para convertirse en un goteo a la altura de los tobillos y los tres hermanos pudieron volver a levantarse.

—No esperaba tantos —dijo Rose—. ¿Y cómo es que los apilan detrás de una puerta?

—¿A quién le importa por qué están aquí? —gritó Sage—. ¡Están aquí! —exclamó, alargando la mano hacia un agujero de donut azucarado y metiéndoselo en la boca.

—¡Sage, no te los comas! —gritó Rose al instante.

—¿Por qué no puede comerse uno, *sorella*? —preguntó Ty.

—Porque es probable que estén rancios —dijo Rose—. De hace años.

—Mmm —dijo Sage entre mordisco y mordisco, relamiéndose—. ¡Saben como si los hubieran hecho ayer!

—El poder de los conservantes —dijo Rose mientras Sage se guardaba dos docenas de agujeros de donut en los bolsillos de sus bermudas caquis.

—¡Sage! —dijo Rose, pensando en la cisterna de conservantes del obrador de pruebas—. ¡Para! ¡Es mejor que no te los comas!

—Me estoy muriendo de hambre —dijo Sage, sin dejar de masticar agujeros de donut—. Hace días que no comemos como Dios manda. ¡Ya sabes cómo cocina la señora Carlson!

—*È la verità, sorella* —dijo Ty, encogiéndose de hombros—. Que quiere decir que es la verdad, hermana.

En ese momento, el tsunami de agujeros de donut había bajado rodando por la rampa hasta donde estaban subiendo el señor Butter, Eva Sarkissian y el resto de la Sociedad Internacional del Rodillo, que oyeron el ruido de los agujeros de donut antes de verlos.

—¿Qué es ese ruido? —cantó el cantante de ópera, pero ya era demasiado tarde. Los agujeros de donut los engulleron.

El gentío era demasiado denso y la rampa demasiado estrecha. Los agujeros de donut llenaban el espacio de pared a pared a la altura del pecho.

—*Mamma mia!* —cantó el cantante de ópera hasta que se lo llevó la corriente. Los miembros de la Sociedad del Rodillo desaparecieron bajo el diluvio de agujeros de donut, chillando y gritando como si los empujaran y los hicieran rodar rampa abajo.

Desde el piso de arriba, Rose, Ty y Sage echaron un vistazo abajo y vieron cómo el río embravecido de invitados y agujeros de donut desbordaban la planta baja.

—¡Qué vergüenza! —gritó alguien.

—¡Qué deliciosos! —respondió otro, con la boca llena.

—Vamos —dijo Rose, volviendo a pensar en sus padres—. No tenemos tiempo que perder —añadió tirando de sus hermanos hacia la puerta marcada como LABORATORIO: SOLO EMPLEADOS—. Tenemos que encontrar esas Cápsulas de Tiempo antes de que el señor Butter nos encuentre a nosotros.

12

En alas de ardillas

Rose hizo entrar de un empujón a Ty y a Sage en el laboratorio, que por suerte no estaba cerrado con llave, y los siguió, cerrando la puerta con pestillo detrás de ella. La única luz de la habitación procedía del tenue resplandor de los diversos botones rojos del panel de control, y de algún relámpago ocasional, visible a través de un tragaluz muy por encima de ellos.

Rose oía el incesante golpeteo de la lluvia sobre el tejado y el zumbido de la sala de control. A duras penas alcanzó a distinguir la imponente silueta de pulpo de las profundidades marinas del señor Mac-Cánico, que salió de la nada con los ojos brillando de un rojo tenue. El robot flotó hacia Rose y sus hermanos.

—Buenas noches, directriz Bliss —le dijo estirando sus ocho brazos segmentados, que repiquetearon uno tras otro como hileras de fichas de dominó de acero inoxidable.

—¿Qué es este trasto? —preguntó Sage.

—Podría decir lo mismo de usted —respondió el señor MacCánico—. Soy el señor MacCánico, encargado de la Adquisición y Organización de Tarros Rojos aquí en el Laboratorio Central. ¿Y quiénes son ustedes dos?

Sage se aclaró la garganta y adoptó un acento alemán entrecortado y gutural.

—Somos los embajadores alemanes de la Sociedad Internacional del Rodillo, por supuesto. Le he solicitado a la directriz Bliss que nos diera una visita privada a este laboratorio.

—Por supuesto —dijo el señor MacCánico, asimilando con sus ojos resplandecientes el pelo de pincho de Ty y los bermudas de Sage—. Me había confundido que los dos vayan vestidos como empleados de bajo nivel de un club de campo. —El señor MacCánico se volvió hacia Rose—. Directriz Bliss, ¿en qué puedo ayudarla esta noche?

Rose estaba a punto de pedir Cápsulas de Tiempo cuando el señor MacCánico dijo:

—Está perfeccionando las Chikirroskis, ¿verdad?

—Correcto —respondió Rose, pensando frenéticamente. El señor MacCánico sabía demasiado sobre las recetas en las que estaba trabajando; si Rose le pedía las Cápsulas de Tiempo sin más, podría sospechar que estaba elaborando un antídoto. Sería mejor distraerlo.

—Se me ha ocurrido un cambio atrevido para la receta —le dijo al robot.

—¿Ssssí? —dijo él con su voz monótona, flotando más bajo—. Dígame qué ingrediente requiere y se lo iré a buscar. Y también la ayudaré a calcular las proporciones correctas para las recetas.

—Necesito... —dijo Rose, pensando a toda prisa. ¿Dónde podía encontrar una distracción lo bastante grande para el robot ayudante? La habitación oscura resplandeció de azul eléctrico por la crepitación de un relámpago en el cielo—. Un relámpago, señor MacCánico. Necesito un relámpago.

—Una opción atrevida, ciertamente. —Los ojos del robot parecieron resplandecer en un rojo más intenso—. No será ningún problema. Puedo conseguirle un relámpago recién hecho en un santiamén. —El señor MacCánico levantó sus ocho brazos y las puntas brillaron al mismo tiempo que sonó un silbido ensordecedor de la rejilla de acero de un altavoz bajo sus ojos—. ¡Manos a la obra! —dijo.

Se abrieron unos huecos en la pared y otros cinco pulpos robóticos entraron volando en la sala y se pusieron a trabajar. Sorprendida de que el señor MacCánico no le hiciera más preguntas, Rose se acercó a la hilera de tarros rojos, con las manos detrás de la espalda, y leyó las etiquetas lo más rápidamente que pudo: MIRADA DE BASILISCO. CORAZÓN DE UN COMETA. ORUGA DEL AMOR. ROÑA DE LOS PIES DESTRUCTIVA.

«Humm», dijo para sí Rose tras leer la última. Definitivamente, no era lo que estaba buscando.

—Tenéis una colección impresionante —gritó por encima del hombro.

—La mayor del mundo. —El señor MacCánico se alejó volando hacia un panel de control, emitiendo una serie de chasquidos y traqueteos al moverse. El panel estaba lleno de grandes botones luminosos con sus respectivas etiquetas. En uno ponía LANZAMIENTO DE COHETE. Un segundo decía PORTAL DE DEFENESTRACIÓN. REINICIAR y CUENTA ATRÁS, se leía en un tercer y un cuarto botones. Alrededor del señor MacCánico, los demás robots flotaban justo por encima del suelo, como si los sujetaran unos hilos invisibles.

—Son demasiados, *sorella* —susurró Ty, agarrándola del brazo—. Si se vuelven contra nosotros, estamos...

—¡Chssst! —dijo Rose, desasiéndose—. Tengo un plan. Más o menos.

Rose siguió mirando la hilera de tarros. ¿Dónde estaban las Cápsulas de Tiempo?

TIEMPO DEPRIMENTE, ponía en otro tarro, en el que estaba sentado un hombre diminuto del tamaño de su puño, que se tapaba la cara con las manos y parecía llorar. ARDILLAS PLANEADORAS ponía en los tarros siguientes, cada uno de los cuales contenía pequeñas bolas de pelo. En el siguiente en teoría había ESCAMAS DE KRAKEN, aunque lo único que podía ver Rose era un puño enorme con garras que se abría y se cerraba. Parecía surgir del fondo mismo del tarro. Rose siguió adelante con un escalofrío.

Mientras, el señor MacCánico pulsó un quinto botón del panel de control que llevaba la etiqueta de COSECHA DE ELECTRICIDAD. Rose se paró en seco cuando un chirrido llenó la sala: trece largas varas metálicas se extendieron hacia el suelo desde un anillo en la claraboya al mismo tiempo que trece antenas se extendían desde el tejado hacia el cielo tormentoso.

El señor MacCánico y los otros cinco pulpos robóticos cogieron tarros rojos, dos cada robot excepto el señor MacCánico, que sostenía tres. Luego flotaron hacia un amplio círculo alrededor de la convergencia de las trece antenas y levantaron los tarros destapados.

—Esto puede tardar un tiempo —dijo el robot.

—Es muy... amable por su parte —dijo Rose. Ty le lanzó una mirada como si le preguntara qué tenían que ver los relámpagos con las Cápsulas de Tiempo.

—Ningún problema —dijo el señor MacCánico—. Casualmente nos estábamos quedando cortos de relámpagos.

—¡Hala! —dijo Ty, dando un paso atrás y señalando a Rose con un dedo—. ¡Tu pelo! ¡Se te está poniendo de punta!

—¿Ah, sí? —dijo Rose. El pelo de Ty parecía perfectamente normal, aunque claro, el pelo de Ty siempre estaba de punta. Pero cuando Rose miró su reflejo en la oscura claraboya, comprobó que realmente tenía los pelos de punta, como la pelusa de un diente de león. Muy raro.

Sage estaba fisgando en una serie de armarios metálicos en el perímetro de la sala. Había sacado un par de guantes blancos rígidos con refuerzos de metal en las articulaciones. Los guantes se alargaban hasta cubrir todo el antebrazo de su portador, y llevaba la palabra MAESTRO estampada en el brazo en letras grandes y negras.

—¿Qué es esto? —dijo, y cuando alargó la mano para cerrar el cajón, de repente hubo un chispazo de luz brillante—. ¡Ay! —Sage retrocedió tambaleándose—. ¡El armario me ha dado un calambre!

—Es solo un poco de electricidad estática —dijo el señor MacCánico—. No tiene por qué preocuparse, embajador. Siempre ocurre cuando hacemos una cosecha de electricidad.

—Ah, sí. —Sage se dio una palmadita en el pecho—. Embajador. Ese soy yo. —Sage soltó una risa gutural, se metió los guantes en un bolsillo y arrastró los pies hasta donde estaban sus hermanos. Con una sonrisa, alargó la mano hacia Rose y puso el dedo a tres centímetros de su brazo. Una cinta azul brillante de electricidad dibujó un arco entre el dedo de Sage y el hombro de Rose.

—¡Ay! —gritó ella, retrocediendo—. ¡Corta el rollo!

—Relájate, *sorella*. Quiero decir, *schwester* —dijo Ty, recordando que tenía que hacerse pasar por alemán—. Solo es electricidad estática.

Sage frotó los pies en la alfombra industrial azul y luego dirigió el dedo hacia Ty. Un diminuto relámpago brotó de su dedo y aterrizó entre el bosque de pelo en pincho de su hermano.

—¡Ay! —gritó Ty, cayéndose al suelo—. ¡Cuidado con mi pelo!

Sage se carcajeó como un joven brujo, volvió a frotar los pies y dirigió su dedo electrificado hacia el señor MacCánico y los demás pulpos robóticos. El señor MacCánico se dio cuenta de lo que ocurría en el momento en que un rayo de luz brotaba del dedo de Sage.

—¡No! —dijo el robot severamente—. No mientras estemos recogiendo relámpagos. Genera un nivel de electricidad peligroso que...

Pero era demasiado tarde.

La cinta de electricidad azul crepitó desde el dedo de Sage hasta el círculo de robots, envolviendo al señor MacCánico como una red de color azul brillante y luego saltó en una serie de arcos hasta cada uno de los otros cinco pulpos robóticos.

—¡Basta! —gritó el señor MacCánico, con la voz cada vez más aguda—. ¡Basta! ¡Basta! ¡Basta! ¡Basta! —gritó hasta que su voz se convirtió en un chillido imperceptible.

Los seis robots cayeron lentamente de espaldas, sosteniendo todavía los tarros rojos, y aterrizaron en el suelo como un montón de metal retorcido y humeante, emitiendo un último silbido colectivo, como una tetera que acabas de sacar del fuego.

—¡Sage! —gritó Rose—. ¡Te has cargado a los robots!

—Ups. Creo que sí. ¡Aunque espera! ¡No necesariamente! —Sage se sacó del bolsillo aquellos extraños guantes blancos—. ¡Tal vez con esto se controla a los robots!

Se puso los guantes y movió las manos lentamente hacia arriba, como si fuera un director de orquesta a punto de dar inicio a una sinfonía.

—¡Resucitad! —entonó con voz espeluznante—. ¡Arriba, ejército robótico mío!

Sage movió los brazos en amplios círculos, pero los robots seguían humeando y crepitando, con cables deshilachados estallando en sus tentáculos como huesos de un brazo roto.

—No parece que funcione, tete —dijo Ty.

—O sea que no eran para esto —dijo Sage, quitándose los guantes y haciendo una bola con ellos para guardárselos en el bolsillo lateral de sus bermudas.

De repente se oyeron golpes insistentes al otro lado de la puerta.

—¿Señor MacCánico? —gritó una voz. Rose reconoció el acento sureño del señor Butter—. ¿Ha abierto usted la puerta de los agujeros de donut?

Rose y sus hermanos se quedaron petrificados mirando a la puerta cerrada con pestillo del laboratorio.

—¡Señor MacCánico! —insistió el señor Butter golpeando más fuerte—. ¿Por qué ha cerrado esta puerta? ¡Ya sabe que no debe hacerlo!

—Tenemos que salir de aquí —susurró Rose.

—¡Pero no hemos encontrado las Cápsulas de Tiempo! —dijo Ty, asustado—. ¿No es para eso que hemos venido aquí?

—Sí, pero ya es demasiado tarde —dijo Rose—. Tenemos que irnos. Enseguida.

—¿Cómo? —preguntó Sage—. La única salida es la puerta. La que está aporreando el señor Butter.

—No es la única —dijo Rose con una mueca de determinación.

Pulsó el botón del panel de control principal que ponía PORTAL DE DEFENESTRACIÓN y, tal como esperaba, la gran ventana panorámica que ocupaba la parte frontal de la sala, como el cuadro de mando de una nave espacial, se abrió por la mitad. Un viento frío y húmedo entró en la sala, llevándose la peste de electricidad de los robots chamuscados.

Rose le dio a cada uno de sus hermanos un tarro rojo que contenía lo que parecía una ardilla.

—¿Y esto qué es? —dijo Sage.

—Ardillas Planeadoras —respondió Rose, extrayendo con cuidado su propia Ardilla Planeadora del tarro y dirigiéndose a la ventana.

—Espera, *sorella* —dijo Ty—. ¿Quieres que saltemos por la ventana y volemos en alas de este pequeño roedor? ¡Si es del tamaño de una baraja de cartas! Las ardillas voladoras no cumplen la normativa de la Dirección Federal de Aviación, si mal no recuerdo. No están permitidas —añadió, dándose una palmadita en el bolsillo donde llevaba el carné de conducir.

—No son ardillas «voladoras» —dijo Rose—, sino ardillas «planeadoras». Hay una gran diferencia. Ya verás que la envergadura de las alas de estos animalillos es mayor de lo que te imaginas.

El señor Butter embistió contra la puerta, posiblemente con el hombro.

—¡Señor MacCánico! —gritó—. ¿Qué diablos pasa aquí?

—No nos queda tiempo —dijo Rose, apartándose los cabellos de delante de los ojos—. Tenéis que confiar en mí, chicos. Mamá me habló de estas ardillas y me contó que una vez que estuvieron con papá en el Amazonas tuvieron que trepar a un árbol para huir de una anaconda y pidieron ayuda a unas Ardillas Planeadoras. Tengo que confesar que siempre había pensado que serían un poco mayores, pero no importa. Ahora mismo son nuestra única opción.

—Muy bien, *sorella* —dijo Ty—. Lo que tú digas.

Sage asintió con la cabeza.

Los tres se sentaron en el alféizar, con las piernas colgando. A Rose se le aceleró el corazón mientras consideraba el peligro de saltar por la ventana de un edificio de seis plantas sin nada más que una pequeña bola de pelo. Ni siquiera se veía el suelo, de lo lejos que estaba. Con la lluvia empapándole los cabellos y abofeteándole la cara, Rose empezó a dudar de si realmente aquello era una buena idea. No iba a hacer que se mataran los tres, ¿verdad?

—¿Cómo se utiliza esto? —preguntó Sage, sujetando su ardilla con tanta fuerza que solo era visible su cabecita asustada, que gorjeó—. ¿Dónde hay que agarrarse?

—No lo sé —dijo Rose. Abrió las manos y la ardilla se desperezó como una persona que se acaba de despertar de una larga siesta. Alrededor de su cuello había un pliegue de pelo suelto. Rose lo estiró y a la ardilla no pareció molestarle en absoluto. Rose hundió los dedos en el pliegue y la ardilla gorjeó y pareció asentir con la cabeza—. El pliegue del cuello —dijo.

De repente, la diminuta Ardilla Planeadora desplegó las patas delanteras. Parecía que no se terminaran nunca, y con un ruidoso «flap» se convirtieron en un par de alas gigantes, tan blancas y tan anchas como la vela de un barco pirata. La ardilla despegó, con Rose a horcajadas sobre su diminuta espalda y las rodillas apretadas contra la base de las alas. La lluvia le golpeaba la cara, pero no le importaba, porque estaba volando.

—¡Uaaaaah! —gritó, aferrándose a la ardilla que planeaba suavemente sobre la extensión oscura y mojada del complejo Lo Más. Rose se estaba mojando y tenía frío, pero no le importaba: estaba volando. Miró detrás de ella y vio a Ty y a Sage que también planeaban por el cielo.

—¡Yuuujuuu! —gritó Sage—. ¡Quiero llevarme a esta ardillita a casa!

—¡Aaaaah! —gimió Ty—. ¡Quiero irme a casa!

Rose se dio cuenta de que su ardilla se dirigía a la valla eléctrica de la derecha, así que tiró del lado izquierdo del pliegue del cuello y la ardilla se inclinó y viró en la dirección contraria.

—¡Seguidme! —gritó Rose a sus hermanos.

A pesar de la lluvia, los letreros de cada uno de los

almacenes grises resultaban fáciles de leer desde el aire. Rose se dirigió al edificio con el letrero OBRADOR DE PRUEBAS.

Gradualmente, la Ardilla Planeadora de Rose perdió altitud y aterrizó lentamente en el asfalto entre los edificios, con Ty y Sage tocando tierra justo detrás de ella. Seguía lloviendo, pero ahora estaban los tres ya tan empapados que un poco más de agua apenas importaba.

En cuanto aterrizó su ardilla, Rose bajó de su espalda y, libre de peso, la ardilla agitó sus enormes alas y volvió a remontar el vuelo.

—Gracias —le dijo Rose en voz baja, aunque no pudo distinguir en su diminuta cara si la había oído o entendido, y enseguida batía las alas hacia la lejana valla eléctrica. Pronto no fue más que una sombra más oscura en aquella noche lluviosa.

La ardilla de Ty la siguió de cerca, y la de Sage también habría despegado si Sage no se hubiera aferrado fervientemente al pliegue de su cuello.

—¡No! —gritó, secándose el agua de la frente—. ¡No te vayas! ¡Podrías ser la mascota más flipante del universo! ¡Podrías llevarme al cole!

La ardilla abrió sus diminutos carrillos y le siseó, y su boca se volvió más y más grande y sus colmillos más y más amenazadores. Sage la soltó enseguida y la ardilla volvió a encogerse a su tamaño normal, gorjeó felizmente, batió las alas y se alejó planeando.

—Cuando te gusta algo, tete, tienes que dejarle libertad —dijo Ty, dándole unas palmaditas a su hermano en la cabeza mojada—. De lo contrario, podría arrancarte la mano de un mordisco.

Sage sintió un escalofrío y vio cómo desaparecía la ardilla.

—¡Podríamos habernos divertido mucho los dos juntos!

—Podríamos haber rescatado a nuestros padres y largarnos de aquí —dijo Ty.

—No lo creo. Mi ardilla a duras penas podía conmigo, así que imagina con papá o el tata Balthazar —dijo Sage, tiritando y girándose hacia la puerta—. Sea como sea, aquí fuera hace frío. Estoy casi seguro de que he pillado una hipotermia.

Dentro del obrador de pruebas, Rose se puso una chaqueta de cocinera de más.

Sus hermanos y ella seguían empapados por la lluvia, pero había que ponerse a trabajar hasta que regresara el señor Butter. Rose estaba cansada y todo el mundo tenía hambre, pero no había tiempo para nada que no fuera preparar el antídoto para las Chikirroskis.

Solo que, según parecía, ninguno de los demás pasteleros sentía la misma urgencia que ella.

—¿Hola? —dijo, pero los pasteleros, todavía bajo la influencia zombi de las Chikirroskis, no le prestaban atención. *Gus* y *Jacques* los habían puesto a trabajar, y el gato fold escocés y el ratoncillo pardo estaban sentados en tumbonas en miniatura sobre una de las mesas de trabajo, tomando té con hielo en sendos dedales. Gene los abanicaba con una bandeja para hornear galletas mientras Melanie y Felanie les hacían la pedicura. Ning y Jasmine les daban un masaje en la cabeza mientras Marge les leía en voz alta una novela llamada *Crepúsculo*.

—Muy bonito, ¿no? —riñó Rose a *Gus* y a *Jacques*—. Convertir a estos pobres pasteleros zombificados en vuestros criados personales. Me lo podía esperar de ti, *Gus*, pero... *¿Jacques?*

Jacques se llevó las patitas rosadas detrás de la cabeza y lanzó un suspiro de relajación.

—¿Qué puedo decir? Tengo debilidad por las cosas refinadas.

Ty susurró al oído de Rose:

—¿Tenemos que curar ya a los pasteleros? Tengo un nudo en la espalda y creo que esas gemelas rubias podrían ayudarme mucho.

—¡Ni hablar, Ty! —lo riñó Rose—. ¡Voy a curarlos enseguida! En cuanto se me ocurra cómo.

Rose hojeó el *Apócrifo* buscando una receta de antizombificación que no requiriera las esquivas Cápsulas de Tiempo. Mientras, Ty les hizo señas a Melanie y Felanie para que dejaran al gato y al ratón y les ordenó que le masajearan el nudo de la espalda.

—Tus deseos son órdenes —dijeron con voz monótona.

—Muchas gracias, señoritas —dijo Ty—. No sabéis lo que significa para mí. He estado muy tenso últimamente.

Sage miró indignado a su hermano mayor mientras se sacaba dos docenas de agujeros de donuts de sus bermudas caquis. Se puso uno en la boca y dejó el resto en una bandeja de hornear galletas en una de las mesas de trabajo.

—Uf, ya no puedo comerme ni uno más —dijo—. Estoy demasiado lleno. Pasteleros. ¡Acudid a mi voz! Deshaceos de ellos, por favor.

De inmediato, Melanie y Felanie dejaron de darle masaje a Ty en el hombro y se acercaron a paso de zombi a la mesa de trabajo junto al resto de pasteleros, que se estaban atiborrando de agujeros de donut a troche y moche.

—¡No se los hagas comer! —dijo Rose, aunque demasiado tarde. Los pasteleros ya se habían tragado el montón de agujeros de donut blancos y negros, metiéndoselos en la boca como si sus gaznates fueran contenedores de basura—. No es justo, Sage. No pueden evitarlo, no saben que se están comiendo unos agujeros de donut asquerosos. Son zombis.

—¿Quiénes son zombis? —preguntó Marge, sacudiendo la cabeza y haciendo tronar sus labios varias veces—. Necesito un vaso de leche.

—No te he dado permiso para que dejes de darme masaje en las patas —le dijo *Gus* a Ning—. ¡Acude a mi voz! Vuelve a llenarme el vaso.

—¡Llénatelo tú mismo! —dijo Ning, indignado.

—¡Jasmine! —gritó Rose—. ¡Acude a mi voz! ¡Haz diez flexiones!

—¿Y por qué iba a hacerlas? —dijo la mujer, pestañeando y frotándose los ojos como si acabara de despertar tras una larguísima siesta, al mismo tiempo que le retornaba el color a las mejillas—. ¡Hazlas tú!

Marge soltó una risita típica de ella y nada zombi. Rose rodeó con sus brazos los hombros rechonchos de la pastelera jefe.

—¡Has vuelto!

—¿Adónde había ido? —preguntó Marge.

—Eras una zombi —respondió Rose—. Hacías todo lo que te pedían. ¡Le estabas leyendo *Crepúsculo* a un gato!

—Tampoco sería la primera vez —suspiró Marge.

—No lo entiendo —les dijo Rose a sus hermanos—. ¿Qué los ha curado?

—He sido yo —dijo Sage, orgulloso—. Les he dado los agujeros de donuts viejos y se han curado milagrosamente. Parece que tengo un toque mágico.

—Te quiero, Sage —dijo Rose—, pero no. Tiene que haber habido algo en esos agujeros de donut.

—¿En estos agujeros viejos? —dijo Marge, llenándose la boca con otro agujero de donut.

Rose se quedó mirando a Marge y de repente exclamó:

—¡Claro! ¡Estos agujeros VIEJOS! Los agujeros de donut son Cápsulas de Tiempo. Son trozos del pasado conservados.

Tendrían que estar secos e insípidos, pero gracias a todos sus conservantes, aquellos agujeros de donut tenían una maravillosa magia propia: cada uno de ellos era un trocito de un dulce ayer.

—Suerte que he tenido el tino de traer algunos en el bolsillo —dijo Sage.

En ese momento, las sirenas gimieron y las luces rojas de los rincones brillaron. Rose le echó un vistazo al reloj de la pared. Eran las once de la noche.

—Butter ha vuelto —dijo Rose, sintiendo de repente el agotamiento de todo el día desde las puntas de los dedos de las manos hasta las puntas de los dedos de los pies—. Pasteleros, ya conocéis la rutina. Actuad como zombis descerebrados y haced todo lo que os diga. ¿Entendido?

Marge puso la mente en blanco.

—Sí, mi ama —dijo.

—¡...y entonces, los agujeros de donut han bajado rodando por la rampa y se han tragado a todos mis invitados! —vociferaba el señor Butter, caminando de aquí para allá sobre el suelo de linóleo del obrador de pruebas. No había callado desde que había aparecido en el ascensor con un humor de perros—. ¡Toda la Sociedad Internacional del Rodillo rebasada por una riada de agujeros de donut! —Tanto su esmoquin como su calva estaban manchados por trocitos de donut.

—Vaya, es... horrible —dijo Rose con prudencia.

—¿Y tú no sabías nada de esto? —dijo el señor Butter, haciendo una pausa para mirarla con los ojos entornados—. ¿Cómo es que estás tan empapada?

—El sudor, señor —dijo Rose, deseando haberse secado de la lluvia—. He estado aquí cocinando toda la noche con la tormenta.

—Ya veo —dijo Butter—. He venido aquí porque solo se me ocurre una persona en el complejo Lo Más que pueda hacer algo tan nefasto. ¿Liberar una habitación llena de viejos agujeros de donut contra un grupo distinguido de miembros de la Sociedad del Rodillo? ¿Averiar a mi ayudante más fiable, el señor MacCánico? Solo hay una persona tan lista, tan astuta, tan... independiente. Y esa persona eres tú, Rosemary Bliss. —Butter alargó el dedo y enjugó un poco de agua de su frente—. ¿Sudor, eh?

—¿Alguien ha averiado al señor MacCánico? —preguntó Rose, fingiendo incredulidad.

—¡Sí! —se lamentó el señor Butter—. Ese robot era un amigo querido para mí. Me recordaba a mi madre. Los dos eran... fríos. Metálicos. —Al señor Butter se le empañaron las gafas—. Me resultaba reconfortante.

—Tal vez pueda arreglarse —dijo Rose.

—Tal vez —repitió el señor Butter, encogiéndose de hombros con tristeza—. ¡Ni siquiera sé qué le ha pasado!

—¡Bueno, yo tengo buenas noticias! —dijo Rose—. He perfeccionado la receta de las Chikirroskis. ¿Verdad, pasteleros?

Los seis pasteleros estaban en fila como soldados de juguete y hicieron que sí con la cabeza, con la mirada turbia y resplandeciente como una Chikirroski recién glaseada.

—Eso es maravilloso, sí —dijo el señor Butter, distraído, y miró al señor Kerr—. ¿Lo ve? No ha sido ella. Rose nos es fiel. Ha estado aquí toda la noche, porque sabe que si hubiera tenido algo que ver con el fiasco de esta noche, eso significaría el final de su amada familia —añadió haciendo crujir los dedos—. Eso lo sabes, ¿verdad, Rose?

—Por supuesto —dijo Rose con una sonrisa forzada.

—Eso significa que tenemos a un intruso en el complejo, que todavía podría andar suelto —dijo el señor Butter—. ¿Señor Kerr? Su misión será localizar a este intruso y aplastarlo, ¿entendido?

—Como a un gusano —remachó el señor Kerr, sacudiéndose las migajas de donut del chándal.

De repente se oyó un estrépito metálico procedente de los cuartos de los pasteleros, donde Ty y Sage se escondían con *Gus* y *Jacques*. Se produjo un silencio total en la sala.

—¿Quién anda ahí? —preguntó el señor Kerr.

«No, no, no —pensó Rose—. ¡Descubrirá a Ty y a Sage!»

Pero entonces *Gus* salió de detrás de la puerta, se

paró en el suelo delante del señor Kerr y se lamió una pata.

—Solo es el asqueroso gato de Rose —dijo el señor Butter—. Bicho sarnoso. ¡Largo! ¡He dicho que largo!

Gus pasó como una flecha por delante de ellos y se escondió bajo una de las mesas de trabajo. El señor Butter sacudió la cabeza.

—Primero ratones y ahora gatos. Vamos a tener que hacer venir al exterminador de plagas. Odio las cosas pequeñas. —De repente le sonrió a Rose—. Excepto a ti, Rosemary Bliss. Tú eres pequeña, pero no habrá que exterminarte. Ni a tu gato, mientras se comporte como es debido.

—Vaya, gracias —dijo Rose, todavía con la misma sonrisa forzada.

—Continuad vuestro trabajo —dijo el señor Butter mirando al reloj—. Os recomendaría que durmierais un poco. Tendréis que estar descansados para cumplir con la agenda.

—Nos quedan dos días más —dijo Rose—, y debería ser tiempo suficiente para...

Pero el señor Butter negó con la cabeza.

—Me temo que he tenido que hacer algunos cambios. Es verdad que solo quedan dos recetas por perfeccionar: los Tronkis y los Bocarricos, pero ahora solo tendréis un día para terminarlos. Tienen que estar hechos antes de que termine el día de mañana, a poder ser, antes de que el misterioso saboteador pueda causar más alboroto en Lo Más.

—¡Pero no es tiempo suficiente! —protestó Rose.

—Tendrá que serlo. —El señor Butter se giraba para marcharse cuando divisó los pocos agujeros de donut restantes en la bandeja para hornear—. ¡Agujeros de donut! —gritó—. ¿De dónde han salido?

—Hum... ¡son los restos de las Chikirroskis que acabamos de hacer! —dijo Rose enseguida—. Solo son sobras. Recién hechas.

—Supongo que es lógico. —Al señor Butter se le crisparon los dedos mientras miraba con lo que parecía asco las rosquillas, aunque también podría haber sido deseo—. Bueno, tengo que volver con mis invitados. Procura que tu equipo y tú misma no os mováis de aquí, no sea que el señor Kerr os confunda con los culpables del ataque de esta noche. No me gustaría que os hiciera daño accidentalmente.

El señor Kerr le lanzó a Rose una mirada amenazadora antes de acomodarse tras el volante del carrito de golf. Mientras el señor Butter subía a su lado, Rose se fijó en un manojo de docenas de llaves que colgaban de su cinturón.

En cuanto los señores Butter y Kerr desaparecieron por la trampilla del suelo, los pasteleros suspiraron aliviados.

—¡Uf! —dijo Gene—. Es duro mantenerse firmes tanto rato. ¡Qué duro es el ejercicio!

—Tratemos de dormir todos un poco —les dijo Rose a Marge y a los demás pasteleros—. Mañana nos espera un día muy largo.

Pero en lo único en que podía pensar Rose era en aquel llavero en el cinturón del señor Butter.

«La llave del ascensor del hotel tiene que ser una de esas —pensó—. Si pudiera hacerme con ellas, rescataría a mis padres y al tatarabuelo Balthazar y podríamos largarnos todos de aquí.»

13

Un rollito asqueroso

A Rose la despertó a la mañana siguiente Sage, que saltaba sobre su cama gritando:

—¡Sorpresa! ¡Despierta, Rose! ¡Hemos hecho los Tronkis por ti!

—¿Qué significa que los habéis hecho por mí? —preguntó, preocupada por la visión de su hermano pequeño con los rizos pelirrojos llenos de harina y los dedos y la cara pringados de chocolate.

—¡Lo hemos conseguido! Ty, Marge y yo. ¡Hemos cogido la tarjeta con la receta de Lily, hemos mirado la receta original del *Apócrifo* y la hemos arreglado! —Sage hizo una pausa para chuparse un dedo—. O eso creemos.

Rose respiró hondo y miró hacia el obrador, donde vio desparramados cuencos sucios de harina y botes de cacao y una docena de cáscaras de huevo.

Ty estaba de pie junto a una bandeja de rollitos recubiertos de chocolate y saludó a Rose con cara de enorme orgullo. Los pasteleros estaban limpiando frenéticamente el caos que habían organizado sus hermanos.

—Gracias, Sage —dijo Rose.

—De nada, hermanita —dijo él—. Estamos juntos en esto, ¿no?

—Ya lo sé. Y os lo agradezco muchísimo.

Rose sonrió y Sage le dio un abrazo. Qué suerte que Ty y él hubieran acudido en su ayuda, porque no tenía ni idea de qué habría hecho sin ellos. Era una sensación agradable saber que estaban los tres juntos en aquel asunto. Y Leigh también, en espíritu.

—¡Mira qué hemos hecho! —dijo Ty, señalando la bandeja de Tronkis cuando Rose bajó las escaleras quince minutos más tarde.

Se había dado una ducha rápida y se había puesto un delantal y un gorro de cocinera limpios. Todavía usaba los mismos pantalones cortos que llevaba cuando la habían secuestrado, sin embargo. Por suerte, no se habían ensuciado.

—¡Los hemos hecho nosotros! ¡Para que veas que tus hermanos todavía tienen el tranquillo, los conocimientos y la magia familiar en sus dedos!

—Habéis hecho un gran trabajo, chicos —dijo Rose, dándole unas palmaditas en la espalda a su hermano mayor. En una de las mesas de trabajo había una taza de té y algunas de las galletas de contrabando de Kathy Keegan. Su desayuno habitual. Rose tomó un trago de té y preguntó:

—¿Qué receta del *Apócrifo* estropeó esta vez Lily?

—Esta —dijo Sage, entregándole a Rose una de las tarjetas de color crema con las recetas de Lily y el panfleto de hojas grisáceas que era el *Apócrifo*.

ROLLITOS DE REPUGNANCIA
Para sembrar el odio y la discordia

En 1809, en un pueblo de Arabia llamado Masuleh, Madame Gagoosh Taghipoor, nefasta descendiente de Albatross Bliss, preparó estos rollitos rellenos de gelatina amarga. Se los dio de comer a todos los niños del pueblo, tras lo cual empezaron a sentir una fuerte repugnancia por las comidas de sus padres y por sus padres en general. A partir de entonces solo comían en la pastelería de Madame Gagoosh Taghipoor, y cuando ella se fue del pueblo, los niños vagaron en el exilio, odiando a sus padres hasta que acabaron sufriendo hambre.

—¡Rediantre! —exclamó Rose—. ¡Suena a auténtica canallada!

—Hemos seguido la parte de la receta donde pone «fruta amarga» —dijo Sage—. Mira.

Madame Taghipoor combinó dos puños de fruta amarga con un puño de azúcar y una bellota del OBJETO DE REPUGNANCIA.

—La única diferencia que hemos podido encontrar entre la receta original y la de Lily —dijo Ty— ha sido el Objeto de Repugnancia. Pensamos que tal vez el de tía Lily no era lo bastante fuerte. Porque mira, Lily hacía una hornada mucho mayor y sin embargo no cambiaba las proporciones. Así que simplemente le hemos añadido mucho más.

—Pero ¿qué es el Objeto de Repugnancia? —preguntó Rose, arrugando la nariz. Ciertamente no sonaba demasiado atractivo, aunque por supuesto nada en el *Apócrifo* lo era.

—Ah, es esto —dijo Marge, sosteniendo un tarro de vidrio rojo lleno de una sustancia negra y granulada que parecía... caca de conejo—. La ha traído el propio señor Butter. No sé qué contiene.

Rose abrió el tarro y la golpeó en la cara un hedor a flores marchitas, queso rancio, zapatillas sudadas, yogur caducado y miles de otros olores desagradables. Cerró el tarro de golpe con el estómago revuelto.

—Madre mía. Qué asco. Y bueno, ¿qué hacen estos Tronkis? —dijo Rose—. Dudo que sean comestibles, si les habéis echado esto.

—Solo hay un modo de averiguarlo —dijo Marge ofreciéndoles los tronquitos recubiertos de chocolate a los demás pasteleros y dándole un bocado a uno ella misma—. Oh —dijo, con una ligerísima mueca de disgusto—. Podría ser peor.

Ty y Sage chocaron las palmas.

—¡Lo hemos conseguido, tete!

—Pero ¿qué efecto tiene? —dijo Rose—. Marge, ¿te sientes rara?

—Bueno, de pequeña tenía complejo por ser bajita y regordeta, aunque mi madre siempre decía que cada cual tiene que conformarse siendo como es y que... —Marge se calló de repente al ver la cara que ponía Rose—. Ah, vale, ¿que si me siento rara por efecto del rollito? Pues no, no. No me siento nada rara.

—¿Y el resto? —dijo Rose a los demás pasteleros—. ¿Alguna diferencia?

Todos negaron con la cabeza.

—¿Por qué no les hace nada? —se lamentó Sage.

—No lo sé —dijo Rose—. Mira, no se pueden añadir ingredientes a tontas y a locas, tal vez ahora haya demasiado Objeto de Repugnancia. Los Tronkis se supone que se hacen con chocolate más claro, y estos son tan oscuros que se parecen a... —Rose se metió la mano en el bolsillo del pantalón y sacó la carta que había recibido unos días antes. Ahí estaba, dibujado en una esquina inferior de la carta—. Se parecen a esto: los Chokolokos de Kathy Keegan.

En cuanto Rose pronunció el nombre de Kathy Keegan, los pasteleros hicieron inmediatamente muecas de asco total.

—¿Esa bruja sin talento? —espetó Marge—. ¿Esa pirata?

—Sus Chokolokos son una tragedia de chocolate —dijo Jasmine enfadada.

—Si me la encontrara por la calle, le escupiría sus Chokolokos a la cara —dijo Ning—. Esa fea cara de lagarto que tiene.

Sage señaló el dibujo de Kathy Keegan de la carta.

—¿La chica del dibujo? —preguntó—. ¿De la melenita corta? ¡A mí no me parece fea!

Con un chillido de rabia, Melanie y Felanie le quitaron la carta a Sage y desgarraron el dibujo de la cabeza de Kathy Keegan.

—¡Eh! —gritó Sage, pero Jasmine y Ning ya había arrugado el trozo arrancado de la carta y lo habían tirado a la trituradora de basuras, regocijándose al ver que lo hacía trizas.

—Trae acá, Sage. —Rose alargó la mano y Sage le dio lo que quedaba de la carta, que ella plegó tan bien como pudo y se volvió a guardar en el bolsillo.

—¿A qué viene esa tirria por Kathy Keegan? —preguntó Sage.

Rose negó con la cabeza.

—Deben de ser los Tronkis —dijo, señalando a Jasmine y a Ning que aplaudían y se reían—. ¡Les han hecho odiar a Kathy Keegan!

Los pasteleros se taparon los oídos, como si el nombre mismo de la pastelera de la competencia sonara como el chirrido de unas uñas sobre la pizarra.

—¿Y qué gana el señor Butter con eso? —preguntó Ty—. ¿No quiere quedarse con la empresa de Kathy Keegan?

Una imagen de la reunión de la Sociedad Internacional del Rodillo se apareció ante los ojos de Rose: cómo detestaba allí todo el mundo a Kathy Keegan.

—Es un plan B por si no funciona el otro plan —dijo Rose cayendo de pronto en la cuenta—. Si la gente come Tronkis, y los Tronkis hacen que odien a Kathy Keegan, no saldrán a comprarse una caja de Chokolokos, ¿verdad?

Los pasteleros gruñeron con gestos de dolor y tiraron cuencos de metal que se estrellaron contra el suelo con estrépito.

—Y como solo hay dos pastelerías en el país que puedan funcionar legalmente, eso significa que las Chocolunas, los Bomboneones y las Chikirroskis de Lo Más son su única otra opción —concluyó Sage—. ¡Muy astuto!

Rose olió el tarro de cristal rojo que contenía el Objeto de Repugnancia una vez más.

—Lo que no entiendo es qué es esto exactamente.

—En realidad parecen Chokolokos de Kathy Keegan —dijo Ty, mirando a través del cristal rojo del tarro—. Pero Chokolokos que han visto días mejores.

—¡Exacto! —exclamó Rose—. ¡El Objeto de Repugnancia son en realidad los propios Chokolokos! Los han dejado pudrir con algún tipo de agente putrefactor mágico. Se añade la cosa repugnante a la masa y la gente que se lo come empieza a detestar esa cosa. Y mucho.

Marge y los demás pasteleros habían abierto cincuenta latas de glaseado de vainilla y estaban juntando la materia viscosa amarillenta en lo que parecía un muñeco femenino de nieve.

—¿Qué estáis haciendo con la vainilla? —dijo Rose.

—Estamos haciendo una efigie de esa indeseable de Kathy Keegan —dijo Marge.

—¿Y qué haréis con ella? —preguntó Ty.

—¡Quemarla! —dijo Marge, cuyos ojos parecían arder realmente.

Rose tomó el *Apócrifo* y lo hojeó buscando un antídoto para los Rollitos de Repugnancia de Gagoosh Taghipoor.

—Madre mía —dijo—, tenemos que arreglar esto antes de que quemen el edificio entero.

CREMA PATERNA:
Para aplastar las semillas del odio y la discordia

La hermosa dama Niloufar Bliss recibió a la panda de niños ambulantes muertos de hambre que tan violentamente habían despreciado a sus padres. Niloufar creó una tarta de ciruelas e impregnó la crema de debajo de la fruta con AMOR DE MADRE, *extraído de los llantos de las madres abandonadas del pueblo de Masuleh. Cuando los niños se comieron la tarta, volvieron llorando a los brazos de sus llorosas madres, que los besaron con gran alegría.*

—¿Y de dónde sacaremos el Amor de Madre? —preguntó Rose.

—Hombre —dijo Ty—. Nuestra propia madre está a un kilómetro de aquí. Y nos quiere. Un montón.

—De acuerdo —dijo Rose—. El problema es que no tenemos la llave de su suite. Creo haberla visto en el llavero del señor Butter, pero no hay manera de quitársela del cinturón.

—¡Deja eso para mí! —chilló *Jacques*. El ratón había estado observando la acción desde lo alto de una de las mesas de trabajo—. Yo había sido ladrón, ¿sabéis?

—¿Sí?

—*Oui* —dijo *Jacques*—. Robaba comida de las tiendas caras del mercado y se la daba a los pobres.

—Como Robin Hood —dijo Ty.

—Esa era la idea —dijo *Jacques*—. Pero me volví muy creativo. Al principio, dejaba patatas a la puerta de sus casas. Luego ya era toda una mezcla de verduras y carne picada. Luego empecé a construir elaborados cestos de regalo con las cosas que robaba, aunque la cosa llegó a ser excesiva. Los pobres no necesitan botecitos de caviar ni ostras ahumadas. Y los cestos pesaban tanto que tenía que pedir ayuda a muchos ratones para que me ayudaran a llevarlos. Y al final los ratones empezaron a comerse los cestos y, ooooh, menudo lío.

—Pero hacías lo que te pedía tu corazón —dijo Rose.

—*Absolument!* En cualquier caso, soy un ladrón bastante experto. —*Jacques* se limpió los bigotes con las patitas—. Cuando el señor Butter vuelva por aquí más tarde, esa llave será mía.

El señor Butter y el señor Kerr aparecieron poco más tarde. El señor Kerr llevaba puesto un chándal de color violeta chillón. «¿Cuántos chándales debe de tener este hombre?», se preguntó Rose.

Sage y Ty observaban desde el dormitorio de Rose, sin que los vieran el señor Butter y el señor Kerr mientras Rose los recibía en el obrador.

Marge y los pasteleros ya habían completado su estatua de vainilla de tamaño real de Kathy Keegan, que tenía un parecido notable con el personaje dibujado en el membrete de la carta. Si no los hubiera impulsado el odio ciego, los pasteleros tal vez podrían haber considerado la posibilidad de dedicarse a la escultura en vez de a la pastelería.

—¿Qué hace aquí un muñeco de nieve? —preguntó el señor Butter.

Butter estaba de pie detrás de una mesa de trabajo, con una camisa azul celeste y unos pantalones azul marino. De su cinturón colgaba el mismo llavero cargado que había visto Rose, y al examinarlo vio una llave de forma extraña, una vara metálica de cuya punta sobresalía un diminuto rodillo de amasar en un ángulo de noventa grados. Rose miró alrededor en busca de *Jacques*, pero no pudo verlo por ninguna parte. A *Gus*, sin embargo, sí que lo vio sentado encima de una nevera, a la vista de todos. Le había dicho al gato que se escondiera, ya que al señor Butter le disgustaba claramente su presencia, pero *Gus* tenía sus propias ideas sobre dónde tenía que estar.

—Es una efigie de Kathy Keegan hecha de glaseado —dijo Rose—. Los pasteleros arden en deseos de quemarla.

—¿De verdad? —preguntó el señor Butter a sus empleados con aire de estar encantado—. ¿Por qué?

—Porque Kathy Keegan es mala —dijo Felanie.

—Tan mala como la música de los ascensores —dijo Melanie.

—O las tartas de frutas de los supermercados —dijo Gene.

—Queremos expurgar su fea cara de nuestros cerebros —dijo Marge—. Solo queremos pensar en Lo Más y sus celestiales y perfectos productos parecidos a la comida.

Habría sido una actuación conmovedora, pensó Rose, si efectivamente hubiera sido una actuación. Pero al contrario que en ocasiones anteriores en que el señor Butter había ido a comprobar los progresos en el obrador, esta vez los pasteleros no simulaban. El señor Butter estaba siendo testigo de primera mano de la auténtica potencia destructiva de las recetas perfeccionadas, y estaba encantado. Le brillaban los ojos y tenía las mejillas tan sonrosadas como la calva. Parecía un escolar. Un escolar viejo y raro.

—Quiero haceros una serie de preguntas —dijo mientras se peinaba el pelo inexistente de su calva reluciente con los dedos—. Para asegurarme de que los Tronkis son perfectos.

—¡Lo que vos digáis, señor de Lo Más! —declaró Ning con una reverencia.

—Veremos si se ha perfeccionado realmente la receta —le susurró el señor Butter a Rose—. Lily Le Fay también había logrado resultados similares, pero sus Tronkis no eran lo bastante potentes.

«Ahora son lo bastante potentes —pensó Rose—. Gracias a Ty y a Sage.»

El señor Butter señaló a Marge.

—¿A qué saben los Chokolokos de Kathy Keegan?

—A huevos podridos y a decepción —respondió Marge con cara de asco.

—¿Qué es lo que más os gusta de Kathy Keegan? —preguntó el señor Butter a las gemelas.

—Que le puedes atizar en la cabeza con un rodillo de amasar —se apresuró a responder Melanie.

—Y abofetearla con una bandeja de hornear —dijo Felanie, asintiendo firmemente con la cabeza.

El señor Butter siguió caminando alrededor de la cocina hasta que quedó directamente delante de Gene.

—¿Dónde crees que vive Kathy Keegan?

—En una cloaca —respondió él—. Y es allí donde hace sus pastelitos.

Finalmente, Butter les hizo un gesto a Jasmine y a Ning.

—¿Y qué haríais si os toparais con Kathy Keegan por la calle?

—¡Salir corriendo! —gritó Ning.

—¡Y tan deprisa como pudiera en la dirección contraria! —añadió Jasmine.

—O construir una cárcel de Chocolunas y Bomboneones y encerrarla dentro —dijo Ning.

—Te has superado, señorita Rosemary Bliss —dijo el señor Butter al mismo tiempo que aparecía *Jacques* en un rincón de la mesa.

—¡Muchas gracias, señor! —dijo Rose, tratando de distraer su atención. «Y ahora, por favor, denos sus llaves para que pueda ir a ver a mi madre y hacer que estos pobres pasteleros vuelvan a ser lo que eran.»

—¡En apenas cuatro días, has perfeccionado las Chocolunas, los Bomboneones, las Chikirroskis y ahora los Tronkis! ¡Cuando termine el día de hoy, cuando hayas perfeccionado la receta del Bocarrico original, nuestros cinco nuevos y mejorados PCPC estarán listos para la fase de producción!

Jacques hacía equilibrios en el borde de la mesa como si anduviera en la cuerda floja, poniendo con cuidado una patita delante de la otra, casi al alcance del manojo de llaves que colgaban del cinturón del señor Butter.

—Kathy Keegan es, como ya sabéis, la encarnación del Mal —dijo el señor Butter.

Los pasteleros ulularon y aplaudieron mientras *Jacques*, sin ser visto por nadie excepto por Rose, alargaba la pata tratando de desenganchar la llave del rodillo de amasar. Pero el señor Butter estaba un centímetro demasiado lejos de la mesa de trabajo como para que *Jacques* pudiera llegar.

Rose se acercó al borde de la mesa del lado contrario del señor Butter.

—¿Podría inclinarse hacia delante, señor Butter?

—¿Por qué?

—Es que... estoy pensando en afeitarme la cabeza y me gustaría ver cómo quedaría por arriba. —Rose se encogió de hombros y sonrió—. ¡Es una nueva moda!

El señor Butter se sonrojó y se inclinó, de modo que su llavero chocó con el borde de la mesa.

—No es un corte de pelo normal para una niña —dijo—, ¡aunque los niños de hoy...!

Rose alargó la mano y pasó sus dedos por la superficie suave y cerosa de la cabeza del señor Butter, sin dejar de mirar a *Jacques*, que había desaparecido bajo los pliegues de la camisa del señor Butter.

—Está llena de baches —dijo Rose.

—Eso es el cráneo bajo la piel —dijo el señor Butter.

Un momento más tarde, el ratón salió llevando consigo la extraña llave y Rose apartó la mano de la cabeza grasienta del señor Butter.

—Gracias —le dijo—. Ha sido muy... informativo.

—De nada —dijo el señor Butter, sonriendo—. Me encanta informar.

Jacques pasó corriendo a toda prisa sobre las patas traseras, llevando la llave del rodillo de amasar sobre la cabeza como si fuera un lanzador de jabalina.

Ya estaba casi en el otro extremo de la mesa, listo para que lo recogiera Rose y se lo pusiera en el bolsillo del delantal, cuando lo vio el señor Kerr.

—¡Ratón! —chilló el señor Kerr, y cogiendo un cuenco metálico boca abajo lo golpeó contra la mesa, atrapando a *Jacques* dentro.

Antes de que el señor Kerr pudiera poner la mano dentro del tazón, *Gus* saltó desde lo alto de la nevera y aterrizó en el hombro de su chándal.

—¡Argh! ¡Me atacan! —gritó el señor Kerr, soltando un gancho rápido hacia *Gus* en un intento por quitárselo del hombro, pero el gato ya había volado de un salto a la espalda de la chaqueta del señor Butter, aferrándose a ella como un bebé de koala.

—¡Quítemelo de encima! —gritó el señor Butter, y el señor Kerr corrió hacia él para quitarle el gato de la espalda. *Gus* saltó inmediatamente sobre la cabeza del señor Kerr y de allí volvió a saltar encima de la nevera. Mientras, haciendo que pareciera un accidente, Rose volcó una pila de cuencos de metal sobre la superficie de la mesa de trabajo. Algunos aterrizaron boca arriba, otros boca abajo, y algunos más cayeron al suelo con estrépito.

Cuando el señor Kerr volvió a la mesa de trabajo vio al menos siete cuencos de metal boca abajo sobre la mesa.

—¿En cuál estaba el ratón? —gritó.

—¡No me acuerdo! —dijo Rose. Y era la verdad, había olvidado bajo qué cuenco estaba *Jacques* encogido de miedo—. ¡Habrá que esperar a ver qué cuenco se mueve! —gritó, esperando que *Jacques* captara la idea y empujara la pared de su prisión de metal, para que ella pudiera saber cuál tenía que proteger.

El señor Kerr comenzó a girar los cuencos impacientemente.

—No pienso esperar por un sucio ratón.

El cuenco de delante de Rose se movió unos milímetros y Rose lo levantó lo suficiente para que *Jacques* saliera como una bala a esconderse en el bolsillo de su delantal.

—¡Aquí no hay nada! —dijo Rose, acabando de darle la vuelta al cuenco para enseñárselo a los demás.

El señor Kerr fue girando y tirando furiosamente al suelo los demás cuencos, sin que apareciera el ratón. Se fue refunfuñando hacia el carrito de golf, se sentó en el asiento del conductor, cruzó los brazos e hizo un mohín.

—Creía que lo había atrapado —dijo.

Gus aprovechó para bajar de la nevera y correr hacia los dormitorios de los pasteleros.

—Si no estuvieras haciendo tan buen trabajo, Rosemary Bliss —dijo el señor Butter fríamente—, haría expulsar a ese gato inmediatamente.

—¡No! —gritó Rose—. Es mi única conexión con mi casa.

—Comprendo que quieras tener una conexión con el lugar donde te criaste —dijo el señor Butter, ocupando su lugar en el asiento de copiloto del carrito de golf—. Pero asegúrate de que no vuelva a verlo por aquí. Guárdalo en una jaula. Y empieza ahora mismo con los Bocarricos. ¡Estamos a punto de hacer realidad nuestro sueño! Esta noche, cuando termines, habrá una maravillosa recompensa esperándote.

Cuando el carrito de golf desapareció por la trampilla del suelo, *Jacques* asomó la cabeza fuera del bolsillo de Rose.

—*Merci*, Rose —dijo con gesto serio.

—Las gracias te las tengo que dar yo a ti —dijo Rose—. ¿Has podido cogerla?

—*J'ai la clé!* —dijo el ratón sosteniendo en alto el diminuto rodillo con muescas y estrías—. ¡Tengo la llave!

14

El amor está en los tarros

Con una mano en el volante, Ty pisó el acelerador del carrito de golf a través del laberinto de almacenes, alejándose rápidamente de los ocasionales camiones de reparto.

—¡Esto no es ningún problema para mí, *sorella*! —le gritó a Rose por encima del ruido del viento—. ¡Básicamente soy un piloto de escenas peligrosas!

Sage estaba sentado detrás, sosteniendo entre sus brazos una caja de tarros rojos, vacíos excepto por un poco de nata para montar en el fondo de cada uno. Los tarros tintineaban y repiqueteaban con la velocidad del carrito de golf.

Rose iba sentada en el asiento del copiloto, sujetándose en el salpicadero con una mano y aferrando la llave del rodillo de amasar con la otra. Rose pensó en la cara de su madre, tierna y con forma de corazón, con los cabellos negros rizados e indomables que siempre se ataba en un moño despeinado que parecía el nido de una golondrina en un sauce.

Su madre siempre sabía qué era lo mejor que se podía hacer. ¿Había algún modo de escapar de todo aquel embrollo de Lo Más que Purdy pudiera ver si no estuviera encerrada como Rapunzel en una torre? Tras haber terminado el antídoto para los Tronkis, a Rose solo le quedaba una receta por perfeccionar —el Bocarrico—, aunque el auténtico trabajo de acabar con la Corporación Lo Más apenas estaba empezando. No sabía cómo podría hacerlo todo sin la ayuda de sus padres.

Pero sabía que tenía que intentarlo.

Si liberaba a sus padres y escapaba, ¿quién detendría al señor Butter y a la Sociedad Internacional del Rodillo? Nadie. Todo dependía de Rose. Primero tenía que enmendar las diabólicas recetas que había ayudado a perfeccionar. Luego tenía que encontrar la manera de vencer al señor Butter. Y luego sí que ya podría liberarse a ella misma y a su familia, y tal vez juntos podrían revocar la nueva ley de pastelerías...

—¿En qué piensas? —preguntó Sage, dándole un golpecito en el hombro.

—En que estaría bien ver a mamá —dijo Rose.

—¡Y liberarla! —replicó Sage. Pero Rose no le contestó.

Para entonces, Ty había parado delante del hotel en forma de manga pastelera, que parecía elevarse directamente hacia las nubes de última hora de la mañana. Rose, Ty y Sage entraron de puntillas en el vestíbulo vacío, que tenía el aire acondicionado tan fuerte que Rose enseguida notó que se le ponía la piel de gallina.

El conserje adolescente pareció desconcertado por la reaparición de Sage y Ty.

—Hola otra vez, señorita Bliss —aventuró—. Veo que sus invitados de la Asociación de Niños con la Voz Rara han vuelto.

Rose carraspeó.

—Hum, sí. De hecho es una visita de dos días.

—¿Les está regalando tarros de cristal? —preguntó el conserje, refiriéndose a la caja de doce tarros vacíos que Sage abrazaba junto a su pecho.

—¡Son souveniiirssss! —rugió Sage en la voz más rara que pudo, tratando de evitar que se le cayeran los tarros. Su voz sonó como una extraña mezcla entre la voz de una anciana y la de un bebé recién nacido.

El conserje se limitó a asentir con la cabeza, como si se alegrara de que su propia voz no fuera tan rara.

Cuando estuvieron los tres a salvo dentro del ascensor, Sage depositó con gratitud su carga de cristal rojo en el suelo, y Rose localizó la pequeña muesca en forma de rodillo de amasar en la plancha metálica junto al botón de la planta 34.

Respiró hondo e insertó la llave en el pequeño agujero y oyó ese clic maravillosamente satisfactorio que siempre hacen las llaves cuando encajan en un cerrojo. Rose hizo girar la llave hacia la derecha mientras pulsaba el botón, y el ascensor se puso en movimiento.

—En cuanto los liberemos, ¿nos iremos a casa? —preguntó Sage mientras la cabina de cristal subía más y más sobre el complejo Lo Más.

Ty le dio una palmadita en el hombro a Rose.

—*Sorella*, si ayudamos a mamá, a papá y al tata

Balthazar a fugarse de su habitación de hotel, ¿no lo descubrirá el señor Butter? ¿Y no pensará que es obra tuya e irá a por ti?

—Vamos a volver a casa, y vamos a liberarlos —respondió Rose, mirando por encima de los almacenes y la casita donde se había criado el señor Butter, que en conjunto parecían muy pequeños bajo el resplandor dorado de la mañana—. Pero antes tenemos que destruir este lugar.

—¿Y no podemos irnos a casa y ya está? —se quejó Sage—. ¡Mañana por la noche es la guerra de globos de agua de bienvenida al verano en la plaza de Fuente Calamidades, y me la voy a perder! Llevo todo el año esperándola.

—Sage, nuestra *sorella* tiene razón. Piénsalo —continuó Ty—. Si escapamos, van a zombificar a la Kathy Keegan del dibujo y luego van a conquistar el resto del país. ¡Somos los únicos que podemos pararles los pies! Pero no podremos hacerlo si liberamos a mamá, a papá y al tata Balthazar.

—Pero necesitamos a mamá, a papá y a Balthazar para que nos ayuden a detenerlos —refunfuñó Sage—. Esto nos viene demasiado grande para hacerlo solos.

—No, podemos hacerlo solos —dijo Rose mientras el ascensor se paraba con una sacudida en la planta trigésimo cuarta—. Por eso hemos traído los tarros.

Las puertas del ascensor se abrieron y Rose guio a Ty y a Sage por el pasillo afelpado, dejando atrás las elegantes puertas de madera hasta la habitación 3405. Para gran alivio de Rose, el cerrojo tenía forma de rodillo de amasar.

—¿Preparado, Sage? —preguntó Rose mientras su hermano menor destapaba los doce tarros de cristal rojo.

—Supongo —dijo Sage malhumoradamente, destapando el último tarro y levantando la caja en sus brazos.

Rose hizo girar la llave y la puerta de la suite se abrió lentamente.

Purdy, Albert y Balthazar estaban apoltronados en un sofá de terciopelo afelpado en la sala de estar, mirando una pantalla plana de televisión cuyo tamaño rivalizaba con las pantallas del cine de Fuente Calamidades. Se estaban carcajeando con un especial de monólogos humorísticos y parecían la mar de tranquilos.

Al oír que se abría la puerta, los tres adultos volvieron la cabeza sorprendidos. Albert saltó por encima del respaldo del sofá como si corriera una carrera de vallas en las olimpiadas y rodeó con sus brazos a Ty y a Sage.

—¡Hijos míos! ¿Cómo habéis entrado? ¿Qué hacéis aquí?

—¡He conducido yo! —presumió Ty. Balthazar, que se había acercado caminando con los brazos extendidos, le dio unas palmaditas a Ty en la espalda.

—Buen chico —dijo, y Rose observó una ligera humedad vidriosa en los ojos normalmente quejumbrosos del tatarabuelo.

Purdy apretujó a Rose entre sus brazos y la besó repetidamente en las mejillas.

—¡Estás bien! —Purdy lloraba—. ¡No me puedo creer que estés bien! ¡Estábamos tan preocupados! Pero ¿dónde está Leigh?

—Sigue con la señora Carlson —dijo Sage, deshaciéndose del abrazo de su padre y empezando a tapar los doce tarros de cristal abiertos.

A medida que Purdy abrazaba a Rose, luego a Ty y

luego a Sage, el poco de nata de montar del fondo de cada tarro empezó a agitarse e inflarse como una mantequilla de color rosa claro, impregnado con el amor de una madre por sus hijos.

—¿Qué haces, Sage? —preguntó Purdy.

—Te quiero, mamá —dijo él, y ella lo abrazó aún más fuerte. Sage hizo girar la tapa de otro tarro.

—¿Qué son esos tarros, hijo? —preguntó Albert con curiosidad.

—Necesitábamos Amor de Madre —respondió Sage, encajando la última tapa en el último tarro—. Como antídoto para curar a los pasteleros del obrador. Han comido Objeto de Repugnancia y ahora quieren quemar a Kathy Keegan.

—El Objeto de Repugnancia, ¿eh? —dijo Balthazar—. Es muy desagradable.

—¿Quieren quemar a alguien? —dijo Albert, alarmado.

Rose contó todo lo que había ocurrido y que no les había podido explicar a sus padres antes: lo que el señor Butter le estaba obligando a hacer, la implicación de Lily y que la Sociedad Internacional del Rodillo quería esclavizar a todo el país.

—He estado preparando los antídotos correspondientes —dijo para terminar—, ¡pero también he preparado esas recetas horribles! Nada de esto habría ocurrido si simplemente me hubiera negado a colaborar. Pero ahora les he ayudado.

—No podías negarte, cielo —dijo Purdy, apretando las manos de su hija—. El señor Butter no te dio opción. Te secuestró y te dijo que nos haría daño si no le ayudabas. Has hecho lo que tenías que hacer. Y lo has hecho bien.

Aunque Rose estaba increíblemente disgustada, oír que su madre no estaba enfadada con ella, y que incluso parecía orgullosa, le subió la moral.

—¿Así que tienen las recetas horribles? —preguntó Balthazar con una voz gutural—. ¿El *Apócrifo*?

—Sí —dijo Rose—, y no. Tienen algunas recetas en tarjetas que copió Lily, pero no saben que el *Apócrifo* está aquí. Y están planeando darle de comer algunas de las recetas diabólicas a Kathy Keegan. Es la única competencia que les queda, y quieren quitársela de en medio.

—¡Yo creía que Kathy Keegan era solo un personaje inventado! —dijo Albert, rascándose la desaliñada barba pelirroja.

—Pues por lo que parece es real —replicó Ty—. Y vendrá aquí y le lavarán el cerebro para que se una a Lo Más, y cuando lo haga, ya nada podrá detenerlos.

—Santo cielo —se inquietó Purdy, acariciando las mejillas de Rose con sus manos suaves. Luego, para sorpresa de Rose, su madre la miró fijamente y le preguntó—: Y bueno, ¿qué piensas hacer al respecto?

—¿Yo? —contestó con cara de sorpresa—. ¡No tengo ni idea de qué hacer al respecto! ¡Pensaba que tú me dirías qué había que hacer!

Purdy, Albert y Balthazar se miraron entre sí con el ceño fruncido.

—Por supuesto que nos gustaría decirte qué hay que hacer, cariño —dijo Purdy, peinándole el flequillo a su hija—. Pero estamos aquí atrapados. No podemos ayudarte a preparar los pasteles.

—Ya lo sé —murmuró Rose con la cabeza gacha.

—Los guardias del señor Butter pasan a vernos un par de veces al día, y eres lo bastante lista como para saber que si desaparecemos, el señor Butter lo descubrirá.

—Eso también lo sé —dijo Rose, con un ligero temblor de sus labios. Su madre sabía que Rose no iba a rescatarla, pero no le importaba—. Pero ¿cómo vamos a dejaros aquí sin más?

—No tienes más opción, reina —dijo Purdy.

—Yo no sé ellos dos —dijo Balthazar—, pero yo estoy disfrutando de tener un poco de tiempo libre. Nunca había visto un televisor tan grande como este. Aunque también tengo que decir que la comida deja bastante que desear. —Balthazar se dejó caer de nuevo en el sofá y les enseñó una bandeja llena de Bocarricos, Chocolunas y Tronkis—. No sé cuánto tiempo más podremos sobrevivir sin comida. Ya llevamos dos días y tenemos bastante hambre. Así que apresúrate, chiquilla.

—¡Pero es que no sé cómo detener al señor Butter! —se lamentó Rose.

—Ya se te ocurrirá la manera, mi amor —dijo Purdy con firmeza—. Sé que puedes hacerlo. Y no tendrás que hacerlo sola. Tienes a tus hermanos, que harían cualquier cosa por ti.

Rose se apartó y miró con rostro suplicante la cara en forma de corazón de su madre. Sus emociones parecían masa de galletas, de tan revueltas.

—Pero ¿y si ganan ellos, mamá?

—Tengo el presentimiento de que eso no ocurrirá —dijo Purdy. Se levantó y reunió a Rose, Ty y Sage frente a ella—. Tengo unos hijos muy especiales. Sois buenos y listos, y os cuidáis los unos a los otros. Todo saldrá bien.

Rose se secó las lágrimas con la manga de su chaqueta blanca de pastelera. Su madre tenía razón. Todo saldría bien.

—Siento que no vengáis con nosotros.

—Oh, estaré con vosotros en todo momento —dijo Purdy—. Tenéis la mejor parte de mí en esos tarros. Utilizadla con inteligencia.

De repente, una luz roja sobre la puerta empezó a parpadear.

—¡Deprisa! —gritó Albert—. ¡Eso significa que uno de los guardias está subiendo para llevarse los platos sucios! ¡Tenéis que iros enseguida!

Acto seguido, Rose y sus hermanos recogieron los tarros, los pusieron en la caja y salieron a trompicones al pasillo, cerrando la puerta de la cárcel detrás de ellos.

Cuando Rose y sus hermanos volvieron al obrador, encontraron a los seis pasteleros en el suelo, atados en un fardo con cordel de cocina. Tenían las muñecas y los tobillos atados, y las bocas amordazadas con servilletas de ropa. *Gus* y *Jacques* estaban tendidos a su lado, jadeando.

—¿Qué ha pasado? —preguntó Rose con asombro.

—*C'est horrible!* Han empezado a decir que les recordábamos a Kathy Keegan —dijo *Jacques* entre resoplidos—. En qué puedo recordarles yo al dibujo de una mujer, *je ne sais pas*, pero es lo que decían.

—¡Nos perseguían con cuchillos! —dijo *Gus*—. No hemos tenido más opción que atarlos con cordel de cocina.

—¿Y cómo diablos lo habéis conseguido? —preguntó Sage, dejando los doce tarros llenos de Amor de Madre en la mesa de trabajo.

—Prefiero no hablar de ello —respondió *Gus*, meneando la cola—. Digamos simplemente que los gatos no solemos correr y que he corrido más en la última media hora de lo que había corrido en toda mi vida hasta hoy.

Los pasteleros gruñían y gorgoteaban a través de sus mordazas.

—Por suerte, tenemos suficiente Amor de Madre en estos tarros para curar a todo un ejército —dijo Rose con un resuello.

—¿Dónde están la señora Purdy y el maestro Albert? —preguntó *Gus*—. ¿Y dónde está Balthazar, ese viejo chocho? ¿No habéis podido acceder a su habitación del hotel?

—Sí que hemos accedido —suspiró Rose—. Pero no podían venir con nosotros.

—*Comme c'est bizarre!* —exclamó *Jacques*—. ¿Por qué no? ¿No quieren que los rescaten?

—Claro que sí —dijo Ty—, pero todos sabíamos que eso podía poner en peligro nuestra misión de acabar con Lo Más. Por eso se han quedado en el hotel. En cuanto nos hayamos ocupado del señor Butter y esa panda de chiflados del Rodillo, los liberaremos.

—«Si» logramos hundir a los del Rodillo —dijo Rose entre dientes.

—No pierdas de vista el objetivo, *sorella* —dijo Ty—. Démosles a estos pasteleros un buen chute de Amor de Madre antes de que derriben el edificio.

La receta requería un lote de la misma masa de chocolate que habían utilizado con los Tronkis de Repugnancia, pero cuando llegó el momento de añadir el Objeto de Repugnancia, Rose lo cambió por una cucharada bien colmada del cremoso y rosado Amor de Madre de uno de los tarros rojos. Al instante, la masa empezó a oler a rosas, a colada limpia y a bollos recién salidos del horno.

—Tengo un buen presentimiento —dijo Rose inhalando los reconfortantes aromas de casa.

—Echo de menos a Leigh —dijo Sage con lágrimas en los ojos.

—Yo echo de menos mi laca para el pelo —dijo Ty con la voz quebrada, tocándose los pinchos mustios.

—Vamos, chicos —dijo Rose—. Manos a la obra.

Hornearon los Tronkis a seis llamas de calor durante siete canciones, y por primera vez desde su llegada a las instalaciones de la Corporación Lo Más, Rose y sus hermanos cantaron las siete canciones, con Sage insistiendo en que cantasen *My Way*, *Fly Me to the Moon* y otras cinco canciones de Frank Sinatra al mismo tiempo que bailaban a lo Gangnam Style.

—¡Fijaos cómo se baila, pasteleros! —gritó.

Cuando los tronquitos de chocolate caliente estuvieron terminados, los dejaron enfriar unos minutos. Luego, Rose, Ty y Sage les quitaron las mordazas de la boca a los pasteleros.

—¡Ese gato asqueroso me ha atado! —gritó Marge indignada—. ¡Ese maldito gato Keeganoso!

—Toma, un poco de postre —dijo Rose metiéndole el Tronki en la boca.

Ty y Sage hicieron lo propio con los demás pasteleros.

Cuando Marge masticó el tronco de pastel de chocolate, sus ojos marrones se relajaron y sus cejas se alzaron hacia el cielo. Su barbilla se arrugó y se estremeció.

—¡Es increíble! —exclamó.

—¿Qué? —preguntó Rose.

—¡Tengo ángeles en el estómago! —dijo con entusiasmo—. ¡Me siento como si alguien me hubiera envuelto el corazón en una toalla caliente! ¡Siento como si mis extremidades estuvieran hechas de amor y de papilla, y mi cerebro fuera un árbol en el que solo las palomas más hermosas hacen su nido de amor!

—Hace solo un minuto —dijo Rose— querías matar a Kathy Keegan.

—¡Muérdete la lengua, Rosemary Bliss! —espetó Marge.

Riéndose, Rose desató el cordel que sujetaba los pies y tobillos de Marge.

—¿Cómo podría decir yo algo desagradable de Kathy Keegan? —dijo Marge, incrédula—. ¡Si es una de las mejores mujeres del mundo!

—¿Y cómo lo sabes? —preguntó Rose—. Yo creía que solo era un personaje dibujado.

—¡¿Cómo puede atreverse alguien a hablar mal de Kathy Keegan, la Diosa de la Cocina?! —dijo Gene, acabando de desatarse las muñecas.

—¡Es un escándalo! —gritaron Melanie y Felanie, agitando sus melenas cortas y rubias idénticas—. ¡Kathy es un ejemplo!

—Kathy Keegan deja que la gente crea que es solo un muñeco dibujado porque es demasiado modesta para aparecer en público —dijo Marge—. Pero yo sé la verdad. Una prima de la mejor amiga de mi madre había sido su ayudante personal. Conozco toda su historia.

—¿Y cuál es toda su historia? —preguntó Rose, poniéndose cómoda en un taburete junto a la mesa de trabajo, mientras sus hermanos desataban al resto de pasteleros, la mayoría de los cuales ahora lloraban y sentían nostalgia de sus casas, de los abrazos de sus madres y de una manta calentita junto al fuego.

Marge dio la vuelta hasta el otro lado de la mesa de trabajo.

—La familia Keegan vive en el mismo pueblecito donde su pastelería lleva funcionando desde hace generaciones. Fue a finales de la década de 1930, en el apogeo de la Gran Depresión, una época de penurias para la mayoría de las pastelerías, aunque no para los Keegan. La demanda de Chokolokos Keegan era tan grande que no tuvieron más remedio que expandirse. Los Keegan nunca quisieron sacrificar la calidad llenando sus productos de conservantes ni envolviéndolos en plástico. Así que les dieron sus recetas a cientos de pastelerías pequeñas de todo el país que se afanaban por seguir abiertas. Las pastelerías podían utilizar el nombre Keegan y sus recetas perfectas, y gracias al negocio pudieron sobrevivir y prosperar.

—¿Kathy Keegan vive desde los años treinta? —preguntó Sage—. Eso querría decir que es muy anciana. Parece mucho más joven en el dibujo.

—¡No, no! —Se rio Marge—. Kathy es en realidad el título que se da a la pastelera de más talento de cada generación de la familia Keegan. A veces es un hombre, lo que es un poco raro, la verdad. Pero la poseedora actual del título es una mujer. Una Kathy.

—¿Un poco como el Dalai Lama? —preguntó Ty.

—Sí —respondió Marge—, solo que con pelo y debilidad por los dulces.

—¿Así que Kathy Keegan es una mujer normal a la que le gusta preparar pasteles? —preguntó Rose—. ¿No es un dibujo inventado por una corporación?

—No solo es que le guste preparar pasteles —dijo Marge, abanicándose con las manos. Era evidente que se estaba emocionando—. Es que ES pastelera. Lo lleva en la sangre. Una vez la vi. Era tirando a bajita, como yo, con las manos grandes. Accidentalmente me tocó aquí, en el brazo. Nunca más me lo he lavado.

Marge se levantó la manga y señaló una mancha negra del tamaño de una huella dactilar.

—Creía que era una marca de nacimiento —dijo Rose.

—No —respondió Marge—. Es hollín de una sartén de cacerola de galletas que se me había quemado porque mi horno no funcionaba bien. Kathy lo abrió y me ayudó a arreglarlo, lo que indica a las claras el tipo de persona que es. Además tiene el pelo castaño, y no rubio como en todos los dibujos de ella.

Hubo un momento de silencio mientras todo el mundo pensaba en el tipo de persona que no solo prepara pasteles sino que también arregla hornos.

—Tenemos que protegerla —dijo Sage.

—Fíjate en lo que te digo —dijo Marge, levantando un dedo regordete—. Si Kathy Keegan viene aquí y se come los pastelitos perfeccionados de Lo Más, los pasteleros de todo el país perderán un tesoro. —Marge hizo una pausa—. Un tesoro nacional.

—No temas, Marge —dijo Ty, de pie con los puños en las caderas, como un superhéroe—. Eso no ocurrirá. Los Bliss estamos aquí.

Marge miró a Rose arqueando una ceja.

—Eso se supone que debería tranquilizarme, ¿no?

15

Un pedacito de avaricia absorbente

—De acuerdo —dijo Ty, frotándose las manos. Era primera hora de la tarde, y solo les quedaban pocas horas para la última receta—. ¿Qué tenemos?

—El último PCPC es el que lo empezó todo: el propio Bocarrico —dijo Marge, sacando una bandeja de Bocarricos de la nevera.

Los Bocarricos tenían el mismo aspecto que el que Rose había visto en la cúpula de cristal del santuario encima de la fábrica de producción: dos redondas de una sustancia parecida a una galleta de chocolate con una capa de glaseado blanco en el centro.

—Cuando preparamos la receta de la antigua Directriz, nos hizo caernos a todos al suelo y no podíamos dejar de patalear; era como si nuestras piernas se hubieran descontrolado. Era algo malo, aunque no parecía que fuera lo malo que tenía que ser.

—Veamos qué ingrediente mágico utilizó esa bruja piruja —dijo Sage.

Marge buscó en un armario de la despensa y sacó un tarro de cristal rojo con un trozo viejo de madera nudosa en su interior.

—Lo trajo aquí ella misma —dijo Marge—. Nos hizo ir con mucho cuidado con él, dijo que era muy antiguo y delicado.

Rose echó un vistazo dentro del tarro. El trozo nudoso de madera parecía tan negro como el carbón. Y casi parecía que se estuviera moviendo. Cuanto más lo miraba Rose, más parecía que la madera palpitara como si tuviera corazón. Como si estuviera vivo.

—Parece sacado de un árbol —dijo Sage—. De un árbol maligno.

Ty asintió con la cabeza.

—Déjame ver si hay algo en el *Apócrifo* acerca de cortezas, ramas o madera.

Con sus hermanos mirando por encima de sus hombros, Rose hojeó el *Apócrifo* hasta que, en la última página, vio algo.

—No es madera —dijo—, sino algún tipo de raíz de jengibre.

EL PRINCIPIO:
LA MALDICIÓN DEL TRASGO

En 1699, en el antiguo pueblo escocés de Tyree, los hermanos Filbert y Albatross, de la larga estirpe de pasteleros mágicos llamados Bliss, encontraron a un trasgo mientras jugaban en el bosque. El trasgo, que es la criatura más rara y peligrosa del bosque, ya que es un espíritu de muerte, saludó a los muchachos diciendo: «Aquí tenéis raíz de jengibre para dos hermanos con cabellos de jengibre.» Les dio a los muchachos un trozo retorcido de raíz de jengibre y les dijo: «Sobre todo, jamás lo ralléis para una hornada de pan de jengibre.»

Filbert se despertó en mitad de la noche una semana después y encontró a Albatross en la cocina, rallando un poco de la raíz nudosa en un cuenco de masa de pan de jengibre. «¡El trasgo nos dijo que no lo hiciéramos!», gritó Filbert, le quitó la raíz y la guardó en un lugar adonde Albatross nunca iría, en el fondo de un lago, porque Albatross le tenía miedo al agua. En el momento de escribir estas líneas, nadie había recuperado la raíz del fondo del lago y la advertencia del trasgo sigue vigente.

Se dice que Albatross comió de aquel pan de jengibre, aunque nunca habló de sus efectos, que siguen siendo desconocidos a día de hoy.

—Parece que las parejas de hermanos pelirrojos dominan en la familia —dijo Sage, sacando pecho como un petirrojo orgulloso.

—¡Eso no es ni siquiera una receta! —se quejó Ty.

—Qué raro —dijo Rose, rascándose la sien—. Ty tiene razón: de hecho no es una receta. Es más bien una advertencia. Aunque es evidente que el trasgo este es peligroso.

—Pero ¿qué tiene que ver esto con el Bocarrico? —preguntó Ty—. Es de chocolate, no de jengibre.

—Tienes razón —dijo Rose, encogiéndose de hombros—. No estoy segura.

—¿Utilizaremos la receta de todos modos? —preguntó Sage tímidamente.

—Tal vez —dijo Rose—. Pero no sabemos qué efecto tiene. Si mamá y papá estuvieran aquí, tal vez lo sabrían... pero yo no tengo ni idea.

Rose se calló, desmoralizada. Pero entonces le vino una idea a la cabeza. Podía utilizar la siempre útil receta de pan de jengibre chocolateado de la pastelería Bliss como sustituto de las galletas de chocolate del Bocarrico. En cuanto al ingrediente del trasgo, le disgustaba no saber qué efecto tenía, pero pensó que no tenía otra opción.

Rose se dirigió a los pasteleros:

—¿Habéis dicho que cuando Lily utilizó esta raíz de jengibre os hizo rodar por el suelo y patalear?

—Sí —respondió Gene—, pero no utilizó mucho. Parecía nerviosa y se limitó a añadirle un pellizco.

—Esto podría ser malo —dijo Rose con una mueca de disgusto—. Malo con eme mayúscula. ¡Podría ser justamente esto lo que hizo que Albatross se convirtiera en una oveja negra!

—Nada podría alterar las buenas vibraciones que siento ahora mismo —dijo Marge—. Y seguro que no lo hará una raíz vieja y nudosa. Este Amor de Madre me tiene en una nube. —Marge levantó los brazos y se contoneó—. ¡Vamos, Rosemary Bliss! ¡Podemos hacerlo!

Gene fue el primero de los pasteleros en empezar a batir el glaseado blanco para el relleno, mientras Rose abría el tarro rojo que contenía la raíz del trasgo.

En cuanto desenroscó la tapa, un olor fétido llenó

el obrador, un olor que parecía una mezcla de pan de jengibre y de huevos podridos. Rose se tapó la nariz de inmediato con los dedos.

—Qué asco, *sorella* —dijo Ty, doblándose.

Rose se destapó la nariz, respirando por la boca, y metió la mano dentro del tarro para sacar aquel trozo de madera nudosa, que saltó en su mano.

—Deprisa —les dijo a sus hermanos, dejando la raíz en una de las mesas de trabajo—. Rallad un poco antes de que... bueno, antes de que haga lo que sea que hace.

Con lagrimones en los ojos, Ty y Sage rallaron toda la raíz de jengibre prohibida del trasgo hasta convertirla en un montón de fino polvo de jengibre. El olor iba cada vez a peor, hasta que todo el mundo tuvo que taparse la nariz con los dedos mientras trabajaba.

Marge y Rose prepararon dos tandas de masa de pan de jengibre chocolateado: metieron bloques de mantequilla de tamaño industrial, bolsas de medio kilo de azúcar, cinco cajas de huevos, harina y cacao en polvo suficientes para llenar un cajón de arena, y un bote de vainilla del tamaño de una botella grande de refresco en las dos enormes cubas de acero inoxidable.

Solo hacía cuatro días que trabajaban juntos, pero Rose y los pasteleros del Obrador de Desarrollo eran ya un equipo perfecto. Lejos quedaban las sonrisas asustadas que habían lucido para el señor Butter. También quedaba lejos su obsesión por la limpieza. Ahora eran más desordenados, aunque también eran pasteleros más eficientes. Sabían qué tenían que hacer y no se molestaban unos a otros. Estaban relajados y concentrados en el trabajo y... a Rose se le escapó una risita.

—¿Qué pasa? —preguntó Marge, haciendo una pausa con una espátula de goma en la mano.

—Es que... es que... todo el mundo parece bastante feliz —dijo encogiéndose de hombros.

—¡Por supuesto que lo estamos! —dijo Marge—. Y es gracias a ti. Lo único que ha querido siempre cualquiera de nosotros es poder hacer lo que nos gusta y hacerlo bien. Tú eres la primera persona que nos ha dejado ser lo que queremos ser.

«Hacer lo que te gusta y hacerlo bien.» Eso también era lo que siempre había querido Rose. Era por eso que se había enamorado de la pastelería: crear productos que hicieran feliz a la gente de Fuente Calamidades también la hacía feliz a ella.

Mientras las cubas se agitaban y se revolvían como hormigoneras, Rose observó unas lágrimas gruesas que resbalaban por las mejillas de Marge.

—¡Oh, Marge! ¿Qué te ocurre? —preguntó Rose.

—Es lo que no me ocurre, Rose —dijo Marge—. Después de comerme esos Tronkis con Amor de Madre, me siento ligera como una pluma. Y finalmente algo ha hecho clic en mi cabeza. Primero he pensado que tal vez era que se había agrietado el empaste de una de mis muelas. Pero entonces me he dado cuenta de que era un clic mental.

—¿Y cuál ha sido ese clic mental? —le preguntó Rose.

—Que no quiero estar aquí —dijo Marge—. En absoluto. ¿Este lugar, este trabajo? Este no era mi sueño. Me gusta el trabajo de pastelería y tal. No tengo nada contra hacer pasteles, y tú eres maravillosa, pero trabajar aquí es más como ser una trabajadora en una fábrica que una pastelera.

Rose sonrió. Era verdad: la fábrica de Lo Más no era para nada su ideal de un obrador perfecto.

—Pero incluso eso ahora es irrelevante —continuó Marge—. La cuestión es que mi corazón ha pertenecido, ahora y siempre, al cielo.

Marge levantó la mirada hacia el techo y frunció el ceño.

—¿Al cielo, Marge? —preguntó Rose.

—Debería haber seguido mi sueño de niña de convertirme en piloto de globo aerostático. Navegar por encima de los árboles. Llevar de paseo a parejas en su luna de miel. Respirar el aire puro del cielo de las montañas. Ese es mi lugar, Rose. Allí arriba. No aquí abajo.

Marge se sentó junto a una de las cubas de masa de chocolate y apoyó la barbilla en sus manos. El gorro de cocinera cayó al suelo con un suave plaf.

—Bueno, ¿por qué no intentaste convertirte... en piloto de globo aerostático?

—Porque no tengo la constitución para ello —dijo Marge—. Soy una chica regordeta. Siempre lo he sido. Cuando era joven, mis padres me pusieron a dieta de judías verdes y pavo hervido. No perdí ni un kilo. Les dije que quería ser piloto de globo aerostático. Se rieron y me dijeron que la gente que subiera al globo conmigo seguramente nunca se levantaría del suelo. Tenía seis años, pero capté la idea. Empecé a trabajar aquí en cuanto terminé el instituto. Imaginé que encajaría entre pasteles, porque parece que coma muchos. —Marge hizo una pausa, con los labios temblorosos—. Ni siquiera me gustan demasiado los pasteles —dijo.

—¿Y por qué no dejas el trabajo y te conviertes ahora en piloto de globos?

—¡Bah, nunca podría dejarlo! Estoy demasiado

mayor y me da demasiado miedo el señor Butter —dijo Marge—. Él me dijo que este era mi lugar. —Marge suspiró profundamente—. Y probablemente tenga razón.

—Creo que tu lugar será el que tú quieras que sea, Marge —dijo Rose, dándole un beso en la mejilla.

—¿Sabes una cosa, Rose? —dijo Marge, palmeando a Rose en la espalda con tanta fuerza que casi la tira de rodillas al suelo—. Eres una amiga. Eres una buena persona. Y estoy orgullosa de conocerte.

—Gracias, Marge. —Rose meditó sobre lo que habrían sido aquellos últimos días sin Marge, pero se quitó la idea de la cabeza porque era algo demasiado horrible de imaginar—. Yo también estoy orgullosa de conocerte a ti.

Marge se aclaró la garganta y se secó la cara con la manga.

—Bueno. Ha sido una bonita charla. Pero ahora no hay tiempo que perder, tenemos apenas una hora y media para terminar esta receta. ¿Podéis traer para acá esa raíz de jengibre?

Ty y Sage se acercaron lentamente a las cubas de chocolate llevando una taza de medir llena de algo que parecía exactamente serrín.

—Me gustaría saber cuánto tenemos que poner —dijo Rose—. Tendría que ser más que un pellizco, ya que esa fue la cantidad que utilizó Lily y no le funcionó.

—Yo lo echaría todo. *Tutto il zenzero* —dijo Ty—. Que significa «todo el jengibre».

Antes de que Rose pudiera objetar, Sage había tirado toda la taza de jengibre en polvo en una de las cubas de chocolate. La raíz desapareció en un remolino de color beige mientras la cuba seguía revolviéndose.

—Supongo que ya hemos utilizado más que un pellizco —dijo Rose. Solo cabía esperar que aquella fuera la diferencia que explicara por qué no había funcionado la receta de Lily.

Media docena de canciones y un poco de tiempo de refrigeración más tarde, la primera hornada de Bocarricos ya estaba lista para el glaseado. Ty y Rose extendieron nata sobre seis de las galletas y les pusieron seis galletas más encima.

—Supongo que es ahora o nunca —dijo Rose. Se imaginó a los seis pasteleros estallando en llamas o convirtiéndose en polvo o simplemente cayendo redondos y muriéndose.

—¡Espera! —gritó Sage—. Tal vez sería mejor que no coman todos. Porque no sabemos qué efecto tiene.

—Sí —dijo Ty—. Tal vez sea mejor que solo lo probéis uno o dos.

—No contéis conmigo —dijo Marge—. Nunca me ha gustado el jengibre. —Su estómago rugió audiblemente—. Y además, estoy muerta de miedo.

—Lo probaremos nosotros —dijo Gene, dando un paso adelante y arrastrando a Ning consigo.

—¿Nosotros? —dijo Ning con la voz entrecortada y tapándose la boca con la mano, aterrorizado.

—Sí —dijo Gene, dándole unas palmadas en la espalda—. Por supuesto que lo probaremos. Somos pasteleros, ¿no? Pues comportémonos como tales.

Y antes de que Ning pudiera protestar, Gene le metió un pedazo del nefasto Bocarrico de pan de jengibre chocolateado del trasgo en la boca a Ning, y luego se metió otro en su propia boca.

Los dos se quedaron quietos un instante, masticando el pastel. Rose, Ty, Sage y los demás pasteleros los observaban boquiabiertos. Rose no oía ningún sonido en el obrador excepto los fuertes latidos de su propio corazón.

Entonces, justo cuando Gene proclamó: «¡Me encuentro bien!», cayó de rodillas al suelo y empezó a retorcerse en el suelo frenéticamente. Un segundo después, Ning hizo lo mismo. Ninguno de los dos dijo una sola palabra, pero tenían los ojos abiertos y la cara deformada en una mueca. De repente, sus brazos derechos se levantaron hacia el cielo y empezaron a agitarse. Luego levantaron los brazos izquierdos, como si estuvieran haciendo algún tipo de baile raro.

A continuación empezaron a revolcarse por el suelo y a contonearse como serpientes.

—¿Qué pasa? —gritó Rose, corriendo hacia donde los dos pasteleros se retorcían agónicamente.

Gene y Ning se quedaron fláccidos.

—¡Socorro! —gritó Melanie—. ¡Parecen espaguetis hervidos!

Rose se arrodilló y sacudió a los pasteleros caídos. «Por eso quería yo que me ayudaran mis padres», pensó. Nada de eso habría ocurrido si se hubiera traído a sus padres consigo.

Al cabo de un momento, Gene y Ning se levantaron, se miraron el uno al otro y empezaron a quitarse el polvo y a alisarse la ropa.

—Creo que no tiene ningún efecto —dijo Gene.

—Sí, me encuentro perfectamente normal —añadió Ning.

Pero Rose observó que a ambos les brillaban los ojos con un verde resplandeciente, un verde embrujado y de mal agüero.

Gene y Ning se fijaron en la bandeja con las cuatro galletas restantes sobre la mesa de trabajo.

—Creo que deberíamos... comernos el resto —dijo Gene, acercando la bandeja hacia él.

—Muy buena idea —dijo Ning, tirando de la bandeja hacia él.

Ambos tiraron de la bandeja de aquí para allá en una especie de juego de la cuerda en miniatura hasta que finalmente Ning se metió las cuatro galletas restantes debajo del delantal.

Gene arremetió contra Ning y lo tiró al suelo, tratando de alcanzar las galletas bajo el delantal. Los dos empezaron a revolcarse y a pelear en el suelo.

—¡Dame esas galletas! —gritó Gene.

—¡Jamás! —rugió Ning.

Gene le arañó la cara a Ning, dejándole tres rasguños en la mejilla.

—¡Galletas, galletas, galletas! —chillaba Gene. A Ning parecía que lo hubiera atacado una pantera, aunque no parecía sentir ningún dolor, sino que respondió dándole cabezazos a Gene.

—¡Tenemos que separarlos! —dijo Rose—. ¡No sienten el dolor! ¡Se van a matar el uno al otro!

Ty agarró a Ning y lo empujó hacia los dormitorios de los pasteleros, cerrando la puerta. Gene continuó caminando de un lado a otro por el obrador, resoplando como un toro. Finalmente, embistió contra la puerta de los dormitorios con el hombro, una y otra vez, tratando de echarla abajo.

—¡La puerta no aguantará! —gritó Marge—. ¡Tenemos que curarlos! ¡Y deprisa!

Rose volvió a leerse la receta del *Apócrifo* desesperadamente. Como de hecho no era una receta, no parecía que nadie le hubiera buscado nunca un antídoto. Se dio cuenta de que tendría que inventar un antídoto allí mismo antes de que Gene y Ning se mataran entre sí.

Rose examinó rápidamente los tarros de cristal rojo que tenían a mano en el obrador, dejando a un lado tarros que contenían polillas resplandecientes o trozos de arcoíris o setas parlanchinas.

—¡No sé qué hacer! —lloriqueó.

—¡Es como si la raíz de jengibre hubiera enfrentado a hermano contra hermano! —dijo Sage.

Por un segundo, Rose pensó en sus padres y en Balthazar encerrados en aquella habitación de hotel. Ellos confiaban en ella. «Piensa, Rose, piensa...»

Entonces cayó en la cuenta. «Hermanos», pensó. Sacó un tarro que contenía una piedra ovalada que brillaba un poco en el centro. La etiqueta del tarro ponía PIEDRA DEL HERMANO.

—¡Este! —gritó Rose, corriendo hacia la segunda cuba de masa de chocolate—. ¿Qué hago con esto?

—¿Dejarlo caer dentro, tal vez? —dijo Sage, y Rose dejó caer la piedra en la masa de chocolate y conectó las batidoras.

—Y un poco de jengibre para darle sabor —dijo Marge, añadiéndole un puñado de jengibre en polvo normal y corriente.

Cuando la pala metálica gigante removió la masa, la superficie se volvió como un espejo reluciente. Rose vio a dos niños, ambos pelirrojos, que llevaban túnicas y calzones pasados de moda, y se hacían un saludo secreto con muchas risas y taconeos y vueltas. Luego la visión se oscureció y la masa de chocolate recuperó su estado normal, justo en el momento en que Gene consiguió derribar la puerta de las habitaciones de los pasteleros.

—¡Atadlos! —chilló Marge, alcanzando el cordel que *Gus* y *Jacques* habían utilizado anteriormente. Se lo lanzó a Jasmine, que empezó a correr en círculo alrededor de Gene y Ning hasta que estuvieron atados, espalda contra espalda, incapaces de moverse, como dos orugas en sus capullos.

—Uf —dijo Jasmine después de hacer un nudo doble y un lazo alrededor de sus cinturas. Ning y Gene no dijeron nada, solo trataron de liberarse de sus ataduras, pero acabaron cayéndose al suelo, quietos y en silencio.

—No lo intentéis en casa —advirtió Marge.

Cuando sonó el timbre del temporizador, y después de haber dejado que se enfriaran las galletas, Rose les metió en la boca una a cada uno de los dos hombres furiosos, que las masticaron, se las tragaron y parecieron calmarse. La luz verde de sus ojos se fue atenuando gradualmente hasta desaparecer.

Aguantando la respiración, Rose los desató.

En vez de pelearse, Gene y Ning iniciaron el mismo saludo secreto que los dos hermanos pelirrojos habían hecho en la visión que Rose había visto en la superficie del chocolate. Los pasteleros se rieron, saltaron e hicieron chocar los puños, como si hubieran interpretado aquella coreografía durante años, y cuando terminaron, se abrazaron fraternalmente.

—¡Lo siento muchísimo, Gene! —se lamentó Ning al ver los rasguños en la cara y los brazos de su compañero.

—¡Yo también lo siento! —dijo Gene, señalando al chichón enorme y enrojecido en la frente de Ning—. ¿Cómo hemos podido pelearnos de esta manera? ¡Somos una familia, chico!

—¡Una familia! —repitió Ning, reuniendo al resto de los pasteleros en un abrazo de grupo.

—Me encantan los abrazos —dijo Felanie en voz baja.

Rose llevó el Bocarrico hecho con jengibre del trasgo a una vitrina sobre ruedas. Levantó una tapa en forma de campana y puso el Bocarrico debajo de ella. En el carro junto a él había otros cuatro tarros en forma de campana, debajo de los cuales había una Chocoluna, un Bomboneón, una Chikirroski y un Tronki respectivamente, muestras que había preparado el equipo de pasteleros mientras Rose y sus hermanos habían ido a visitar a sus padres.

Rose supervisó el horrible resultado de su trabajo durante los últimos días. Aquellos cinco pastelitos, si se producían a gran escala, podían acabar con el mundo por sí solos.

Luego puso un Bocarrico de antídoto en la nevera donde había ido guardando el resto de antídotos, por si acaso los necesitaban.

—¿Qué pasaría si cada miembro de la Sociedad Internacional del Rodillo se comiera una de estas galletas? —les susurró Rose a sus hermanos.

—Es una buena idea, *sorella* —respondió Ty—. Pero antes tenemos que ocuparnos de arreglar al señor Butter, y no creo que baste con la Piedra del Hermano. Ese tipo está muy estropeado. Sueña con la destrucción y el dominio del planeta tanto como yo sueño con que me adoren mujeres de todos los continentes. Y eso es mucho decir.

—Lo más importante es asegurarse de que Kathy Keegan no se coma ninguno de los pastelitos mágicos del *Apócrifo* —dijo Rose.

En ese momento, *Gus* y *Jacques* emergieron de la habitación acristalada de arriba, con *Jacques* agarrándose al pelaje de la cabeza de *Gus* como un maharajá montado sobre un elefante. Habían subido para echarse una larga siesta, agotados por su papel en los sucesos del día. El gato saltó sobre la mesa de trabajo y dejó que Marge le hiciera carantoñas.

—La única manera segura de impedirme que me coma un tentempié es hacerme ser una persona diferente —entonó Marge—. Es lo que digo siempre.

Rose meditó sobre sus palabras mientras miraba al techo.

—¡Exacto! ¡Nadie sabe qué aspecto tiene realmente Kathy Keegan!

—Yo sí —dijo Marge—. Ya te lo he dicho. Tirando a bajita, con las manos fuertes y el pelo castaño.

—¡Pero Butter eso no lo sabe! —dijo Rose—. Por lo que a él respecta, Kathy Keegan es como en el dibujo de las cajas: una mujer alta con una melena corta rubia.

—¿Y dónde encontraremos a una mujer alta con una melena corta rubia? —preguntó Sage—. Bueno, Ty es tan guapetón que podría pasar por una mujer alta, pero no tiene una melena corta rubia.

Hubo una pausa desesperada. Entonces Melanie dio un paso adelante, saliendo del abrazo de grupo de los pasteleros y levantando los brazos al cielo.

—¡Yo sí!

Felanie siguió a su hermana, agitando su melena rubia con las manos.

—¡Y yo también!

Rose miró a una y a otra entre las dos hermanas, arqueando las cejas.

—¿Las dos lleváis... peluca?

—No —dijo Felanie. Y añadió en voz baja—: Solo Melanie.

—En realidad no somos gemelas idénticas —dijo Melanie, con un temblor del labio inferior—. Somos mellizas. Pero nos gusta parecer exactamente iguales, y por eso... —Melanie se volvió para que todos pudieran admirar su melena rubia a la altura de la barbilla. Luego levantó el brazo y se la quitó de la cabeza. Debajo se veía la sombra de un pelo oscuro rapado—. Mi pelo natural es castaño.

Jasmine reprimió un grito. Rose oyó a *Jacques* que susurraba:

—*Sacré bleu!*

—Antes solo me lo teñía, pero la semana pasada me hice un corte de pelo horrible —dijo Melanie, que parecía a punto de echarse a llorar—. Me daba tanta vergüenza que me lo rapé al cero y me pedí esta peluca para llevarla hasta que vuelva a crecerme.

Rose no salía de su asombro mientras Melanie volvía a ponerse la peluca. Luego miró a su hermano mayor, que era varios centímetros más alto que las mellizas.

—Ty... —empezó Rose—. Si aceptas fingir que eres Kathy Keegan, podríamos protegerla. Ya oíste lo que decían en la reunión de la Sociedad del Rodillo: ¡va a venir aquí, a la fábrica de Lo Más!

—Nanay — dijo Ty, levantando las manos en señal de protesta—. Y además, ¿cómo se supone que vamos a evitar que aparezca la auténtica Kathy Keegan?

Mientras los pasteleros se apiñaban para tratar de encontrar una solución a ese dilema, *Gus* subió de un brinco a una de las mesas metálicas, con la cola rizada, y se inclinó hacia Rose.

—Yo puedo encargarme de eso —susurró—. El Maullido. No tendría que ser tan difícil.

Marge tomó el mando.

—¡Equipo de pasteleros! Ensuciad el obrador para que podamos engañar al señor Butter. Tiene que parecer como si hubiéramos creado el pastelito más poderoso hasta el momento: el Bocarrico impregnado de raíz del trasgo.

Gene y Ning empezaron inmediatamente a tirar el chocolate sobrante por las paredes, el suelo y el techo del obrador.

Marge le puso la mano en el hombro a Rose y le dijo con dulzura:

—Rosemary Bliss, necesitas una siesta. Parece que no hayas dormido desde hace días.

«Es verdad», pensó Rose con un bostezo, aunque solo hacía unas pocas horas que se había levantado. Apenas era mediodía, pero los últimos días habían sido más que agotadores. Rose se dirigió hacia las tarjetas de recetas y los tarros de Amor de Madre, pero Marge se lo impidió diciendo:

—Tú deja la limpieza para nosotros. Sé exactamente qué tengo que hacer. Tal vez por primera vez en mi vida.

Todo era muy confuso, pero Rose estaba demasiado cansada para preocuparse. Mientras arrastraba los pies escaleras arriba, oyó la última orden de Marge a Ty.

—Y tú, guapetón, vas a tener que buscarte un vestido a medida.

16

Con faldas y Chokolokos

Dos horas más tarde, cuando las sirenas y las luces rojas parpadeantes anunciaron la llegada del señor Butter, Rose se levantó a toda prisa de la cama, olvidando por un instante dónde estaba.

En su sueño que rápidamente se desvanecía, volvía a estar en su habitación en Fuente Calamidades, y las luces eran las de los flashes de los paparazzi, y había tenido un momento para revivir aquella mañana de hacía ya más de un mes cuando había deseado que terminara todo.

Pero entonces, cuando acabó de despertarse totalmente, vio el obrador por la ventana y recordó dónde estaba.

—Ojalá volviera a estar en casa —musitó— y todo volviera a ser normal.

—Ya volvemos con los deseos —dijo el gato desde

lo alto del tocador—. ¿No te advertí sobre eso? —*Gus* se levantó y arqueó la espalda como un acordeón.

—Lo siento —dijo Rose—. Me había olvidado.

—No pasa nada —dijo *Gus*—. Este era un buen deseo. —El gato miró hacia abajo—. Será mejor que espabiles.

Rose cogió su gorro de cocinera y bajó las escaleras dando saltos justo en el momento en que el señor Butter emergía solo por la trampilla del suelo, sin el carrito de golf ni el señor Kerr. Llevaba un elegante traje azul gris con una camisa a rayas y unos mocasines negros relucientes, y parecía tan emocionado como un niño que sabe que va a recibir toda una habitación llena de regalos.

Butter inspeccionó el desastre del obrador: Gene y Ning estaban en el suelo, poniéndose hielo en los verdugones rojos gigantescos de sus frentes. La puerta hacia los dormitorios de los pasteleros estaba partida en dos en el suelo. Y Melanie, después de dejarle su peluca a Ty, parecía casi tan calva como el propio señor Butter. A Ty y a Sage no se los veía por ninguna parte.

—¡Maravilloso! —dijo el señor Butter, arrastrando el dedo por los manchurrones de masa de chocolate que cubrían la mesa y luego limpiándoselo de un chupetón—. ¡Parece que el nuevo y mejorado Bocarrico ha resultado de lo peor! ¡Y vosotros también! ¡Menudo desastre! ¡Aunque todo sea por una buena causa!

El señor Butter aplaudió lentamente por encima de su cabeza.

—¡Sois-unos-héroes! —anunció—. La Corporación Lo Más tiene una enorme deuda de gratitud con vosotros. —El señor Butter caminó por delante de la fila de pasteleros, agachándose hacia donde estaban tumbados en el suelo y dándoles la mano a cada uno—.

Directriz Bliss. Maravillosa. Marge. Soberbia. ¿Jas...
mine? Sí. —Luego se acercó a Gene y a Ning—. Ping.
Steve. Un trabajo excelente.

Cuando llegó delante de Melanie y de Felanie hizo
un esfuerzo por recordar sus nombres.

—Gemela rubia número uno. Gemela rubia número dos —dijo—. Buen trabajo. —Luego se quedó mirando el corte al rape de Melanie—. Gemela rubia número dos, ¿no tenías el pelo rubio y largo esta mañana?

—Se ha interpuesto en mi camino —dijo Felanie sin
vacilar un segundo—. De modo que le he cortado el pelo.

—Muy bien —dijo el señor Butter—. ¡Equipo del
Obrador de Desarrollo, habéis trabajado todos muy
duro, pero queda poco tiempo para que llegue Kathy
Keegan! ¡Estará aquí dentro de una hora! ¡Así que
aseaos, que estáis hechos un asquito, y en breve empezaremos nuestra celebración!

Marge y los pasteleros se dirigieron a la no-puerta
de los dormitorios mientras el señor Butter y Rose se
dirigían al carrito expositor que contenía los cinco pastelitos siniestros.

—¡Contemplemos tu obra! —dijo el señor Butter,
entornando los ojos ante aquellas pequeñas delicias.

Rose forzó una sonrisa, pero detrás de su sonrisa estaba perpleja. Los pastelitos no estaban del todo bien. El
Bocarrico era más delgado de lo que tendría que ser y el
Bomboneón estaba recubierto por un glaseado de color
magenta que no recordaba haber observado antes. La
Chocoluna era más gruesa en el centro, como un platillo
volante, y el Tronki era más largo de lo que decían las
especificaciones de Lo Más. «Alguien ha manipulado estos pastelitos», notó Rose, que abrió la boca para decir:

—Esto no es...

—No es algo por lo que nadie más pueda atribuirse el mérito —la interrumpió Marge detrás de ella—. Lo pasteleros queremos atribuirle todo el mérito a nuestra directriz, Rosemary Bliss.

—¡Hip, hip, hurra! —gritaron una y otra y otra vez los pasteleros, y Rose se habría conmovido si no hubiera sentido náuseas solo de pensar en lo perfectamente diabólicos que eran aquellos pastelitos. Rose se secó una lágrima.

—Qué conmovedor —dijo el señor Butter con un suspiro—. Ahora, señorita Rosemary Bliss, tengo una tarea especial para ti. Tu última tarea como Directriz es ofrecerle estas muestras a nuestra invitada de honor: Kathy Keegan, que llegará esta misma tarde. Seguro que debe de estar impresionada por tu victoria en la Gala des Gâteaux Grands, imagino, tan impresionada como para comerse cualquier cosa que tú le ofrezcas sin dudarlo en ningún momento.

—No sé si puedo hacer eso —dijo Rose, vacilante.

—Todavía tengo a tu familia encerrada en aquella habitación —le recordó el señor Butter, cerrando el puño delante de su cara—. Pueden seguir siendo mis invitados, por así decirlo, durante muchísimo tiempo más. ¡Y también podrías serlo tú!

Rose miró al suelo.

—Y no creas que no notaré la diferencia entre que Kathy Keegan se coma los pastelitos perfeccionados o alguna otra versión anterior de nuestros productos —dijo el señor Butter—. Has hecho un buen trabajo hasta ahora, señorita Bliss, y sabes perfectamente lo... «influyentes» que pueden ser nuestros productos de bollería. —El señor Butter respiró hondo—. Si Keegan no empieza a comportarse como una chiflada en cuanto se coma el primer bocado, sabré que me has engañado y actuaré en consecuencia. —Su cara se crispó—. ¿Nos entendemos?

Rose asintió con la cabeza.

—Pues preparemos una bandeja especial, ¿vale? —dijo el señor Butter, alargando la mano hacia las campanas de cristal y cogiendo los pastelitos uno a uno: la Chocoluna, el Bomboneón, la Chikirroski, el Tronki y el Bocarrico. Luego los colocó en una bandeja de plata que llevaba talladas unas espirales que se asemejaban a las colas abiertas de las aves del paraíso.

—Yo llevaré esta bandeja —dijo el señor Butter—. Y tú se la darás a Kathy Keegan, y a ella le encantará.

—Eso espero —dijo Rose.

Marge y ella tenían un plan, aunque Rose no estaba muy segura de que funcionara. Marge iba a llevar escondidos los pastelitos antídoto en el bolso, y en algún momento encontraría la manera de cambiarlos por los siniestros pastelitos que el señor Butter había dispuesto en la bandeja. De este modo, Ty, disfrazado de Kathy Keegan, se comería los antídotos, que no tendrían ningún efecto en él. Pero se comportaría como si se hubiera convertido en un zombi asesino fácil de controlar para que el señor Butter no sospechara nada.

No era el mejor plan del mundo, pero era el que tenían.

Mientras, la auténtica Kathy Keegan estaría a salvo en su casa comiendo pizza en el sofá, pues habría recibido el aviso gracias a *Gus* y al Maullido.

Rose oyó el sonido de trompetas lejanas.

—¿Qué es ese ruido infernal? —gritó el señor Butter, aguzando el oído—. ¿Quién toca la trompeta? ¡En este complejo hay una norma contra la música!

Marge y los demás pasteleros miraron al señor Butter desconcertados. Ninguno de ellos estaba tocando la trompeta.

El señor Kerr apareció por la trampilla del suelo y se quedó de pie sobre la plataforma del ascensor, con una mano en el pecho, jadeando.

—Señor Butter. Kathy Keegan. Ya está aquí.

—¿Ya? —gimió el señor Butter, con una mano en la cabeza—. ¡Se supone que no tenía que llegar hasta dentro de una hora!

—Ha llegado antes de lo previsto —dijo el señor Kerr con un resuello.

—¡Vale! Vamos. Rose, Marge, apretaos detrás del carrito de golf.

Los nudillos del señor Butter estaban blancos como huesos mientras aferraba la bandeja de plata con los pastelitos de Lo Más.

Marge le guiñó un ojo crípticamente a Rose y dio unas palmaditas en su bolso.

—Que no sea nada —dijo Rose entre dientes.

Nadie dijo ni media palabra mientras el señor Kerr conducía el carrito de golf hacia el edificio principal del complejo, donde habían informado a Rose a su llegada a Lo Más y donde había visto el santuario del Bocarrico.

—¡Deprisa! —gritó el señor Butter, apremiando a Rose y a Marge hacia una puerta de doble hoja de acero inoxidable—. ¡Hemos avisado a la prensa! ¡Todo está a punto de ocurrir!

Dentro de la fábrica, cientos de pulpos robóticos zumbaban, rechinaban y runruneaban por todas partes, fabricando los PCPC de Lo Más. Se movían en perfecta sincronía, inyectando el relleno en los pastelitos, sellando envoltorios de celofán alrededor de las Chocolunas. La fábrica era una maravilla de la coordinación mecánica y Rose se quedó sin aliento.

Y entonces vio que los robots eran controlados por un equipo de unos cien pasteleros que llevaban guantes blancos electrónicos. Cuando un pastelero hacía un gesto, todos los robots de su línea de producción lo imitaban.

—Impresionante —dijo Rose.

—Sí, ¿no? —gruñó el señor Butter—. Venid conmigo. ¡Tenemos que estar preparados antes de que llegue!

Habían tendido una lujosa alfombra roja a todo lo ancho del suelo de la fábrica. Había fotógrafos y periodistas apostados a un lado, detrás de una cuerda gruesa de terciopelo rojo, y una banda de trompetistas al otro lado.

Los fotógrafos dispararon sus cámaras mientras Rose, Marge y el señor Butter avanzaban por la alfombra hacia una elegante mesa de banquetes que habían dispuesto sobre un entarimado directamente debajo de la pequeña habitación de cristal con el santuario del Bocarrico. Un momento después, los fotógrafos levantaron las cámaras cuando se abrieron las puertas, tocaron las trompetas y el resplandor anaranjado de la puesta de sol inundó la sala.

Los ojos de Rose se adaptaron rápidamente, pero lo único que pudo ver fue la silueta de una mujer alta que se deslizaba a través de la puerta de doble hoja y sobre la alfombra roja. Casi parecía que volara. Las trompetas tocaron una fanfarria mientras unos cañones lanzaban confeti detrás de ella en una secuencia de explosiones de sonido y color.

Las puertas se cerraron y, de repente, Rose pudo

ver toda la escena más claramente: un carrito de golf se deslizaba lentamente sobre la alfombra roja hacia la mesa de banquetes.

El conductor del carrito era un niño con pantalones de esmoquin negros, una camiseta, un gorro de cocinero y unas gafas de sol tan grandes que casi parecía una mantis religiosa. Estaba reclinado en su asiento y conducía con una mano en el volante y con el codo suntuosamente apoyado en la puerta del carrito de golf. Incluso con el gorro y las gafas de sol, Rose reconocería esos mofletes rollizos y sonrosados en cualquier parte del mundo: el conductor era Sage.

Y de pie en el carrito, como si fuera en su propio carro de fuego particular, había una mujer alta y desgarbada, con lápiz de labios rojo y el pelo rubio que sobresalía en las orejas y luego se estrechaba en punta debajo de su barbilla. Llevaba un elegante traje chaqueta azul marino, del tipo que llevaría una ministra, y saludaba moviendo únicamente la muñeca, como la reina.

—¿A que es espléndida? —susurró el señor Butter.

«¿A que es mi hermano mayor?», pensó Rose.

La actividad en la planta de producción se detuvo y los enguantados pasteleros formaron detrás de los trompetistas, y los robots formaron detrás de los pasteleros que los controlaban.

—¡Damas y caballeros! —gritó el señor Butter en un megáfono—. ¡Nuestra principal competidora, la señorita Kathy Keegan! Ha venido hoy aquí para hablar sobre una colaboración entre la Corporación Keegan y la Corporación Lo Más, las dos últimas pastelerías de Estados Unidos. ¡Por favor, saluden conmigo a nuestra apreciada colega!

Cuando los pasteleros levantaron sus guantes blancos hacia sus frentes a modo de saludo, los robots que estaban detrás de ellos también saludaron al unísono con todos los brazos de un lado de sus cuerpos. Se produjo un murmullo de chirridos y ruidos metálicos en toda la sala.

Sage detuvo el carrito de golf a pocos metros de la mesa de banquetes. El señor Butter ayudó a Ty a bajar del carrito.

—¡Vaya entrada! —dijo—. ¡Señorita Keegan! ¡Querida, parece usted una reina! ¡Y se parece tanto al muñeco dibujado en los envoltorios! ¡Qué asombroso parecido!

—Es usted muy amable —dijo Ty, sin alterar apenas su voz normal al hablar. No sonaba para nada como una mujer.

—Qué voz tan... potente tiene usted —dijo el señor Butter—. Y qué presencia tan imponente.

—¡Gracias! —dijo Ty, plegando las manos sobre un diminuto bolso de lentejuelas que llevaba colgado al hombro—. Me encanta lo que ha hecho con su fábrica. ¡Es tan resplandeciente! Todos estos robots, y los caballeros y las damas con esos guantes brillantes...

—¡Gracias! —dijo el señor Butter, mirando a Ty del mismo modo que una mantis religiosa hambrienta miraría a una mosca doméstica—. En realidad los guantes sirven para controlar a los robots. Un sistema eficaz pensado por un servidor. ¡Equipo, saludad a la señorita Keegan!

La larga hilera de pasteleros saludaron una y otra vez, y los brazos de los robots repicaron con estrépito metálico mientras saludaban una y otra vez al unísono.

—¡Qué sistema tan brillante! —dijo Ty—. ¡Es como un enorme videojuego!

—Esto nos permite utilizar a menos empleados —dijo el señor Butter—. Este es nuestro principal equipo de pasteleros, unos cien. Cada una de las fábricas del complejo emplea a cientos de personas, y estos cientos de personas controlan a miles de robots. Un trabajador glasea una magdalena, por ejemplo, y en toda la línea de producción los robots imitan sus movimientos.

—Me dan escalofríos solo de pensarlo —dijo Ty agitando las hombreras de su chaqueta.

—Pues mire —dijo el señor Butter con orgullo—, la idea se me ocurrió una noche cuando...

Rose tosió, temiendo que el señor Butter se enrollara todo el día si no lo paraba.

—Ah, sí —dijo el señor Butter—. Cómo podía olvidarme. Señorita Keegan, le presento a la apreciada Directriz de nuestro Obrador de Desarrollo, la señorita Rosemary Bliss.

Ty fulminó con la mirada a Rose como si fuera un chicle en su zapato.

—¿Quién es esta chiquilla? —preguntó con desdén, tratando de imitar las maneras de una emperatriz de la bollería industrial.

Rose puso los ojos en blanco.

—Rosemary Bliss —repitió el señor Butter—. Acaba de ganar la Gala des Gâteaux Grands de París.

—La ganadora más joven de la historia —añadió Rose.

Ty miró hacia el techo como si hiciera memoria.

—Ah, sí, creo que recuerdo haber leído algo sobre el tema. La niña que llevaba de ayudante a su perturbadoramente atractivo hermano mayor. Sí, me acuerdo de él. Y supongo que esta niña también estaba allí.

Ty estrechó la mano de Rose, y luego el señor Butter le dio a Rose la bandeja con los siniestros pastelitos.

—Dáselos —susurró amenazadoramente al oído de Rose.

Rose apretó los dientes y le ofreció la bandeja a Ty.

—Esto son unas muestras para que las pruebe. Son nuestras nuevas recetas.

Rose dejó la bandeja en la mesa de banquetes y Ty alargó la mano y cogió la Chocoluna.

—¡Qué perfectamente... perfecta! —dijo.

Rose le echó una mirada desesperada por encima del hombro a Marge, que estaba a la sombra detrás del señor Butter. Marge movió la cabeza afirmativamente, le dio unas palmaditas a su bolso exageradamente grande y le mostró el pulgar hacia arriba a Rose. Rose no sabía cómo había podido cambiar Marge los pastelitos si el señor Butter había sostenido la bandeja en todo momento, pero en ese instante no tenía otra opción que confiar en ella y esperar que todo saliera bien.

—Tienen un aspecto maravilloso —dijo Ty, mirando a Marge—. Pero antes, deje que le diga que yo también he traído unos pocos centenares de muestras del Chokoloko de Kathy Keegan para invitar a su equipo. ¡Así podemos probar mutuamente nuestros productos! ¡Será la foto perfecta!

«¿Qué está haciendo Ty? —se preguntó Rose—. Esto no forma parte del plan.»

—¿Ah? —le dijo el señor Butter, sorprendido—. ¡Humm! ¡Bueno! Está bien, supongo.

Sage, de la parte posterior del carrito de golf, sacó una caja de madera llena de docenas de cajitas, cada una de las cuales contenía lo que parecía una porción de Chokoloko de Kathy Keegan. A su alrededor, todos los pasteleros se quitaron rápidamente los guantes y formaron una cola.

—Vamos, señor Butter —dijo Ty—. Vayamos a ayudar al pobre conductor del carrito de golf.

El señor Butter gruñó mientras Ty lo empujaba hacia el carrito de golf. Se quedó de pie a regañadientes junto a Ty y Sage mientras estos le iban dando a cada uno de los pasteleros su ración de Chokoloko de Kathy Keegan. Los pasteleros de la fábrica empezaron a comérselos y muchos de ellos sonrieron abiertamente después de unos pocos bocados.

—¿De dónde han salido? —le susurró Rose a Marge. Los Chokolokos no parecían tener más efecto sobre los pasteleros de Lo Más que el de hacerles felices.

—Hemos cocinado un montón mientras tú dormías la siesta —dijo Marge sin dejar de sonreír—. Tendrías que ir a ayudar a repartir los Chokolokos.

Perpleja, Rose se unió al señor Butter, Ty y Sage en la parte trasera del carrito de golf.

—Eh, ¿puedo probar un trozo yo también? —le preguntó un hombre a Sage—. Yo no soy pastelero, solo soy electricista, pero también trabajo aquí.

—Claro —dijo Sage, dándole al hombre una cajita—. Esos guantes que lleva son alucinantes. ¿Cómo es que los diferentes robots no se confunden con todos sus guantes diferentes?

—Ah —dijo el hombre, con el pastelito en la mano—. Cada pastelero tiene su propia frecuencia para su equipo de robots. Excepto el control maestro, que se lo guarda el señor Butter para él.

—Guay —dijo Sage pensativamente—. Muy, muy guay.

Mientras, Ty estaba ocupado hablando con los periodistas.

—¿Quiénes han sido sus mayores inspiraciones, señorita Keegan? —preguntó un periodista.

—Ah, mi... abuela —titubeó Ty—. También Katy Perry. Y Tony Hawk y varios deportistas profesionales más.

Justo entonces, con el rabillo del ojo, Rose vio que Marge se acercaba a la mesa. Como un leopardo sigiloso o un agente de la CIA, Marge afanó los cinco pastelitos envenenados y los metió en su enorme bolso de payaso y luego colocó los cinco pastelitos de antídoto sobre la bandeja. El señor Butter estaba mirando a los periodistas, totalmente ajeno a lo que acababa de ocurrir. Rose soltó una risita tonta.

—¿Qué te parece tan divertido, Rose? —preguntó el señor Butter gruñonamente. Pero luego sonrió de una forma que a Rose le resultó inquietante.

—Nada —contestó—. Solo que me alegro de haber terminado estos pastelitos. Tengo las manos cansadas.

Cuando ya el último pastelero hubo recibido su pastelito, Rose siguió al señor Butter de vuelta a la mesa de banquetes, donde se colocó al lado de Ty y posó para los fotógrafos. El señor Butter sostenía un Chokoloko en la mano, y Ty cogió la Chocoluna con el antídoto.

Los flashes de las cámaras resplandecieron cuando ambos ejecutivos, el uno viejo y calvo y el otro más joven, con peluca y una falda elegante, se llevaron los pastelitos a los labios.

—Usted primero —dijo el señor Butter.

—¡No, por favor! —dijo Ty—. Primero usted.

—Las damas primero, es la costumbre, creo —dijo el señor Butter, que parecía ansioso y molesto.

—En algunas partes del mundo, van primero los caballeros —dijo Ty—. Para que lo sepa.

—¡Oh, venga, coman ya! —gritó Rose.

Mirándose el uno al otro, el señor Butter y el hermano mayor de Rose se acercaron los pastelitos de chocolate cada vez más, hasta que casi tocaron sus labios.

Justo cuando Ty iba a morder la Chocoluna, la puerta de doble hoja de la fábrica se abrió de golpe y entró una mujer tambaleándose, sujetándose un sombrero de pieles que parecía la tapadera de una tetera.

—¿Quién demonios es esa mujer? —preguntó Rose.

Cuando la mujer se acercó un poco más, Rose pudo ver que era bajita y rechoncha y llevaba un traje chaqueta azul marino que se parecía notablemente al de Ty, y que el sombrero que sujetaba no era para nada un sombrero, sino un gato peludo y gris.

—¡Que-alguien-me-quite-a-este-gato-de-encima! —chilló dando saltos hacia delante, tambaleándose sobre la alfombra roja.

El gato, al que Rose reconoció inmediatamente como *Gus*, bajó de un salto de la cabeza de la mujer y desapareció en un rincón oscuro detrás de una cinta transportadora. Desde donde estaban los fotógrafos llegó el estallido de lo que sonó como un millón de clics de las cámaras.

—¿Y quién se cree que es usted para interrumpir esta augusta ceremonia? —exigió el señor Butter.

La mujer sacudió la cabeza, se enderezó el pelo, se alisó el vestido y caminó con paso firme hacia el señor Butter.

—¡Soy Katherine Keegan, por supuesto!

17

Échame ocho manos

Se hizo el silencio en la sala, incluso los periodistas se callaron.

El señor Butter miró con desdén a la mujer bajita y de pelo castaño, como si acabara de descubrir a una rata muerta en el suelo de la fábrica.

—¡Katherine Keegan, claro! —gritó—. ¡Katherine Keegan ya está aquí! —añadió, dándole una palmadita en la espalda a Ty—. ¡Todo el mundo sabe que Kathy Keegan es una alta y hermosa rubia! ¡De modo que usted, sea quien sea, ya puede ir largándose con sus fantasías de este complejo!

La mujer miró con calma al señor Butter y puso los brazos en jarra. Tenía la boca pequeña, la nariz marcada y los ojos marrones.

—¿Sabe qué le digo? —dijo la mujer—. Tal vez sí que son fantasías. Porque mientras venía hacia aquí, un gato gris con las orejas plegadas ha saltado a mi limusina y me ha dicho que diera media vuelta y me volviera a casa. ¡Un gato que hablaba! ¡Así que tal vez sí que soy una fantasía! ¡Pero no se equivoque: yo soy Katherine Keegan! La auténtica Katherine Keegan. ¡Y «esta» —dijo señalando a Ty— es una impostora!

La mujer se acercó a Ty, lo miró de arriba abajo y resopló.

—Creo que descubrirá que esta «mujer» es en realidad un chico adolescente.

Ty soltó un chillido de indignación.

—¿Cómo se atreve? ¡Es evidente que soy una mujer de cuarenta años! ¡Usted, en cambio, sí que es sin duda un hombre con peluca!

—¡Salta a la vista que eso es mentira! —replicó la mujer.

El señor Kerr se escurrió detrás de la mujer y tiró de sus cabellos, que se quedaron donde estaban sobre su cabeza.

—¡Ay! —gritó la mujer—. ¡Eso es mi pelo, bestia aterciopelada!

—¡El pelo es auténtico, jefe! —gritó el señor Kerr—. ¡No hay duda de que es una mujer!

El señor Butter miró fijamente a Ty, que le devolvió la mirada. Butter se acercó a él, le agarró del pelo y de un tirón le sacó la peluca, dejando al descubierto los pinchos aplastados de sus cabellos.

—Oh, oh... —dijo Ty en voz baja.

Los pasteleros al unísono soltaron un grito de asombro mirando a Ty.

—¡No os comáis esos Chokolokos! —gritó el señor Butter—. ¡Quién sabe qué llevan! ¡Esta no es Kathy Keegan, sino que tiene que ser —dijo mirando de aquí para allá entre Rose y Ty— el hermano de Rosemary Bliss!

Ty se encogió de hombros.

—¡Supongo que sí!

—¡Corre, Ty! —chilló Rose.

Ty bajó de la tarima de un salto y corrió al galope por la alfombra roja hacia la puerta principal, con el señor Kerr trotando detrás de él. Los fotógrafos se lo estaban pasando bomba, disparando sus cámaras a diestro y siniestro.

El señor Kerr ya casi había atrapado al hermano mayor de Rose cuando Sage gritó:

—¡Alto ahí!

Sage se puso los guantes que había cogido de la oficina del señor MacCánico con la etiqueta GUANTE MAESTRO.

Pulsó un botón del estéreo que había sacado del asiento de atrás del carrito de golf y sonaron los inmortales acordes de *Bad* de Michael Jackson a todo volumen en los altavoces. Sage, con su pantalón corto de esmoquin y sus enormes gafas de sol, empezó a bailar con tanto estilo, con tanto carisma, que se podría haber convertido en un maravilloso vídeo viral si alguien lo hubiera grabado.

Todo el mundo se paró a mirarlo, incluso el señor Kerr. Incluso el señor Butter.

Pero no era solo Sage quien daba brincos, giraba, hacía la caminata lunar y daba palmas. Los más de mil robots que llenaban la planta de producción también empezaron a bailar, siguiendo los erráticos contoneos, giros y pasos de baile de Sage. La sala se llenó con el estrépito metálico de la maquinaria de los robots, mientras los pasteleros corrían a ponerse a cubierto.

Sage se acercó moviendo el esqueleto hacia una cuba gigante de masa de chocolate y todos los robots lo siguieron. El chico metió la mano en la cuba, cogió un puñado del pringoso chocolate y se lo lanzó al señor Butter, y los robots hicieron lo mismo, uno tras otro. Cuando Sage terminó, el señor Butter, Rose, Marge y los robots estaban recubiertos por una fina capa de chocolate. Sin que nadie supiera cómo, Kathy Keegan había conseguido quedarse a un lado y seguía perfectamente limpia. Y Ty había desaparecido de la vista por la puerta de doble hoja.

El señor Butter se limpió los ojos, echando chispas, y cogió a Rose por el cuello de su camisa de cocinera. Rose le cogió por las muñecas y trató de desasirse, pero el flacucho señor Butter era mucho más fuerte de lo que parecía.

—¡Basta ya! —rugió el señor Butter—. ¿Quieres a tu hermana, chaval?

Sage levantó la mirada de la cuba de chocolate y se quedó petrificado.

—Quítate los guantes y dámelos.

Sage tragó saliva y se quitó los guantes maestros. Se acercó arrastrando los pies al señor Butter con la cabeza gacha, y el señor Butter se los arrebató.

—¡Y tú! —gritó el señor Butter—. ¡El otro hermano!

Ty volvió a aparecer por la puerta, llevando todavía el traje chaqueta y la falda azul marino, aunque con los zapatos de tacón en la mano. Avanzó mirando al suelo entre el montón de robots que permanecían inmóviles sobre la alfombra roja.

El señor Kerr agarró a los dos hermanos Bliss por el brazo y el señor Butter soltó finalmente a Rose, que contenía las lágrimas mientras se frotaba el cuello dolorido.

—Pedidle disculpas a vuestra hermana por haber estropeado el que sin duda era el momento más importante de su carrera profesional —dijo el señor Butter.

—Lo siento, Rose —dijo Ty, apretando los dientes.

—Yo también —dijo Sage—. Perdona que la hayamos liado.

—Estabais celosos de la fama de vuestra hermana, ¿verdad? —preguntó el señor Butter.

Kathy Keegan observaba la acción con escepticismo.

—Sí —dijo Ty—, estábamos celosos. Perdón.

—Muy bien —dijo el señor Butter, de repente en un tono jovial. Respiró hondo y se acercó a la auténtica Kathy Keegan.

»Santo cielo —dijo con una falsa voz acaramelada—. ¡Qué terrible confusión! Sabía que algo fallaba, por supuesto, pero no quería estropear nuestro encuentro. Espero que pueda perdonarme. Le prometo que el resto de la velada transcurrirá sin más complicaciones.

El señor Butter alargó la mano para estrecharla con Kathy Keegan, pero ella siguió con los brazos cruzados delante del pecho.

—Tendrá que comprender lo extraño que es todo esto para mí —dijo Kathy Keegan—. Me invitan a celebrar una ley que yo no he ayudado a poner en práctica y que no apoyo. De camino hacia aquí me asalta un gato parlanchín que me dice que huya si quiero salvar la vida. Que ya es lo bastante raro. Pero aún hay más. Al llegar aquí, me encuentro a un adolescente con peluca haciéndose pasar por mí y que me acusa de ser un hombre. Luego otro muchacho perpetúa un pringoso baile robótico. —Kathy Keegan soltó un suspiro de exasperación—. Comprenderá que, llegados a este punto, no me entusiasme en absoluto continuar con la rueda de prensa programada, ¿no?

El señor Butter cogió la mano de Kathy Keegan e intentó besarla, pero ella la apartó.

—¡Por supuesto, Kathy! —dijo—. ¿Puedo llamarla Kathy?

—No —le dijo ella—. Con señorita Keegan bastará.

—Señorita Keegan —continuó el señor Butter—, estamos muuuy contentos de tenerla hoy aquí en Lo Más, y estaríamos encantados si pudiéramos continuar con la celebración tal como estaba planeada.

Kathy se cruzó de brazos.

—¿Y cómo estaba planeada?

—Para empezar, como humilde ofrenda de paz, nos gustaría ofrecerle una bandeja con nuestros mejores pastelitos —dijo—. Nuestra joven protegida, Rosemary Bliss, ganadora de la Gala des Gâteaux Grands...

—Sí, ya sé quién es —dijo Kathy Keegan—. Le escribí una carta pidiéndole que viniera a trabajar para mí, pero no obtuve respuesta.

Rose sintió ganas de gritar: «¡Por supuesto que le habría respondido si hubiera sabido lo buena que es usted y lo malos que son los de Lo Más!» Pero se mordió la lengua.

—¡Oh, vaya! —dijo el señor Butter, con una sonrisa de satisfacción—. ¡Qué desagradable! ¡Y qué error por mi parte haberlas reunido hoy aquí! ¡Si hubiera sabido lo terrorífica que es esta chiquilla!

—No pasa nada —dijo Kathy Keegan con una sonrisa dulce—. Seguro que ha estado muy ocupada. Y sin duda Rose aprecia su trabajo aquí, por lo que deben estar ustedes haciendo algo bien.

Kathy Keegan le guiñó un ojo a Rose, que habría querido morirse.

—En cualquier caso —dijo el señor Butter—, Rose ha hecho un trabajo magnífico aquí, perfeccionando las recetas de nuestros cinco productos más vendidos, que ahora quisiera ofrecerle a usted.

Cuando Rose cogió la bandeja de plata, notó que sus manos temblaban y estuvo a punto de caérsele al suelo mientras caminaba hacia Kathy Keegan. No se atrevía a mirar a la famosa pastelera a la cara; estaba demasiado avergonzada por lo que había hecho, por haber perfeccionado las recetas sin hacer todo lo posible por escapar, o ponerse en huelga de hambre o «algo» que hubiera evitado que aquellas recetas horribles se hicieran realidad.

—Estás temblando, cielo —dijo Kathy Keegan—. ¿Qué te pasa?

«¡Me secuestraron y me obligaron a participar en los planes diabólicos de esta organización diabólica, y lo único que quiero es volver a mi casa, pero no puedo decírselo porque este sicópata les hará daño a mis padres!», habría querido gritar Rose. Pero en vez de eso, dijo:

—Nada, señorita Keegan.

—¿Por qué no dejas la bandeja en la mesa? —dijo Kathy Keegan, inclinándose hacia ella y susurrando a su oído—: Yo también me pongo nerviosa delante de las cámaras. No pasa nada. ¿Por qué crees que pongo un dibujo en los envoltorios?

«Ojalá los nervios solo fueran por el miedo escénico», pensó Rose, aliviada de volver a dejar la bandeja sobre la mesa.

Al menos Marge había podido cambiar los pastelitos, se dijo Rose mientras la señorita Keegan se acercaba a la bandeja y la examinaba. Ahora Kathy Keegan estaba a punto de comerse los pastelitos antídoto en vez de los envenenados, aunque no sabía que se suponía que tenía que hacerse la chiflada después de comérselos. ¿Qué sería de Rose y su familia en cuanto el señor Butter viera que Kathy Keegan no se volvía majareta?

—Tienen un aspecto fantástico —dijo la señorita Keegan, sonriente—. ¡Felicidades!

—Gracias —dijo el señor Butter—. ¡Pero estos solo son de muestra! Los auténticos los guardamos aquí —dijo quitándole el bolso de un tirón a Marge, ante la mirada estupefacta de la pastelera.

A Rose le dio un vuelco el corazón. ¡El señor Butter había visto que Marge cambiaba los pastelitos!

—Si le parece, yo me comeré las muestras —dijo cogiendo la bandeja con los pastelitos de antídoto—, y usted puede comerse los de verdad. En las fotos quedará mejor si ambos comemos lo mismo.

Rose sintió que le iba a salir el corazón por la boca cuando el señor Butter sacó los primeros pastelitos, los diabólicos, del bolso de Marge y los colocó en una bandeja vacía en la mesa de banquetes.

—¿Qué tienen estos de diferente? —preguntó Kathy Keegan, observando la nueva bandeja de pastelitos—. ¿Y por qué los guardaban en un bolso?

—Son de mejor calidad —dijo el señor Butter—. Empleo a Marge, aquí presente, para mantener la seguridad de nuestros obradores. ¡Y menos mal! De lo contrario, ese impostor se habría comido el fruto de nuestros esfuerzos y habría estropeado la invitación.

¿No te alegras de que me haya dado cuenta del cambiazo, Rosemary?

Rose trató de asentir con la cabeza, pero no podía moverse. Se sentía como si jamás pudiera volver a respirar hondo.

—Venga aquí a mi lado, señorita Keegan —dijo el señor Butter, acompañando a la señorita Keegan al otro lado de la mesa, donde podría contemplar la bandeja de pastelitos: la Chocoluna, el Bomboneón, la Chikirroski, el Tronki y el Bocarrico, todos preparados siguiendo las recetas de Lily, pero perfeccionadas por Rose.

Rose se acercó con sigilo a Marge.

—¿Qué vamos a hacer, Marge? —susurró—. El plan ha fracasado. Yo he fracasado. Y Kathy Keegan se va a convertir en una marioneta de Lo Más.

Marge rodeó a Rose con el brazo y se arrimó a ella.

—Escúchame, Rosemary Bliss —murmuró—. Tienes que aprender a tener un poco de fe.

—Empecemos por una Chocoluna —dijo el señor Butter. Pero cuando bajó la mirada hacia la Chocoluna, vio a un diminuto ratón pardo junto a él, en pie sobre sus patas traseras, tocando una canción con la flauta. *Claro de luna* de Debussy, para ser exactos.

El señor Butter se quedó mirando a *Jacques*, con los ojos saliéndose de sus órbitas, mientras gritaba: «¡Otro ratón!» Trastabilló hacia atrás en brazos del señor Kerr, que cayó encima de Rose, tirándola al suelo.

—¡Ay! —gritó Rose.

El señor Kerr se dio la vuelta y Rose se puso en pie de un salto, justo a tiempo para ver a *Jacques* alejarse galopando a caballo de su fiel corcel felino, *Gus*.

Con cara de aturdido, el señor Butter se levantó del suelo y volvió a mirar su bandeja.

—¡Por el amor de Dios! —jadeó, ajustándose las gafas—. Le ruego que ignore los sucesos de estos últimos tres minutos, señorita Keegan. Últimamente tengo alucinaciones con ratones que se me aparecen. Para asegurarnos, cambiaremos y empezaremos por el Bomboneón.

Rose engulló saliva, con el corazón dándole vuelcos mientras observaba al señor Butter alargando la mano y cogiendo el Bomboneón con el antídoto. Kathy Keegan cogió el Bomboneón venenoso que ella había perfeccionado.

El señor Butter y la señorita Keegan hicieron chocar los Bomboneones como si fueran copas de champán en la celebración de la Nochevieja.

—Chin chin —dijo Kathy Keegan.

Mientras ambos se ponían el Bomboneón en la boca bajo los flashes de las cámaras, Rose aguantó la respiración preparándose para lo que iba a ser el peor momento de su vida.

18

Los chicos sí que lloran

Se hizo el silencio en la sala mientras Kathy Keegan y el señor Butter masticaban sus pastelitos.

Rose recordó las reacciones delirantes de los pasteleros cuando se habían comido los Bomboneones impregnados con el vacío aullador de la Bruja de Niebla. Y esperaba que Kathy Keegan se pusiera a gruñir y a exigir como una loca más y MÁS Bomboneones.

Pero el sonido que oyó fue totalmente de otro tipo. Fue un llanto profundo y gutural, el sonido de un alma endurecida que se agrieta y deja entrar un poco de luz.

Rose abrió los ojos. El señor Butter estaba con la cabeza entre los brazos sobre la mesa, llorando como un niño pequeño que se ha perdido.

Kathy Keegan se quedó mirando al señor Butter, perpleja.

—¿Qué le ocurre? —preguntó—. Quiero decir que es delicioso, no me malinterpretéis, pero no sé si hay para tanto.

Rose sentía que su cabeza estaba a punto de estallar. ¿Cómo era que a Kathy Keegan no le había afectado el Bomboneón perfeccionado? ¿Y cómo era que el señor Butter lloraba por el antídoto? Rose tiró de la manga de Marge.

—¿Qué rayos está pasando? ¿Cómo es que Kathy Keegan no ha enloquecido?

Marge lució una leve pero pícara sonrisa.

—Preparé una hornada distinta de pastelitos en el obrador —dijo—. Mientras tú dormías la siesta y el resto del equipo preparaba los Chokolokos.

—Así pues, ¿Kathy Keegan se ha comido el pastelito con el antídoto? —preguntó Rose.

Marge negó con la cabeza, con alegría en la mirada.

—No, se ha comido lo mismo que el señor Butter.

—Pero entonces ¿por qué está reaccionando así el señor Butter? ¿Por qué llora en vez de patalear suplicando más Bomboneones? —preguntó Rose.

Marge miró hacia delante, sonriendo mientras el señor Butter se levantaba, lloriqueando, para que lo abrazase el señor Kerr.

—¡Abrázame! —dijo, sorbiéndose los mocos—. ¿Alguien puede abrazarme, por favor?

—Marge —dijo Rose—, explícate.

Marge carraspeó.

—No podía permitir que nadie se comiera esos pastelitos diabólicos. Y la única forma de asegurarme era destruirlos junto con sus recetas para siempre. Así que, mientras te echabas tu siestecita, me ocupé de preparar cinco pastelitos más con antídoto y le añadí un buen pellizco de tu nata con Amor de Madre a cada uno. Esos eran los pastelitos de la vitrina y también los pastelitos de mi bolso. Tiré todos los pastelitos y demás hechos con las recetas diabólicas. Aunque como puedes ver, los antídotos no afectan a todo el mundo de la misma manera —dijo con una leve sonrisa sin separar los labios—. Eso lo descubrí del tal cuadernillo *Apócrifo* que dejaste por ahí.

Rose rodeó con sus brazos a la pastelera jefe y lloró de alegría.

—¡Eres la mejor, Marge! ¡La mejor!

—En el *Apócrifo* ponía que la mantequilla de Amor de Madre llena el hueco de la falta de amor hacia alguien por parte de su madre —dijo Marge, correspondiendo con un ligero apretón al abrazo a Rose—. Parece claro que a Katherine Keegan la han querido toda la vida. Pero el caso del señor Butter, en cambio, parece muy distinto.

—Eres un genio —dijo Rose—. Nos has salvado a todos.

—Has sido tú, Rosemary Bliss —dijo Marge—. Bueno, tú y el Amor de Madre que nos diste de comer en el obrador.

El señor Butter se revolcaba por el suelo con los brazos extendidos.

—¡Lo siento mucho! —sollozaba—. ¡Tengo que disculparme! ¡Tengo que enviarles una carta personal de disculpa a todas las personas de Estados Unidos por haber pensado siquiera en hacerles daño!

El señor Kerr se arrodilló junto a su jefe y lo sacudió por los hombros.

—¡Jameson Butter! ¡Vuelva en sí! ¿Qué diablos le ocurre? ¿Se está muriendo?

—¡Me estoy muriendo de felicidad! ¡De... amor! —gritó el señor Butter—. ¡Cómase un Tronki!

El señor Butter le dio al señor Kerr uno de los tronquitos de chocolate.

—No tengo hambre —se excusó el señor Kerr.

—¡Tiene que comérselo! —gritó el señor Butter, y se lo embutió entero en la boca al señor Kerr.

—Observa —le susurró Marge a Rose—. Tal vez veremos lo nunca visto.

Cuando el señor Kerr masticó el Tronki, sus cejas fruncidas dejaron paso a una mirada de amor tierno y buscó a tientas la cosa más cercana que se pareciera remotamente a una madre, que resultó ser Kathy Keegan. Kerr se arrastró bajo la mesa de banquetes y se acurrucó a sus pies.

—¡Mamá!

Mientras, los fotógrafos no dejaban de sacar fotos como locos y los periodistas alargaban sus micrófonos.

—¿Alguien podría explicarme qué está pasando aquí? —preguntó Kathy Keegan, desasiéndose del incómodo abrazo del señor Kerr—. ¿Por qué lloran estos hombres? ¿Por qué hay un gato parlanchín y un ratón flautista? ¿Por qué este joven se hacía pasar por mí? —Cuando Ty se encogió con cara de dolor, Kathy sonrió—. No pasa nada, de verdad. ¡Te sienta muy bien la falda!

—¡Gracias! —exclamó Ty.

—Es una larga historia —dijo Rose.

Kathy Keegan se sentó en el borde de la tarima y se acercó la bandeja de pastelitos.

—No hay nada que me guste tanto como que me cuenten historias mientras meriendo.

Mucho rato más tarde, cuando los periodistas ya habían sacado todas las fotos que querían y se habían marchado a sus casas, cuando los trabajadores habían recibido permiso para dejar de trabajar y el equipo de pasteleros se había vuelto a los obradores para un merecido descanso, la señorita Keegan seguía sentada en la mesa de banquetes de la planta de producción con Marge, Rose y sus hermanos.

—De modo que no importaba qué pastelitos nos comiéramos —resumió la señorita Keegan.

En el suelo, delante de ellos, el señor Butter y el señor Kerr se habían quedado dormidos en un sueño agitado, abrazados el uno al otro.

—Era la única forma de estar seguros —le dijo Marge a Rose—. No podía soportar la idea de que el plan saliera mal.

—Tal vez no era el mejor plan del mundo —admitió Rose.

—Ha sido muy hábil por tu parte, Marge, cambiar TODOS los pastelitos —dijo Kathy Keegan.

—¡Madre mía! —exclamó Marge sonrojándose—. No me puedo creer que Kathy Keegan me haya llamado hábil. Necesito un minuto.

Marge respiró hondo y se abanicó con la bandeja vacía.

—Es una gran fan suya —le dijo Rose a la mujer.

—¡Pues ahora que me ha salvado la vida —dijo la señorita Keegan—, yo también soy una gran fan suya!

—¡No he sido yo sola! —dijo Marge, hiperventilando—. ¡Ha sido Rose! ¡Ella me ha dado el coraje para luchar por lo que creo justo!

A su lado, Sage estaba sentado con los guantes maestros puestos, los brazos extendidos y cruzados por las muñecas, moviendo las manos arriba y abajo como si estuviera montando un caballo invisible. De algún lugar detrás de él llegó el sonido de muchos brazos mecánicos segmentados que repetían los mismos movimientos que él.

—Y el gato... ¿habla de verdad? —preguntó Kathy Keegan—. ¿O es que ya me habían envenenado los del Rodillo?

Gus subió de un brinco a la mesa de banquetes y se restregó contra Kathy Keegan.

—Me comí una galleta mágica cuando era joven. Cosas que pasan. Siento haberle dado un susto.

—No... no pasa nada —dijo Kathy Keegan, mirando al gato gris con cautela—. No es algo que te encuentres todos los días.

—Espero que no —dijo *Gus*—. Me siento orgulloso de ser único.

Jacques trepó a la mesa y se encaramó a la cabeza de *Gus*.

—¿Y tú? —dijo Kathy Keegan, mirando a *Jacques* con suspicacia—. ¿Sabes tocar la flauta?

—¿Le ha gustado? —le preguntó el ratón, nervioso—. ¡Hace años que ensayo *Claro de luna*!

—¡Era preciosa! —dijo Kathy Keegan, llevándose la mano al corazón—. Y así, ¿esta gente del Rodillo está detrás de la Ley de Discriminación de las Pastelerías Grandes?

—Sí —respondió Rose—. Trabajaban conjuntamente para lograr la aprobación de la ley en el Congreso. Nosotros creíamos que usted también formaba parte de eso, porque beneficiaba a sus pastelerías.

—¡Jamás haría algo así! —dijo Kathy Keegan, horrorizada—. ¡No existe ninguna discriminación contra las pastelerías grandes! Es la mayor tontería que he oído nunca. Hoy venía aquí para tratar de convencer al señor Butter de que me acompañara al Congreso para anular la ley. Es ridícula.

—Aunque hubiera convencido al señor Butter —dijo Sage—, todavía tendría que enfrentarse a los demás miembros de la Sociedad Internacional del Rodillo.

Kathy Keegan se levantó y dio la vuelta a la mesa de banquetes, luego paseó por la alfombra roja esquivando a las parejas de robots que bailaban el *gangnam style*.

—¡Sage! —siseó Rose—. ¡Para!

—Si esta gente de la Sociedad Internacional del Rodillo utiliza la magia —dijo finalmente Kathy Keegan—, entonces tendremos que combatirlos con magia. Yo tengo los recursos para lanzar una campaña a nivel nacional. Ya lo he hecho antes y puedo volver a hacerlo. Lo que no tengo son conocimientos de magia. No utilizo la magia para hacer pasteles, solo recetas que son muy, muy, muy buenas.

Sonaba muy parecido a la solicitud que le había hecho el señor Butter a Rose cuando la había llevado al complejo industrial Lo Más y le había pedido que trabajara en las recetas. Solo que esta vez Rose tenía una sensación de claridad y calma que le permitía ver que Kathy Keegan llevaba buenas intenciones.

—Si nos unimos, podemos anular la Ley de Discriminación de las Pastelerías Grandes y lograr que la pastelería de tu familia pueda volver a abrir —dijo Kathy Keegan—. Y luego podemos crear una línea de productos destinada a esta gente del Rodillo, sean quienes sean, y que los cure de su miseria y su avaricia.

Rose sonrió. Le pareció una gran idea.

—¿Llegaste a recibir mi carta? —preguntó Kathy.

—Sí —dijo Rose—. ¡De hecho, la tengo aquí! —añadió sacando la carta arrugada y rasgada del bolsillo de atrás de su pantalón corto. Faltaba la parte de arriba y estaba hecha un asco, pero todavía era legible—. Tengo que advertirle que no soy demasiado buena delante de las cámaras.

—¡Bah, eso no importa! —dijo Kathy Keegan—. Yo también soy fatal con las cámaras. ¿Leíste la otra cara?

—¿La otra cara? —Rose negó con la cabeza y le dio la vuelta a la carta, que, igual que el *Apócrifo*, tenía su propio antídoto a lo que había escrito en la parte de delante. Escrito a mano por la propia Kathy Keegan, se leía:

Querida Rose,
Eres una jovencita extraordinaria y tu pasión por la pastelería es evidente. Sé que eres una parte fundamental de la pastelería de tu familia en Fuente Calamidades, pero me encantaría que vinieras a ayudarnos a crear algunas recetas nuevas. Sería solo una semana, si puedes. Me encantaría trabajar contigo. Saludos,
Kathy Keegan

—Vaya —dijo Rose entre risas—. Seguro que habría sido mucho más divertido que la semana que he pasado aquí.

—La oferta sigue en pie —dijo Kathy Keegan.

—Creo que antes debería pedir permiso a mis padres y a Balthazar —dijo Rose—. ¿Le gustaría conocerlos?

—¿Están aquí? —dijo Kathy Keegan.

—Sí —dijo Rose—. Solo tenemos que ir a rescatarlos.

—¡Si nos apresuramos —dijo Sage— todavía llegaremos a casa a tiempo para la guerra de globos!

Epílogo

La dama Rosemary Bliss

La espléndida luz de la mañana de Fuente Calamidades entraba a raudales por la ventana del dormitorio mientras Rose se despertaba con un bostezo. No se sentía nada diferente, aunque sabía que lo era.

Echó una ojeada y vio a Leigh roncando en su cama, chupándose el dedo pulgar y sujetando una manta a cuadros en la otra mano, algo que le había dado la señora Carlson durante la lamentable temporada en que Leigh había vivido lejos de su familia en casa de los Carlson.

—Despierta, pequeñina —le dijo Rose a su hermana menor.

—Hmhmmm —dijo Leigh desde su cama, con los ojos aún cerrados—. Tengo sueño.

Rose se puso una camiseta roja sin mangas y un pantalón corto limpio, luego cogió a Leigh en brazos, todavía con el pijama puesto, y la llevó a la planta baja. Aquel era un día especial y Rose estaba excitada por celebrarlo con su familia.

El obrador de los Bliss estaba vacío. En la mesita de desayunar había un montón de correo, junto a un ejemplar de *La Gaceta de Fuente Calamidades*.

Rose colocó a Leigh en una silla del obrador.

—Buenos días, Rosie —dijo Leigh, con la voz todavía pastosa de sueño.

—Buenos días, Leigh —dijo Rose, contenta de volver a estar con su hermana, de volver a estar en casa.

Rose le echó un vistazo al periódico. Había un titular destacado en letra grande en la portada: ¡RETIRADA LA LEY DE PASTELERÍAS! Rose sonrió, sabiendo que en cuestión de días la pastelería de la familia Bliss tendría una gran reinauguración. Rose acababa de volver tras pasar una semana con Kathy Keegan, en la que habían hablado de importantes planes de futuro, y sabía que solo le quedaban pocos días de libertad veraniega antes de que volvieran a empezar las clases. Y tenía la intención de disfrutarlos.

Rose dejó el periódico sobre la mesa pero cogió unas cuantas postales y a su hermana pequeña y salió al patio trasero, donde *Gus* y *Jacques* tomaban el sol en tumbonas en miniatura.

—Pero ¿es que acaso has probado alguna vez el pescado? —preguntó *Gus*—. ¿Cómo puedes menospreciar algo que ni siquiera has probado jamás?

—*Non mais je rêve!* —replicó *Jacques*—. ¡No me lo creo! ¡Podría decir lo mismo de ti y el queso!

—¿Cómo te puede gustar algo que huele a pies? —preguntó *Gus*.

Jacques meneó la nariz nerviosamente.

—¿Cómo te puede gustar algo que huele a pescado?

Rose se rio mientras pasaba por encima de aquel dúo peludo.

—¡Rose! —dijo *Gus*— ¡Mira, me he puesto moreno! —El gato se apartó parte del pelo de su barriga gris, dejando ver más pelo gris debajo—. No lo puedes ver, pero me he puesto moreno.

—Es genial, chicos —dijo Rose con una sonrisa—. Sois unos auténticos fanáticos de la playa.

Rose salió hacia el cobertizo y al árbol con el neumático columpio donde Ty y Sage se estaban peleando. Virtualmente, por supuesto.

Ty llevaba unos guantes blancos de control robótico y Sage otros. Estaban cada uno a un lado del trampolín gigante y daban puñetazos al aire, mientras dos robots de Lo Más daban saltos sobre el vinilo negro, golpeándose el uno al otro con los brazos acolchados.

Por lo que sabía Rose, todo el complejo de Lo Más había sido desmantelado, y los tarros rojos de cristal confiscados y eliminados bajo la supervisión de su tatarabuelo. El señor Butter y el señor Kerr, transformados por el Amor de Madre que les había dado de comer Marge, trabajaban ahora para Kathy Keegan, dando todos los detalles que conocían sobre la Sociedad Internacional del Rodillo. La Corporación Lo Más había dejado de existir, sus fábricas habían cerrado y los trabajadores habían podido volver por fin a sus casas.

Los robots, sin embargo, habían ido a Fuente Calamidades con los hermanos de Rose.

El robot de Ty le lanzó un directo al robot de Sage, que lo esquivó pero cayó fuera del trampolín, aterrizando sobre el césped, donde se revolcó con un zumbido antes de quedarse quieto echando humo.

—Oh, vaya —dijo Sage, corriendo hacia el cobertizo—. Tendré que coger un robot nuevo.

Sage abrió la puerta corredera, dejando a la vista una colección de unos cincuenta robots metálicos idénticos. Sacó a otro y lo colocó sobre el trampolín.

—Tendrías que ir con más cuidado —le dijo Ty—. Algún día nos vamos a quedar sin más trastos de estos.

Rose desvió la mirada y se fijó en las postales. Una en concreto le llamó la atención: era una fotografía de una mujer saludando desde un globo aerostático. El globo estaba tan lejos que Rose apenas podía distinguir la cara, aunque enseguida tuvo claro quién era.

—¡Chicos! ¡Hemos recibido una postal de Marge!

Ty y Sage siguieron intercambiando puñetazos con sus robots mientras Rose leía la postal en voz alta.

Queridos Rose, Ty y Sage,
¿A ver si adivináis cuál es mi nuevo trabajo?
¡Piloto de globo aerostático! Ya nunca más
permitiré que nadie me obligue a nada. Si alguien
lo intenta, me iré volando. Besos, Marge.

Rose se apretó la postal contra el pecho.

—La voy a enmarcar —les dijo a sus hermanos.

—Ya antes nadie podía obligarla a nada —dijo Ty, lanzando una serie de ganchos y directos que hicieron aterrizar al robot de Sage sobre la hierba como otro montón de chatarra humeante—. Solo que ella no lo sabía.

—¡Jolines! —se quejó Sage—. Tendré que ir a clases de boxeo.

Rose continuó ojeando las postales. Sus ojos se detuvieron en una de color crema que llevaba repujado en el centro un rodillo de amasar plateado resplandeciente.

Se le heló la sangre cuando le dio la vuelta a la postal y vio la inconfundible caligrafía de su tía Lily.

Que hayas convertido al señor Butter en el Rey de las Margaritas y acabado con la Corporación Lo Más no signifca que hayas vencido al Rodillo. Hasta pronto. Un beso, L.

—¡Ty! ¡Sage! —gritó Rose—. ¡Mirad esto!

Ty y Sage dejaron sus guantes y se acercaron sin prisa a ver la postal.

—Huele a flores —dijo Sage, acercándose la postal a la nariz—. Seguro que es suya.

—Será mejor que se la enseñemos a mamá, papá y Balthazar, para asegurarnos —dijo Ty.

En ese momento llegaron Albert y Balthazar en la furgoneta familiar de los Bliss. La puerta corredera de detrás se abrió y por ella bajaron Purdy y Kathy Keegan.

—¿Y por qué no podemos fabricar Grageas de Cera de Abeja Métete en tus Asuntos? —preguntó Kathy Keegan—. Serían una incorporación fantástica para la línea de postres de Kathy Keegan. Les pararían los pies a los periodistas de la prensa amarilla y de las revistas del corazón.

—Porque el Temible Enjambre del Tubertine necesita cierto tiempo para regenerarse —le explicó Purdy pacientemente—. Estos ingredientes mágicos no se pueden producir masivamente. Hay que utilizarlos con responsabilidad.

—Ya entiendo —respondió Kathy, rascándose la barbilla pensativamente—. Tendrás que perdonarme. Todo este asunto de la magia es nuevo para mí.

Rose le entregó la postal a su madre.

—Es de Lily —le dijo.

Purdy le dio un vistazo y se la guardó en el bolsillo.

—No te preocupes. Tenemos una sorpresa para ti, Rose.

Purdy y Kathy llevaron a Rose al obrador, donde Albert había cerrado las persianas, igual que la primera vez que le habían enseñado el escondite secreto del *Libro de Recetas* de los Bliss. Ty, Sage y Leigh entraron detrás de ella.

—¿Qué pasa? —dijo Ty.

—¡Chssst! —susurró Purdy.

El obrador estaba a oscuras, excepto unas pocas franjas de luz que se colaban entre las persianas. Balthazar entró desde el salón llevando un pastel rosa con trece velas. Cuando Balthazar estuvo lo bastante cerca para dejar el pastel delante de Rose, la niña vio que en realidad eran trece Escarabajos Cegadores que brillaban en distintos colores.

—¡Feliz cumpleaños, Rosie! —gritó.

Rose había olvidado qué día era. «¿Cómo puedo haberme olvidado?», se preguntó, aunque ya sabía la respuesta. A veces la vida pasaba tan deprisa que perdías de vista las cosas.

—¡Me había olvidado! —dijo.

—¡Ahora tienes que apagar los Escarabajos Cegadores! ¡Y no te olvides de pedir un deseo!

Rose sonrió y sopló, y los Escarabajos Cegadores se esparcieron formando una nube de chispas que iluminó el obrador, mientras todo el mundo aplaudía y vitoreaba.

—¡Yupi! —gritó Leigh.

—¿Has pedido un deseo? —preguntó *Gus* desde los pies de Rose.

—He pedido dos —dijo Rose bajando la mirada hacia el gato—. Pero no te puedo decir cuáles son. Aunque ya puedes suponer que he ido con cuidado.

Gus no contestó nada, se limitó a ronronear y frotar la cabeza contra las pantorrillas de Rose.

En una de sus manos, Albert depositó la llave en forma de batidora que abría la despensa secreta detrás de la cámara frigorífica; en la otra, puso el panfleto gris de recetas cuestionables y sus antídotos: el *Apócrifo* de Albatross.

—Ve a dejar esto en el lugar que le corresponde, Rosie, por favor.

Rose respiró hondo y abrió la cámara frigorífica. Los Escarabajos Cegadores la siguieron para iluminarle el camino, como pequeñas hadas, más allá de la pared de huevos, leche, azúcar y chocolate. Rose apartó el tapiz verde de la pared posterior e insertó la llave en forma de batidora en el cerrojo de la puerta de madera. Luego empujó la puerta y los Escarabajos Cegadores la siguieron al interior para iluminar los cientos de retratos familiares de los Bliss que decoraban las paredes de la habitación secreta.

Rose encontró el hueco en la contracubierta del *Libro de Recetas* donde se guardaba el *Apócrifo*. Notó que se había añadido una nueva receta en la última página, con una caligrafía cuidada:

PAN DE JENGIBRE CHOCOLATEADO DE LA FRATERNIDAD: Para el cese de la Maldición del Trasgo

En el año 2014, en el estado norteamericano de Pennsylvania, la dama Rosemary Bliss creó, bajo coacción, un antídoto para el pan de jengibre creado a partir de la raíz de jengibre molida que le regaló a Albatross Bliss un trasgo malvado.

Rose creó una masa de pan de jengibre chocolateado y le añadió la PIEDRA DEL HERMANO, con la que los pasteleros afectados por la maldición pasaron a sentir nuevamente una sensación de fraternidad.

Rose estuvo a punto de echarse a llorar cuando leyó su nombre escrito en el *Libro de Recetas* de los Bliss: «La dama Rosemary Bliss.»

Acababa de ingresar en una tradición tan antigua como la historia. Había inventado su propio antídoto y ya era considerada una auténtica pastelera de la familia Bliss. El aspecto de su nombre, escrito con aquella caligrafía antigua, era lo más bonito que había visto en su vida.

Rose cerró el libro y volvió a entrar en el obrador oscuro, donde la esperaban su familia y Kathy Keegan.

—¡Ya eres una auténtica pastelera Bliss! —exclamó Purdy—. ¡Ya formas parte de los libros de historia, cariño!

Rose se lanzó en brazos de su madre.

—Este era uno de mis dos deseos —susurró, emocionada.

—Naciste para esto, cielo —dijo Purdy—. ¿Y el otro deseo?

Justo en ese momento, se abrió la puerta del obrador. Rose asomó la cabeza entre los brazos de su madre y vio a Devin Stetson mirando alrededor de la sala.

—Ay, lo siento. No sabía que estabais haciendo una celebración —dijo—. Solo quería saber si Rose quería venir a dar una vuelta de cumpleaños con la bici.

Rose se volvió hacia su madre. «Este era el otro deseo», quería decir. Pero decidió que sería mejor guardar el secreto.

—Hombre —dijo Balthazar—, Rose tiene muchos pasteles que hacer, teniendo en cuenta que ya es oficialmente una pastelera de la familia Bliss.

—En realidad —dijo Rose— creo que el mundo podrá esperar un rato.

Su madre le dio un beso en la frente y la soltó.

—Diviértete, cariño. Te lo mereces.

Y así, Rosemary Bliss salió a pasear en bicicleta bajo el sol abrasador de aquella mañana de su decimotercer cumpleaños, mientras los Escarabajos Cegadores creaban una lluvia de chispas naranjas, verdes y lilas detrás de ella, que desde ese momento ya no se sentía una niña.

Ahora ya se sentía como una dama.

Índice